TROPIQUE DES SILENCES

DU MÊME AUTEUR

CHEZ LE MÊME ÉDITEUR

La Voyageuse

KARLA SUÁREZ

TROPIQUE DES SILENCES

Traduit de l'espagnol (Cuba)
par François Gaudry

Publié avec le concours
du Centre National du Livre

SUITES

Éditions Métailié
5, rue de Savoie, 75006 Paris
www.editions-metailie.com
2005

Titre original : *Silencios*

ISBN : 2-86424-549-3
ISSN : 1281-5667

À la Havane, une petite fille aux yeux clairs et aux cheveux crépus négocie le difficile tournant de l'enfance à l'adolescence, dans une famille condamnée à la cohabitation par les conditions sociales du pays : un père officier de toutes les guerres de la Révolution, une mère argentine droguée au tango, une tante amatrice d'opéra, un oncle masseur et une grand-mère plaintive, gardienne de la morale. L'enfant va peu à peu découvrir que tout le fragile édifice familial ne tient que sur le mensonge, à commencer par ses origines à elle ; ses cheveux crépus lui font découvrir la faute cachée et inavouable de la grand-mère : un grand-père noir et très sympathique, puis l'homosexualité de l'oncle, la double vie du père…
Celle qu'on a surnommée P'tit Mec fuit la famille pour les amis de son âge, fréquente les fêtes des années 80, les débats où l'on refait le monde, et goûte à la drogue, loin de l'apocalypse annoncée du système politique. Également étrangère à cet univers, tout aussi faux que celui de sa famille, l'adolescente cherche sa voie dans la solitude et le silence.

Karla SUAREZ *est née à La Havane en 1969. Elle est ingénieur en informatique et vit actuellement à Paris.* Tropique des silences *a reçu un prix du premier roman en Espagne.*

A Jorge Navarro

“Le son ne lui manque pas puisqu'il a le silence.”

Charles CHAPLIN

LA GRANDE MAISON

J'avais six ans quand mon père décida d'aller dormir dans le salon. Je ne m'en souviens pas très bien, à part le claquement de la porte de la chambre et les pleurs étouffés de maman pendant des heures.

Nous vivions chez ma grand-mère dans un grand appartement plein de pièces et de mondes différents : ceux de la grand-mère, d'une tante célibataire, d'un oncle masseur et de nous trois, avant que papa déménage au salon.

Ma mère était une Argentine qui avait voulu, dans les années 60, venir à La Havane pour y faire des études de théâtre, elle était devenue amie avec ma tante qui avait commencé par le théâtre, puis était passée à la danse et de là à la littérature, et ainsi de suite, toujours à se chercher, comme elle disait, ou à se perdre, comme disait la grand-mère.

Grâce à ma tante, maman était venue à la grande maison et y avait rencontré papa, alors jeune officier de l'armée, de ceux qui étaient montés en grade et arboraient l'uniforme qui plaisait tellement aux filles, surtout aux progressistes comme maman qui tomba éperdument amoureuse et renonça à sa nationalité afin que mon père ne se sente pas gêné d'être avec une étrangère. Pour la famille d'Amérique du Sud de maman, cette décision signifia qu'elle renonçait à eux en tant que famille et ils décidèrent de rompre les relations avec la fille renégate. Pour ma grand-mère, en revanche, le fait d'accepter qu'une femme vive sous son toit avec son fils, sans qu'ils soient mariés, signifiait la honte, aussi décida-t-elle à son tour de renoncer à sa bru. C'est ainsi que maman commença à vivre sa romance sans la bénédiction de personne mais absolument convaincue de son amour pour mon père et de son amitié pour la tante. L'oncle ne comptait pas car il n'avait pas de bonnes relations avec papa. Bien avant ma naissance, papa et l'oncle s'adressaient à peine la parole. De sorte que maman, influencée par son mari, témoigna froideur et indifférence à son beau-frère.

J'ai grandi entourée d'adultes très différents. Ma grand-mère avait quatre enfants dont l'aîné, son préféré, prit quasiment la place du grand-père après que celui-ci eut quitté la maison. Cela s'était passé longtemps avant ma naissance, si bien que je n'ai jamais connu le grand-père, et du reste il était interdit de parler de lui à la maison. Un jour il avait abandonné la grand-mère, le fils aîné s'était installé dans la chambre de sa mère et avait fait office de chef de famille jusqu'à ce qu'il décide de se marier et d'aller vivre ailleurs. La grand-mère déclara donc la guerre à la femme qui lui enlevait son premier-né et reporta tout son amour sur mon père, qui était le benjamin. Mon père promettait une glorieuse carrière et devint le complice et confident de sa mère lorsque tous deux se mirent à haïr ouvertement l'aîné le jour où celui-ci décida de prendre ses distances, puis de partir à Miami avec sa femme. Bien sûr tout ceci eut lieu avant que j'arrive dans la famille car, dès que ma mère s'installa à la maison, la grand-mère se fit un devoir de mépriser son fils militaire qui ne semblait pas avoir l'intention de légaliser son état civil. Je pense que la grand-mère traversa à ce moment-là une situation difficile, elle devait choisir entre la tante, qui était son deuxième enfant, et l'oncle, son troisième. Ses relations avec la tante ne furent jamais des meilleures, car elle était la préférée du grand-père, et dès que la maîtresse de maison essayait de faire allusion à son ex-mari sur un ton méprisant, la tante bondissait pour le défendre avec des mots qui devaient être magiques car la grand-mère fermait immédiatement la bouche et changeait de conversation. Avec l'oncle, son troisième, les problèmes n'étaient pas moindres, non seulement mon père ne lui parlait pas, mais il y avait quelque chose que personne dans la famille n'osait évoquer. Je sais qu'avant maman, mon père et l'oncle partageaient la même chambre, jusqu'au jour où la grand-mère décida que ce dernier dormirait dans la petite pièce contiguë à la cuisine. A ce moment-là, papa était encore le préféré et quand je suis née l'oncle avait déjà fondé son royaume, loin de tous, là-bas dans le fond.

La grand-mère passa quelques années sans fils préféré, jusqu'à ce qu'un beau jour, avant que papa ne dorme au salon, l'oncle décide qu'il allait faire des massages. Ainsi la maison commença à être fréquentée par des petites jeunes qui entraient au salon, souriaient au bébé que j'étais et traversaient la cuisine pour rejoindre mon oncle et ses massages. Pour la grand-mère, ce fut comme une illumination et elle mit fin à son dilemme en concentrant toute son affection sur le fils masseur, qui lui offrait chaque jour des fleurs et des bonbons.

Jusque-là peut-être un instinct infantile conservait-il mon espoir d'être dorlotée par une grand-mère qui aurait chanté des berceuses pour m'endormir dans ses bras, mais le choix de mon oncle réduisit mes rêves en miettes. J'étais une bâtarde, née hors du mariage et de plus fille d'une étrangère, je dus donc me contenter des bras de maman et de la tante, laquelle lorsque je me faisais pipi dessus me lâchait sous prétexte que l'urine des enfants lui donnait du coryza. Quant à papa, je le voyais peu, il avait beaucoup de travail, aussi maman accrocha-t-elle une photo de lui dans mon berceau. Chaque soir, avant de m'endormir, elle me faisait envoyer des petits baisers à la photo, puis m'offrait d'une voix douce tout un concert de chansons qui me plongeaient dans le sommeil. Selon elle, le premier mot que j'ai prononcé, après papa et maman, a été fusil ; il faut dire que ses chansons ne parlaient pas de petits ours ni de gentils papillons, mais de fusils et de morts, et quand elle bavardait avec la tante, tard dans la nuit, près de mon berceau, je n'entendais que des mots bizarres et discordants, alors je me mettais à crier car, après tout, c'était le seul langage que je connaissais pour être dans le ton.

La chambre de la maison qui me plaisait le plus était celle de la tante. C'est là qu'elles transférèrent leurs conversations nocturnes quand je commençai à marcher. Elles papotaient tandis que j'explorais la pièce en attrapant tout ce qui était à ma portée, livres, figurines, tasses, crayons, objets bizarres, la tante avait des tas de trucs et devenait très nerveuse quand quelque chose décidait de se casser entre mes mains. Dans cette chambre j'appris les mots *merde* et *bordel*, qui sonnaient bien et qu'elles employaient fréquemment. J'aimais aussi la petite radio de la pièce, la tante montait parfois le volume et se mettait à chanter faux, alors c'était la fête, on grimpait toutes les trois sur le lit et on sautait dessus jusqu'à ce qu'on entende la voix de la grand-mère qui frappait à la porte, alors il fallait se taire en étouffant un fou rire. Un peu plus tard, maman m'obligeait à faire silence pour traverser le couloir jusqu'à notre chambre, à envoyer les petits baisers à la photo de papa et à me coucher, mais j'avais du mal à dormir parce qu'elle passait presque toute la nuit à lire avec la lampe de chevet allumée. Mon monde se réduisait alors à la chambre de la tante et à la nôtre, car maman avait décrété le salon chasse gardée après une longue discussion avec la grand-mère à cause des deux ou trois pipis qui m'avaient échappé sur le canapé et des petites jeunes qui venaient se faire masser par l'oncle.

Jusque-là, tout marchait bien. Ma famille était parfaitement cohérente, j'avais un père qui déposait souvent des petits cadeaux dans mon berceau, une mère qui me chantait des chansons, une tante très marrante, une grand-mère ronchonneuse, comme la plupart, et un oncle avec plein de copines.

J'étais heureuse. La journée, j'alternais entre ma mère et la tante, c'était avec elle que j'aimais le plus être car elle se mettait à écrire à la machine et je pouvais prendre tout ce que je voulais, jouer avec ses trucs et grimper sur le lit pendant qu'elle écrivait et me grondait à peine. Je faisais ce qui me chantait et elle se contentait de s'approcher de temps en temps quand elle sentait une petite odeur incommodante ; alors elle me changeait et jetait la culotte dans une bassine qu'elle portait ensuite à maman en se plaignant parce que l'odeur de caca d'enfant lui donnait la nausée. Ces années-là, ma tante était écrivain et restait des heures à la maison, aussi maman me confiait à elle de temps en temps. Les autres jours c'étaient des sorties avec maman, par-ci par-là, dans des endroits pleins de gens qui parlaient beaucoup, des salles de répétition où tout le monde me grondait ou me passait de main en main, selon l'humeur, mais c'était amusant aussi parce que parfois ils me donnaient une poupée ou un masque et je pouvais jouer tout l'après-midi.

Un soir, il y eut quelque chose de terrible. Nous étions dans la chambre de la tante, où elles bavardaient comme d'habitude, quand soudain ma tante se leva, furieuse, en déclarant un truc du genre "réalisme socialiste", suivi de "énorme merde". Apparemment ça ne plut pas à maman car elle se leva en colère et commença à crier en accentuant les mots plus que d'habitude. Je me mis dans un coin sans rien comprendre et je les vis se disputer, presque à se donner des coups, jusqu'à ce que maman me prenne par le bras en disant que ma tante était une idiote et que je ne devais plus jamais remettre les pieds dans cette pièce. Ce soir-là, je ne fus pas obligée d'envoyer des baisers à la photo de papa, bien sûr je ne dormis pas non plus. Maman passa son temps à tourner, virer, à regarder l'heure, et papa n'était toujours pas rentré. Moi, je faisais semblant de dormir, blottie sous les draps, et ce fut la première fois que j'assistai au retour de mon père. La porte s'ouvrit et il entra discrètement en essayant de ne pas faire de bruit, jusqu'à ce qu'il tombe sur le regard de maman qui le fixait depuis le lit.

– Si tu me racontes encore que tu étais de garde, je t'arrache les couilles.

Papa eut une expression de lassitude et parla d'aller au salon pour ne pas réveiller la petite. Mais maman se leva, furieuse, en disant qu'elle n'en avait rien à foutre que la petite entende tout, qu'elle en avait marre de se cacher au salon pour que la grand-mère et la petite n'entendent pas, qu'elle en avait marre de tout, de cette famille de dingues, des tours de garde de papa, des balivernes de la grand-mère, de l'oncle préféré et, le comble, de la tante autarcique et à moitié *gusana**. Cette nuit-là, je découvris qu'après les chansons qu'elle me chantait, maman restait éveillée à attendre le retour de mon père pour aller discuter au salon. Je découvris aussi que tout ne marchait pas aussi bien que je le pensais.

A partir de cette nuit-là, maman et la tante cessèrent de se parler et il n'y eut plus de visites nocturnes au salon. Je m'endormais et, aux premiers cris étouffés de maman, je me réveillais pour me boucher les oreilles avec le drap, et quand ça tournait mal, je commençais à pleurer fort, très fort, jusqu'à ce que la grand-mère vienne frapper à la porte en exigeant le silence et se plaignant que dans cette maison on ne pouvait même plus dormir. La tante, dans sa chambre, profitait du tapage pour allumer la petite radio, ma mère me prenait dans ses bras, tandis que mon père allait frapper à la porte de sa sœur en réclamant le respect des autres et la grand-mère réveillait l'oncle, le seul à la prendre en considération, le seul être décent à vivre sous son toit.

C'est pour ça que ma mère se mit à pleurer le jour où mon père décida d'aller dormir au salon. J'avais six ans et je passai presque trente heures sans manger parce que ma mère

* Les exilés cubains sont qualifiés péjorativement de *gusanos*, vers de terre.

n'arrêtait pas de pleurer, de se moucher, de pleurer encore, inconsolable, jetant les mouchoirs mouillés par terre puis se séchant avec les draps et recommençant à pleurer, jusqu'à ce que tout soit trempé et que seuls mes draps restent secs. Ma mère se tourna vers moi, découvrit mon regard et ses pleurs cessèrent subitement.

– Je ne pleurerai plus, mon bébé, je te le promets.

Et elle ne pleura plus, mais elle ne fit non plus rien d'autre. C'est à ce moment-là qu'elle acheta ce tourne-disque d'occasion et commença à écouter des tangos. Elle abandonna le théâtre et n'adressa plus la parole à personne à la maison ; elle ne sortait de la chambre que lorsqu'elle considérait cela indispensable et, de temps en temps, pour m'emmener au parc et prendre un verre au bar du coin. Ma mère n'écoutait que des tangos et m'aidait à grandir. Quand mon père lui adressait la parole, elle écrivait sur un papier les quelques mots qu'elle jugeait nécessaires, pas un de plus, et retournait à ses tangos. Je l'observais en silence et me jurais que je ne pleurerais jamais comme elle, ne montrerais jamais mes larmes parce que, derrière les larmes, il n'y avait qu'un tango qui me donnait envie de pleurer et je ne voulais pas, jamais, je ne pleurerais jamais de cette façon, pour rien, ni personne, ni même pour ce que je pouvais à peine comprendre à ce moment-là. J'ai grandi en écoutant les paroles que les autres échangeaient, les silences de ma mère et les paroles des tangos, mes chansons d'enfance, dont celle que je chantais tout le temps :

… quand toutes les portes sont fermées
et qu'aboient les fantômes de la chanson,
Malena chante le tango d'une voix brisée
Malena a une peine de bandonéon…

Une des choses dont je n'ai jamais eu peur depuis mon enfance, c'est l'obscurité ; au contraire, je l'aimais bien. A la maison je me suis habituée à me déplacer en catimini, comme les autres.

Je passais la journée à l'école, un semi-internat qui se trouvait à proximité. Tous les matins, maman m'y accompagnait et revenait me chercher à cinq heures. Elle dormait tout le temps quand je n'étais pas là. Rentrer à la maison était ce que j'aimais le moins, car la grand-mère courait à droite à gauche et je devais m'asseoir devant la télé sans embêter personne. Maman disait qu'à la première plainte de la grand-mère, la télévision serait interdite. C'était pénible. Parfois je préférais que maman ait envie de m'emmener au parc où nous restions le temps que la grand-mère finisse sa cuisine et ce qu'elle avait à faire. Je pouvais courir tandis que maman attendait assise sur un banc en lisant un livre. Au retour, nous faisions un arrêt au bar du coin où elle buvait un verre, puis c'était la maison où elle préparait mon repas. A vrai dire nous mangions très tard, assises toutes les deux à la table, moi parlant tout le temps et elle souriant et me pressant pour qu'on ne tombe pas sur l'oncle quand il rentrerait.

Mon père, je le voyais peu. Il arrivait très tard, comme toujours, et partait très tôt. Parfois, je voulais le voir et devais donc attendre en silence dans la chambre que maman ferme les yeux pour écouter sa musique préférée. Alors je me levais discrètement et sortais de la pièce en marchant tout doucement sans allumer la lumière. Je traversais le couloir en passant devant la chambre de la tante, encore éveillée, en train d'écrire sur sa machine qui faisait beaucoup de bruit. J'arrivais au salon et j'aimais me coucher sur le canapé où papa dormait, je serrais ses draps dans mes bras et j'entamais de longues conversations avec les ombres jusqu'à ce que le sommeil me gagne et je retournais dans la chambre en prenant soin de ne pas faire de bruit. Maman n'avait pas bougé. Elle avait l'habitude de dormir dans la journée et de passer la nuit éveillée à écouter des tangos, très bas pour que la grand-mère ne fasse pas des siennes. Elle restait immobile et donnait parfois l'impression d'être morte, à moitié nue et allongée sur le lit, les yeux fermés, remuant à peine les lèvres, loin déjà, peut-être dans ces terres d'où elle était venue, là-bas, avec des gauchos et leurs bandonéons.

J'ai l'impression que ma vie a été un rêve jusqu'à que papa décide de déménager au salon. Peut-être parce que je grandissais et qu'il me manquait des mots que personne n'avait jamais prononcés. Le fait est que la maison, et tout ce qui tournait autour, commença à me paraître différente. La chambre de la tante, par exemple, continuait de m'attirer, bien que maman m'ait interdit d'y entrer. Parfois, la nuit, j'étais tentée de frapper à la porte, je savais que la tante ne refuserait pas de m'ouvrir, mais quelque chose me faisait craindre que maman ne se sente trahie, alors je restais immobile en espérant que la porte s'ouvrirait, mais cela n'arrivait jamais, la tante tapait sans arrêt sur son clavier et je m'en allais, la laissant dans son monde. La chambre de l'oncle, jusque-là territoire privé, commençait à m'intriguer ; certes je n'y étais jamais entrée et lui ne m'y avait jamais invitée, mais une chambre fréquentée quotidiennement par un tas de gens ne devait avoir rien de mal. En revanche, ce qui me remplissait d'ennui, c'était ma chambre, où il n'y avait que maman en train d'écouter des tangos, ou de lire, dépeignée, sans maquillage, tout le contraire des mères de mes copines d'école, ou d'elle-même des années auparavant.

Ma mère était une belle femme à la peau très blanche, aux cheveux châtains et raides, aux traits fins et aux yeux d'un bleu très vif qui dégageaient une impression d'extrême vivacité malgré les cernes qu'elle avait à cette époque et sa maigreur. Moi, en revanche, on ne pouvait pas affirmer que j'étais une belle fille, ce que je savais grâce au miroir, et à mesure que mon corps se dessinait tout le monde remarquait ma ressemblance frappante avec mon père. J'étais une petite fille très maigre : ma mère me faisait prendre des vitamines à chaque repas pour ne pas paraître malade. D'elle, j'avais seulement hérité la peau très blanche et les yeux bleus, le reste venait de mon père. Étrangement, du moins pour moi, il était le seul de ses frères à ne pas avoir les cheveux raides. Tous les jours, avant de me conduire à l'école, ma mère m'arrêtait devant le miroir pour démêler mes cheveux broussailleux en affirmant avec dépit à chaque coup de brosse que j'étais le portrait vivant de mon père, mêmes expressions, même regard à la couleur changeante, ces grosses lèvres que l'on gonfle aujourd'hui à la silicone, la même manière de placer les mains sur ma taille fine. J'étais mon père en tons clairs et elle veillait à ce que j'aie toujours les cheveux courts et à les brosser jusqu'à me faire chauffer le cuir chevelu, bien en vain car je rentrais de l'école avec mes touffes crépues tout emmêlées comme d'habitude. Pour moi, le problème des cheveux devint un mystère, à la maison seuls papa et moi avions les cheveux crépus, et à l'école toutes mes copines, sauf moi, pouvaient se servir de ces petits peignes pour fille à la mode ; bref, le problème des cheveux devint l'une des centaines d'interrogations qui naissaient chaque jour.

Pour moi, ressembler à mon père n'était pas un problème, mais cela dérangeait beaucoup ma mère, surtout quand elle m'entendait parler en l'imitant après être sortie avec lui.

Certains dimanches, il venait me chercher très tôt dans la chambre pour qu'on aille se promener; parfois il m'emmenait chez des amis à lui et il se mettait à bavarder et à boire tandis que la maîtresse de maison m'offrait des laits battus et des choses que j'aimais. Une fois on lui demanda des nouvelles de son épouse et il répondit qu'elle était restée à la maison parce qu'elle ne se sentait pas bien. Trouvant sa réponse absurde, je le regardai étonnée et dis que maman ne sortait jamais avec nous parce qu'elle écoutait des tangos. Papa sourit en me passant la main sur la tête, mais quand nous sortîmes il me hissa sur un muret et expliqua très lentement que dans la vie on ne devait jamais dire toute la vérité parce que cela n'intéressait personne; dans la vie il fallait seulement dire la moitié de la vérité pour ne pas blesser les gens. Son raisonnement me sembla juste, d'ailleurs il en savait plus que moi et c'est alors que je commençai à dire, non des mensonges, mais juste une partie de la vérité, pas plus. Un jour, en rentrant de l'école, maman était plus sombre et silencieuse que d'habitude. Dans la chambre, elle me hissa sur le lit et s'assit à mes pieds.

– Tu as menti à la maîtresse.

Je ne savais pas de quoi elle parlait, alors elle raconta. Je n'étais pas allée en classe de mathématiques parce que, après la récréation, j'étais restée perchée dans les taillis à observer un nid d'oiseaux. Quand la maîtresse me demanda où j'étais passée, je prétendis avoir dû rentrer à la maison parce que ma mère ne se sentait pas bien, elle avait une maladie qu'on n'attrape qu'en Argentine et qui l'empêchait de dormir la nuit. L'histoire m'avait paru parfaitement cohérente, mais pas à la maîtresse, et pour couronner le tout une fille de la classe m'avait vue perchée dans un arbre. Ma mère était étonnée, mais elle m'étonna encore plus quand elle me demanda pardon et dit qu'en effet elle était malade, mais que sa maladie venait de se terminer.

Ce soir-là, elle attendit mon père et ils eurent une longue discussion que je tentai d'écouter cachée dans le couloir.

A partir de ce jour, le tango nocturne disparut et elle recommença à dormir la nuit. Dans la journée elle écoutait des tangos, ou sortait, je ne sais où, et le soir elle s'allongeait avec moi pour m'aider à faire mes devoirs, puis elle parlait. Elle me racontait des histoires de l'Argentine, comment elle avait connu mon père, des histoires de la grand-mère. Je devais avoir à peu près dix ans quand j'appris pourquoi il avait décidé un beau jour d'aller dormir au salon et pourquoi elle s'était enfermée. Je me sentis très troublée, ma mère disait la vérité, il rentrait tard à la maison parce qu'il sortait avec des femmes, faisait la fête et buvait, c'est pour ça que je ne pouvais jamais le voir. Le jour où ma mère m'apprit cela, je ne sus lequel des deux je devais détester, lui avec ses demi-vérités, ou elle avec sa vérité absolue. Au bout du compte, quelqu'un est toujours blessé et j'aurais préféré continuer à envoyer des baisers à l'homme de la photo, parce que c'était le mensonge auquel je croyais. Je découvris alors que mentir était mon signe, mais quitte à mentir je devais le faire bien, très bien. De mon père j'avais hérité le don du mensonge, de ma mère les qualités histrioniques pour l'interpréter ; aucun doute, j'étais fin prête.

La vie de ma mère changea progressivement. Elle souriait, parlait de littérature et de théâtre. J'étais grandette et désormais elle pouvait sortir, elle n'avait plus à venir me chercher à l'école et me laissait déjà traverser la rue toute seule. Ses changements me paraissaient bien parce que moi aussi je changeais. A l'école je ne parlais plus autant avec mes copines, c'étaient des cancanières toujours pendues aux basques de la maîtresse pour lui raconter n'importe quoi. Je m'asseyais au dernier rang et j'étais seule. A la maison, je pouvais rôder la nuit et c'était génial parce qu'il y eut une époque où maman sortait fréquemment, elle s'habillait, et même se maquillait, contrôlait mes devoirs, me donnait un baiser et disait qu'elle allait chez Dieu. L'idée de ma mère se rendant à l'église était pour moi un peu illogique, mais je l'acceptais parce que j'avais appris que si l'on ne veut pas entendre quelque chose, il est fondamental de ne pas demander de quoi il s'agit. Un soir où je déambulais dans le couloir, je décidai de frapper à la porte de la tante. Il y avait des années que je n'étais pas entrée chez elle et elle m'accueillit comme d'habitude, elle avait des différends avec ma mère, pas avec moi qui ne savais même pas ce qu'était le "réalisme socialiste". Et la tante se mit à parler, à cette époque elle avait abandonné la littérature et se consacrait à la recherche musicale, elle avait fini par acheter un tourne-disque et je pus ainsi connaître Mozart, Chopin, Beethoven, me rouler par terre et tressaillir quand la Tosca assassine Scarpia et répéter en chœur *e avanti a lui tremava tutta Roma*, c'était fantastique, sauf que je devais partir avant le retour de maman.

Papa continuait à travailler beaucoup et l'oncle avait élargi sa clientèle, il ne massait plus seulement les filles mais désormais les deux sexes, ce que la grand-mère n'approuvait guère, bien qu'elle lui conservât son rang de fils préféré.

Un jour où j'étais au balcon chez la seule camarade de classe que je ne considérais pas comme une cancanière, je vis ma mère sortir de l'immeuble d'en face accompagnée d'un homme barbu et corpulent. Ma copine la vit aussi et ajouta que ce type, c'était son voisin, un écrivain d'après ce qu'on disait dans le quartier, ivrogne et coureur, comme tous les écrivains. Ce jour-là, je compris que Dieu n'était pas à l'église mais dans l'immeuble d'en face. Quelques semaines plus tard ma mère rentra à la maison peu de temps après que j'eus écouté *Le Trouvère* dans la chambre de la tante. Elle ne s'étonna pas de me trouver éveillée car c'était de fait une habitude que j'avais héritée d'elle, aussi m'invita-t-elle à écouter un tango.

– Écoute, ma chérie, comme c'est beau…

Elle entreprit de se démaquiller en fredonnant un tango triste, je m'approchai et lui demandai si elle était allée chez Dieu.

– Viens, ma petite chérie, Dieu est en nous, tu sais…

Ma mère me serra dans ses bras et je compris que les tangos reviendraient, parce qu'on retourne toujours à la source. Quand tout s'effondre et que le monde devient absurde, on a toujours cet étrange instinct de se pelotonner en repliant les jambes contre soi pour s'endormir en attendant la naissance.

UNE TANTE CÉLIBATAIRE

Ce n'était pas que je détestais la musique argentine, mais cette manie de ma mère d'écouter des tangos commença à me fatiguer, alors je me mis à dessiner.

Mes nuits dans cette chambre c'était la petite lumière de la lampe de chevet et ma mère à côté, allongée, avec le susurrement de son vieux tourne-disque, cette assommante mélancolie d'amours perdus ou oubliés et le mutisme de ma mère. Je me sentais mal à l'aise, d'autant que je savais très bien qu'elle ne dormirait pas de la nuit et que je ne pourrais pas sortir et déambuler, ni entrer dans la chambre de ma tante. Alors je dessinais. Je dessinais tout ce que je voyais dans la chambre, une femme sombre qui me regardait au petit matin pour me demander ce que je fabriquais avec ce cahier.

– Je dessine, toi tu écoutes des tangos, moi je dessine.

– La vie est comme un tango, ma chérie, il faut que tu le saches.

Et elle continuait à parler de la vie en regardant fixement le plafond, de mon père qui à cette époque devait être fourré dans un autre tango et d'autres draps, car les siens que j'inspectais tous les matins étaient toujours pareils, sans traces ni marques de présence, sauf le dimanche matin quand la grand-mère tentait de balayer sous le canapé et que mon père se levait furieux en s'exclamant que dans cette maison il n'y avait pas d'espace pour lui, sur quoi il prenait sa chemise et partait s'asseoir dans l'escalier de l'immeuble. J'avais l'habitude de le suivre, je m'asseyais à côté de lui et je lui racontais l'école, je disais n'importe quoi pour le calmer un peu et il parlait. Il y a eu un moment où, subitement, tout le monde s'est mis à me parler. Mon père disait seulement des phrases vagues, souvent murmurées en russe. J'essayais de mettre les mots en ordre sans pouvoir le comprendre, il me passait la main dans les cheveux en disant que j'étais la seule à être utile dans cette maison et il m'invitait au petit bar du coin où je pouvais manger ce que je voulais tandis qu'il déjeunait d'un rhum pour égayer la journée. Ça marchait plutôt bien car à la quatrième gorgée, en effet, la journée s'égayait, mon père se mettait à chanter en russe et le patron me servait de la limonade gratis.

Ma mère ne soupçonnait rien, elle ne faisait qu'écouter des tangos, alors je revenais dans la chambre et je m'asseyais pour dessiner mon père, silencieuse dans un coin, je dessinais sans cesse. C'était bien. Parfois je passais la journée à tout dessiner, la maison, la famille, ma grand-mère qui râlait, ma tante célibataire. Ma tante avait toujours été célibataire, ce qui m'intriguait, surtout après la dispute entre elle et maman qui qualifia ma tante de frustrée et de vieille fille à moitié *gusana*. C'étaient les années 80, j'avais déjà appris à l'école qu'on traitait de *gusanos* ceux qui quittaient le pays. Près de mon école, on avait ouvert un bureau où se présentaient tous ceux qui voulaient partir de Cuba et on nous rassemblait dans la cour pour leur crier *déchets*, *gusanos*, ou on nous incitait à jeter des œufs sur leurs maisons, et ça c'était très marrant, mais ma tante n'était pas partie, pas à Mariel*, ni rien de tout ça, et à part sa maigreur je ne voyais rien en elle qui ressemblait à ces vers dégoûtants.

* En 1980, des milliers de Cubains ont quitté l'île par le port de Mariel.

Une fois, je lui montrai un dessin que j'avais fait de sa chambre, cela lui fit très plaisir, elle dit que j'avais du talent pour la peinture, je sais qu'elle mentait mais elle accrocha le dessin sur un mur où il resta au milieu de centaines d'affiches poussiéreuses et de toiles d'araignées qui grandissaient jour après jour.

Ma tante était un personnage. Maigre, portant des vêtements bizarres et des lacets pendouillant autour du cou, elle fumait en permanence en disant des choses intéressantes. J'aimais bien l'époque des concerts dans sa chambre, elle se jetait sur le lit, fermait les yeux et se donnait à la musique pendant que je pouvais jouer avec tout. La seule chose que je ne pouvais pas toucher était une coupe qu'elle rangeait en haut de l'étagère; elle disait que c'était une coupe enchantée, la coupe de la chance, mais seul son enchanteur pourrait la toucher. Tout le reste était accessible. Je jouais à me déguiser. Elle avait une perruque posée sur une tête de mannequin, je me mettais la perruque, du rouge à lèvres, ses colliers, je prenais un des chapeaux tout poussiéreux accrochés au mur, puis je dansais sur cette musique céleste qui sortait du vieux tourne-disque, et c'était bon parce que je pouvais m'envoler, j'allais à la fenêtre et je m'élançais très loin, je revenais pour me regarder dans le miroir et changer de chapeau, tandis qu'elle se levait, changeait de disque, disait un truc et buvait un petit coup. La tante avait toujours quelque chose à boire, elle rangeait en haut de l'étagère, à côté de la coupe enchantée, un tas de bouteilles de formes et d'étiquettes différentes qu'elle remplissait au petit bonheur la chance d'alcools achetés au bar du coin. Ça me plaisait, ainsi que sa manie de cacher les cigarettes n'importe où. Parfois elle terminait un paquet et on jouait à trouver la cachette, je cherchais parmi les livres, les disques, les boîtes, dans les bouteilles vides. La première à trouver avait le droit de choisir le prochain disque. C'était marrant. Mais tout cela prit fin quand maman revint à ses tangos et à sa lampe de chevet.

Je commençais à en avoir marre. Un soir je me mis à dessiner et à fredonner la neuvième symphonie, toujours le même passage, de plus en plus fort, les yeux fixés sur le papier. Maman finit par se lever et me demanda ce qui se passait.

– Je dessine et je chante.

– Tu fais ça pour m'embêter, tu es comme ton père.

Alors je me levai et dis que j'allais dessiner au salon. Maman se mit un oreiller sur la tête et dit que tout le monde la laissait seule, la fuyait, et que j'étais comme les autres, comme cette famille de dingues. Je refermai la porte parce qu'en vérité je n'avais rien à répondre et je traversai le couloir en silence. En passant devant la chambre de la tante j'entendis un bruit étrange, comme de verre brisé, puis des sanglots convulsifs. J'eus envie de frapper à sa porte mais j'eus peur et allai au salon pour dessiner. Je dessinai une bouteille cassée. Puis ça m'ennuya et je m'allongeai un moment sur le canapé pour jouer à faire des dessins au plafond avec les ombres de ma main. Bientôt j'entendis des pas dans le couloir. Je me levai et marchai jusqu'à la chambre de ma tante, la porte était entrouverte et j'entrai. Dedans, tout était en désordre comme d'habitude, le lit défait, plein de livres, la machine à écrire abandonnée dans un coin, le tout dans la pénombre, et par terre les morceaux de la coupe enchantée, éparpillés sur une flaque de rhum, avec des taches de sang jusqu'à la porte. J'eus peur et ne pus faire autre chose que rester sur place, immobile, quand la voix de la tante s'éleva dans mon dos.

– Qu'est-ce que tu fais ici, toi ?

Je me retournai, elle était là debout, me regardant l'air sévère, serrant de sa main droite un bandage qui couvrait son poignet gauche. Je ne sus que dire et elle entra en poussant la porte du pied.

– Tu peux rester, le charme est rompu et je me suis coupée, c'est tout.

Ma tante se dirigea vers le tourne-disque en réaffirmant que je pouvais rester, nous écouterions le *Requiem* de Mozart, une mélodie en harmonie avec le moment. Elle but à la bouteille qui était au pied du lit et m'invita à m'asseoir tandis qu'elle s'installait sur le lit en allumant une cigarette. Je crois qu'elle était un peu ivre car elle me proposa une gorgée, mais je n'acceptai pas. Alors la musique commença et elle se mit à parler. C'était l'époque où tout le monde me parlait, je ne sais pourquoi. Je me contentais d'écouter sans poser de questions, j'écoutais toujours les mots des autres. La tante raconta qu'un jour, quand elle était plus jeune, elle était tombée amoureuse d'un homme marié, un professeur d'université, très respecté et très intelligent, elle ajouta que l'intelligence était parfois impardonnable, surtout pour ceux qui n'en avaient pas mais avaient le pouvoir. Elle était tombée amoureuse de cet homme, et lui d'elle, et ils avaient entamé une relation sans que personne ne le sache. Les gens mentent, ça je le savais. Mais un jour l'homme avait eu un problème, ma tante dit que c'était l'époque de la chasse aux sorcières et je ne compris pas, elle expliqua que l'homme avait des amis, ses amis avaient des idées et parlaient beaucoup, et un jour un de ses amis quitta le pays, l'homme resta son ami, mais ça ne plut pas au directeur de l'université ni aux autres, alors ils voulurent qu'il ne reçoive plus de lettres ni de coups de téléphone et qu'il ne soit plus son ami, mais l'homme refusa et il commença à avoir des problèmes, jusqu'au jour où on le convoqua et l'accusa d'être contre le pays, et en plus adultère. Ce mot, je ne le compris pas non plus, mais ma tante dit que c'était comme ce que faisait mon père, alors je compris. A la fin, l'homme fut viré de l'université, sa femme l'abandonna et partit avec un des directeurs, et les autres qui se disaient ses amis cessèrent de lui rendre visite parce que personne ne voulait avoir de problèmes. Seule ma tante resta avec lui, mais il était très triste, il se mit à boire et à dire qu'il ne ferait plus rien tant qu'on ne reconnaîtrait pas qu'on avait été injuste avec lui. Le temps passa et ses amis devinrent directeurs, les directeurs ministres, son ex-femme changea de mari et lui devint un alcoolique attendant la justice, il s'enferma chez lui et son intelligence partit en couille.

Je ne comprenais pas grand-chose. Ma tante parlait entre les dents et buvait très rapidement. Elle dit qu'il s'était transformé, qu'il mourait à petit feu et qu'un jour il avait tellement picolé, mais alors tellement, que quand elle arriva chez lui, elle le trouva tout nu dans la baignoire avec les veines ouvertes. Ma tante se démena et put le sauver. Après, on l'interna dans une clinique pour alcooliques, mais il ne voulut pas y rester et repartit chez lui pour boire et écrire des lettres, il disait qu'il n'arrêtait pas d'écrire des lettres mais que personne ne répondait. Il n'y avait plus qu'elle pour lui tenir compagnie, ce que ni mon père ni ma grand-mère ne lui avaient jamais pardonné, même s'ils l'aimaient. Ma tante alluma une autre cigarette et resta un moment le regard perdu dans le vide, alors je pensai que l'amour était une chose véritablement triste, ma mère écoutait des tangos, ma tante était célibataire, ma grand-mère avait été abandonnée et moi je ne voulais pas de ça. Ce que je voulais, je ne le savais pas, mais l'amour, ce mot était décidément trop triste pour que j'en aie besoin, et je décidai alors de le rejeter.

Ma tante mit l'autre face du disque, elle but de nouveau et dit qu'on n'arrivait pas toujours à temps. La nuit précédente, l'homme avait mis un terme définitif à son agonie, car une histoire de merde, disait-il, mérite une fin de merde, et elle éclata de rire comme une folle en disant qu'elle avait gardé pendant des années la coupe qu'il lui avait offerte lors de leur première sortie, que cette coupe n'était pas enchantée pour un sou et que ce n'était rien d'autre qu'un verre merdique plein de poussière, de souvenirs inutiles et de conneries sentimentales, et d'ailleurs pourquoi garder une vieille coupe si les vers commençaient à se frotter les mains devant le corps encore bien chaud, plein d'alcool et de merde, d'intelligence putréfiée, sotte, inutile. Ma tante me regarda fixement et dit que nous n'étions que de la viande pour les asticots, mais qu'il fallait faire quelque chose : elle ne se trancherait jamais les veines, elle voulait être comme Mozart, dont depuis près de deux siècles il ne restait même pas les petits-fils des asticots, mais qui était là, dans sa chambre, emplissant tout l'espace, et sur ce elle se leva et commença à virevolter, à danser sur le *Requiem* en titubant, à moitié ivre et riant comme une hystérique. Je me levai effrayée, mais elle me prit dans ses bras et nous commençâmes à tournoyer, mais elle tomba par terre, fondit en larmes à genoux et je sortis de la chambre.

Je marchai un peu désorientée jusqu'au salon, où je découvris mon père allongé sur le canapé. Je m'assis dans un coin, sortis le cahier de ma poche et dessinai un grand ver qui se frottait les mains. Je me sentis calmée, mais j'avais encore peur que ma tante vienne me chercher. Je regagnai ma chambre sur la pointe des pieds. Maman avait éteint la lumière mais on entendait un tango en sourdine. Je me couchai et me serrai contre elle, elle me donna un baiser dans les cheveux et me demanda ce qui se passait. Rien, je lui dis. Un moment plus tard, je me serrai de nouveau contre elle et murmurai entre mes dents que je ne laisserais jamais les vers lui faire du mal. Ma mère sourit.

– Mais non, ma chérie, les vers partiront tous à Mariel et personne ne nous fera jamais de mal.

Le jour où on lui donna la voiture, papa arriva très euphorique à la maison et demanda qu'on se fasse belles toutes les trois, maman, la grand-mère et moi, parce qu'on allait à Lada, se promener et manger dans le coin.

Depuis des mois je sentais se préparer quelque chose d'étrange. Papa rentrait tôt du travail et dormait tous les jours à la maison. J'avais environ douze ans et j'aimais bien aller me promener après l'école. Je disais à maman que j'allais étudier les leçons chez mes copines, mais je n'avais pas de copines. Les filles de mon collège étaient toutes des idiotes qui se faisaient les ongles, parlaient de se couper les cheveux et de se les faire friser comme c'était la mode. Moi je souriais sans rien dire parce que je savais qu'elles enviaient secrètement mes boucles naturelles, toujours dépeignées et anarchiques mais bien dans le style de l'époque.

A l'école c'était l'ennui total. Les garçons envoyaient des petits messages aux filles qui détournaient les yeux avec fierté en déchirant le papier bien ostensiblement pour ensuite se dépêcher de tout raconter aux autres, cachées dans les toilettes. Moi, tout ça me faisait rire jusqu'au jour où atterrit sur mon pupitre un papier lancé de je ne sais où, que j'ouvris pour y lire : *Petit mec.* Je me levai en pleine classe et, très en colère, je dis à la professeur ce qui venait de se passer. Ce jour-là, je me rendis compte que je n'étais pas aussi étrangère aux autres que les autres l'étaient pour moi. La classe éclata de rire et je compris que je venais de gagner un sobriquet. Je résolus de tous les détester et de faire la sourde oreille quand j'entendrais dans les couloirs une petite voix me lancer "petit mec!" suivi de ricanements.

Après cet incident la professeur de littérature me fit venir pour parler; elle me conseilla affectueusement de m'arranger un peu, de prendre soin de mon uniforme, de m'asseoir les jambes fermées. Comme ce n'était pas la même maîtresse que les années passées, ni moi la même oie blanche, je pris un air grave et lui racontai que je vivais avec ma mère et ma grand-mère. Ma grand-mère était une petite vieille très âgée et ma mère avait une maladie aux pieds, parfois elle allait très mal, ma grand-mère était très nerveuse, aussi je devais rester avec elles. A la maison je passais beaucoup de temps à les aider, ce qui expliquait que j'étais ainsi, un peu négligée. Quand elle me posa une question sur papa, je lui dis la gorge serrée que c'était un *gusano* et qu'il avait quitté le pays. Elle comprit tout de suite et me dit, elle aussi la gorge serrée, que son mari l'avait abandonnée pour partir à Mariel. Ce jour-là, nous pleurâmes ensemble et je commençai à manquer l'école.

Maman ne se doutait de rien et se montrait très contente quand elle me voyait rentrer après avoir passé l'après-midi à étudier les leçons chez une amie. Un jour, en arrivant à la maison, je ne trouvai pas ma mère. Je demandai à la grand-mère qui me répondit à contrecœur que maman et papa étaient sortis ensemble. C'était bizarre, mais en tout cas à partir de ce jour papa frappa à notre porte avant d'entrer. Parfois j'arrivais et trouvais maman tout habillée, mais n'écoutant pas ses tangos. On parlait un peu de l'école, puis elle m'expliquait que les Malouines étaient des îles qui appartenaient à son pays et qu'elle était très triste et inquiète des nouvelles diffusées à la radio. Moi j'écoutais à peine la radio et, à vrai dire, les Malouines je m'en contrefichais, mais maman, non. Quand papa rentrait, il me couvrait de baisers et s'asseyait sur le lit pour parler de l'impérialisme yankee et des droits des peuples. Je les regardais en train de bavarder, ils avaient l'air bien, jusqu'au moment où papa souriait à maman, qui me disait :

– On revient tout de suite, ma chérie.

Et ils partaient ensemble. Je n'osais pas demander où ils allaient jusqu'au jour où maman s'assit et me dit qu'ils avaient discuté, que mon père avait vraiment beaucoup changé et qu'ils devraient peut-être essayer de refaire leur vie, bien qu'elle se sentît encore troublée. Je me demandais si *refaire* était le mot juste : je ne refaisais jamais un dessin, s'il ne me plaisait pas j'en faisais un autre et le premier ne me servait plus à rien. Mais maman continuait, comme se parlant à elle-même, tandis que je pensais que s'il s'agissait d'en finir avec les tangos j'étais prête à accepter n'importe quoi.

Mon père, de son côté, insistait pour sortir avec moi le dimanche, mais c'était tous les dimanches. On partait se balader à pied et il commençait à y aller de son couplet sur son séjour en Union soviétique, il s'enthousiasmait tellement qu'il se mettait à chanter en russe et voulait même m'apprendre les chansons. Je faisais semblant de rire mais je me hérissais de la tête aux pieds quand nous arrivions au petit bar du coin. Papa avait cessé de boire et ne commandait plus que des limonades, tout en me montrant au patron comme si celui-ci n'en avait pas marre de voir ma binette. Mon père lui faisait remarquer avec fierté combien nous nous ressemblions physiquement et m'invitait à chanter un truc qui disait : *Ochi chorniye, ochi stratniye, ochi zhguchiye y precrasniye...*

Il ne sait pas à quel point j'en étais arrivée à détester cette chanson, pourtant je ne bronchais pas et, à la maison, quand maman demandait si je m'étais bien amusée, je mentais.

Le jour où papa acheta la voiture, la grand-mère fit des yeux ronds quand il nous invita à aller manger tous les quatre, mais elle fila se changer. Nous nous promenâmes en ville, la grand-mère devant, maman et moi derrière. En fin d'après-midi nous allâmes manger dans un endroit pour les militaires installé près de la plage. La grand-mère paraissait très contente et accepta même la bière que papa commanda pour porter un toast à la fin du repas. Il dit que c'était le moment de nous annoncer une grande nouvelle. Il se leva, me regarda, regarda la grand-mère, puis ma mère, et dit qu'ils avaient décidé de se marier. La grand-mère en eut la bière qui lui sortit du nez, ma mère se leva pour lui venir en aide mais la mémé donna un tel coup sur la table que la petite cuillère du dessert s'envola vers la table voisine pour frapper la tête d'un gosse qui se mit à hurler. Maman alla consoler le gosse tandis que papa secourait sa mère qui rejetait de la bière par le nez et les yeux. Pensant que la vieille avait tourné de l'œil, l'employé du restaurant appela un médecin qui s'empressa de lui prendre la tension. Le gosse de la table voisine criait horriblement tandis que ma mère discutait avec ses parents et que moi j'en profitais pour lui piquer sa glace.

Quand tout fut fini et que le médecin fut parvenu à faire recracher à la grand-mère le grain de riz coincé dans sa gorge, elle se leva en disant qu'elle avait besoin d'air. Nous rentrâmes en silence, la grand-mère renversée sur son siège et recevant l'air de la fenêtre, et moi derrière en train de la dessiner tandis que maman tapotait nerveusement du pied. Quand papa gara la voiture en face de l'immeuble, nous vîmes l'oncle qui prenait congé d'un ami au coin de la rue. La grand-mère le regarda, regarda papa et demanda si dimanche prochain nous pourrions revenir au même endroit.

– Quand tu voudras, maman, la voiture est pour tout le monde.

Alors la grand-mère se retourna vers nous et, donnant deux petits coups sur la jambe de maman, lui dit :

– Félicitations.

Maman et papa se marièrent sans faire de chichis. Un notaire, des signatures, et j'avais cessé d'être une bâtarde. L'oncle sourit quand sa mère lui dit :

– Maintenant, ton frère est marié. Quand vas-tu en faire autant ?

Il alluma une cigarette et fit demi-tour en claquant la porte. Ses massages ne marchaient pas très bien, car la maison était de moins en moins fréquentée et il passait beaucoup de temps dehors. La tante non plus n'y attacha pas grande importance, elle dit "Vive les mariés" et s'éloigna en fredonnant un tango. J'eus envie de dessiner deux vers en train de s'embrasser, mais je me retins.

La vie à la maison changea. Papa réintégra notre chambre et il fallut tout réorganiser. Les premiers jours nous dormions tous les trois, jusqu'à ce qu'il propose d'installer mon lit dans la chambre de la grand-mère, après lui en avoir parlé, ce qu'elle accepta de mauvaise grâce, m'approuvant l'instant d'après quand je suggérai qu'on me laisse dormir sur le canapé du salon. La grand-mère ouvrit de grands yeux, papa fit "Non" et ils transportèrent mon lit dans sa chambre.

Je savais que l'idée ne l'enchantait pas, mais pour moi c'était bien parce qu'elle s'endormait très rapidement et se mettait à ronfler. Alors c'était mon heure. Depuis longtemps j'étais convaincue que mon heure était la nuit. Je recommençai à déambuler dans l'appartement, mais désormais sans craindre de tomber sur papa endormi au salon et sans devoir attendre un tango pour m'éclipser en cachette. Avec la grand-mère qui ronflait je sortais librement, je parcourais déchaussée le couloir, comme une ombre, comme le fantôme de la grande maison se faufilant par les serrures. J'inventai le jeu de la porte, je devais dessiner ce qui se passait derrière les portes. Celle de mes parents était marrante, maman faisait des bruits et appelait Dieu, je ne comprenais pas le lien qu'elle faisait entre le sexe et l'Église, papa soufflait comme un animal en lançant des gros mots, et moi je les imaginais tout nus en les dessinant accroupie devant leur porte.

Devant celle de la tante, je ne restais jamais longtemps. Je n'entendais rien et je l'imaginais étreinte par un énorme ver qui lui léchait le visage et le cerveau pendant que Mozart jouait du piano. Ça me dégoûtait et je m'éloignais. En réalité, la tante et moi, nous nous étions beaucoup éloignées. C'était l'ordinaire de la maison, les gens allaient, venaient et repartaient à leur guise.

A cette époque, ma curiosité majeure fut la chambre de l'oncle. Sa porte était dans la cuisine, je restais cachée au salon, mais presque toujours j'allais me recoucher avant son retour. Une nuit, la porte d'entrée s'ouvrit et je me cachai derrière le canapé. J'entendis un murmure puis des pas pressés vers la cuisine. Quand l'obscurité revint, je me dirigeai à pas feutrés vers sa porte. Je perçus des voix indistinctes. De toute évidence, l'oncle n'était pas seul; ça me fit drôle. Je venais de découvrir son secret, il attendait la pleine nuit pour se faufiler dans sa chambre avec quelqu'un. L'idée me parut intéressante. Une petite lumière s'alluma et j'entendis une musique étrange, comme des chants d'Église, aucun doute, dans ma famille l'Église et le sexe étaient très liés. Craignant que l'oncle ne découvrît ma présence, je parvins à me glisser dans un placard et essayai d'entendre les voix, mais la musique couvrait tout. Je restai cachée là un bon moment et commençai à m'ennuyer ferme quand la porte de la chambre s'ouvrit subitement. Je me recroquevillai comme un ver dans sa chrysalide et vis par la fente un corps qui sortait suivi d'un autre qui le rattrapait.

– Écoute-moi, s'il te plaît, ne t'en va pas.

La voix de l'oncle sortait du corps qui se dépêchait de fermer la porte de la cuisine. L'autre corps restait immobile, en silence, et quand ma vue s'accoutuma à la pénombre, je me rendis compte que tous deux étaient nus jusqu'à la taille. Mon oncle s'appuya sur la petite table, en plein dans la frange de lumière qui sortait de la pièce, et parla très lentement. Il dit que les massages servaient à relâcher les tensions et qu'il n'y avait pas à avoir honte si une partie du corps ne parvenait pas à se détendre, cela arrivait à tout le monde, même à celui qui faisait les massages.

– Je voulais juste te détendre, mais si tu veux partir...

Mon oncle tendit une chemise ou quelque chose comme ça, mais l'autre répondit que non en baissant la tête. Alors il sourit.

– Tu veux qu'on soit à égalité, OK... moi aussi je suis excité, tu veux voir ?

Il déboutonna son pantalon. Je voulus fermer les yeux mais y renonçai aussitôt parce que en vérité je n'avais jamais rien vu de pareil, et en plus je devais dessiner la scène. Il sortit son membre en érection et se mit à le caresser doucement tout en souriant.

– Tu peux toucher, viens...

L'autre corps avança de quelques pas, entrant dans la frange de lumière. Je sentis comme si soudain on m'emprisonnait la tête. Le corps n'était pas celui d'une femme, mais d'un garçon de quelques années plus âgé que moi, d'un garçon qui s'accroupit devant l'oncle et commença à le toucher très lentement, avec crainte au début, mais sans lâcher prise tandis que l'autre souriait en lui caressant les cheveux.

– Comme ça c'est bien, très bien, et avec la langue c'est encore mieux...

Le garçon leva les yeux, approcha sa langue et lécha ce qui me paraissait un gros ver dressé, l'engloutissant dans sa bouche tandis que l'oncle lui passait la main dans les cheveux, très lentement et en souriant, pour enfin lui prendre la tête à deux mains et l'arrêter.

– Allons ailleurs, on mérite un massage...

Il lui prit la main et ils se hâtèrent de regagner la chambre. Je retins ma respiration quand ils passèrent près de moi jusqu'à ce que j'entende la porte se refermer. Je sortis du placard en m'efforçant de ne pas faire de bruit, allai au salon et m'assis dans un coin contre le canapé. Soudain, je n'avais plus envie de dessiner. Un bruit fort résonnait dans mes oreilles et les paroles de l'oncle se bousculaient en moi. Alors je me frappai lentement la tête contre le mur, les yeux fermés. Je voulais effacer l'image que je ne dessinerais jamais et me jurais de ne rien raconter à personne. Je restai un long moment ainsi, à me frapper et à jurer en silence jusqu'à ce que le bruit disparaisse de mes oreilles, remplacé par la peur d'être surprise par l'oncle, qui m'inviterait probablement à un massage pour glisser son horrible ver dans ma bouche.

Cette nuit-là je ne pus trouver le sommeil. Le lendemain matin, je prenais mon petit déjeuner dans la cuisine quand mon oncle sortit de sa chambre en disant bonjour et je ne pus éviter de renverser mon bol de lait sur la grand-mère qui me gronda en me traitant d'empotée tandis que l'oncle passait près de moi en m'ébouriffant les cheveux et que ma mère accourait pour calmer le vacarme. Je me mordis les lèvres très fort et décidai de détester l'oncle.

L'EMPEREUR DES MAUVAIS GARÇONS

Après l'incident à l'école, je devins l'alliée de la prof de littérature et l'ennemie secrète de tous les autres. On me regardait comme un oiseau rare : la maigrichonne aux yeux clairs et aux grosses lèvres, pâlichonne et hirsute, qui s'asseyait au dernier rang et que personne ne voulait embrasser. C'était moi.

La prof de littérature me demandait souvent des nouvelles de ma mère et de ma grand-mère. J'inventais des histoires abracadabrantes et elle me prêtait des livres. Un jour elle me dit que la beauté des personnes n'était pas dans l'apparence et elle m'offrit *Le Petit Prince.* Je compris alors beaucoup de choses et cherchai à prouver ma supériorité. Quand je passais devant un groupe où quelqu'un laissait échapper "petit mec !", je m'arrêtais, les regardais avec mépris et m'éloignais en disant : "L'essentiel est invisible par les yeux", tout en souriant ironiquement, les plantant tous avec leurs faces d'idiots et les petits rires de ceux qui ne comprennent rien.

Le type de ma classe que je détestais le plus c'était le Russe, qu'on appelait ainsi parce que sa mère était soviétique et qu'il était né là-bas. C'était le beau gosse de la classe, celui que toutes les filles voulaient comme petit ami, le leader des garçons, qui s'asseyait dans la cour et dénigrait son pays quand tout le monde en vantait les merveilles, tandis que sa mère vendait en contrebande des produits achetés à la *diplo-boutique,* en bonne Russe divorcée d'un Cubain.

C'est le Russe qui m'avait surnommée "petit mec". Il était le seigneur et maître de tous les surnoms et de la moitié des goûters des filles, et le premier auquel elles soufflaient pendant les examens ; c'était l'empereur de mon année, et je le haïssais d'autant plus. Les filles, en revanche, l'adoraient parce qu'il était grand, blond, mignon, et qu'en plus il changeait de tennis tous les mois. Elles fonctionnaient en bandes. Il y avait un petit groupe de filles mignonnes, accompagnées de moches qui se chargeaient de leur transmettre les messages des garçons. Un autre petit groupe de filles silencieuses qui faisaient toujours leurs devoirs et étaient monitrices dans toutes les matières. Un petit groupe de brutes, envieuses du premier groupe. Et moi qui m'asseyais au fond à les dessiner en imaginant des moyens de m'amuser à leurs dépens. Aux filles, je glissais des grenouilles dans leurs cartables à l'heure de la récréation, ou bien je mouillais leurs chaises pour les voir crier quand elles s'asseyaient. Aux garçons, je mettais des punaises ou leur lançais de l'encre avec mon stylo. Je savais agir sans me faire remarquer, si bien que tous pensaient que c'était le Russe et sa bande, et ils baissaient la tête sans protester. Mais ma vengeance ne s'exerçait pas sur tout le monde. Les idiots étaient idiots, inutile d'en rajouter, et je m'amusais de voir ceux qui faisaient des risettes à l'empereur, dont ils acceptaient d'être les serfs, car au fond ce qui me plaisait c'était de voir la tête du Russe scrutant les visages pour essayer de découvrir qui était l'hérétique agissant dans son dos.

Un jour, j'eus l'occasion de me découvrir. J'étais dans la salle où, pendant les examens, les types les plus intelligents devaient écrire les réponses sur un bout de papier que l'on faisait parvenir au Russe vingt minutes après le début de l'épreuve. La façon de circuler du bout de papier était laissée à l'imagination de chacun, pourvu qu'il arrive à destination, aussi les acolytes du Russe nous épiaient-ils avec des airs méchants pendant que celui-ci feignait d'écrire. Le préposé aux pompes de l'examen de physique était Quat'zyeux, ainsi surnommé à cause de ses binocles de grand myope. Ce jour-là, j'obtins la meilleure note car j'avais passé mon temps, d'abord à observer les gouttes de sueur qui dégoulinaient du visage de Quat'zyeux avant qu'il ne remette le bout de papier à son voisin, puis le trajet du papier. Tous étaient très nerveux puis soulagés, une fois l'opération terminée, de ne pas avoir été découverts par le prof. Quand le papier arriva près de moi, il tomba par terre et, d'un geste prompt, en feignant de secouer mes chaussures, je l'interceptai. Le Russe et ses acolytes, assis au fond de la classe, à l'autre bout de ma rangée, ne remarquèrent pas mon manège. Je saisis le papier, rédigeai tranquillement mes réponses aux questions de l'examen puis cachai le papier dans une chaussette. Dix minutes avant la remise des copies, je pus jouir de la vision des gouttes de sueur sur le visage du Russe, puis de sa rage quand la sonnerie retentit et qu'il dut rendre sa copie incomplète. Je savais que le problème n'en resterait pas là, aussi, en sortant de la salle, je marchai très lentement vers la rue derrière l'école, où l'on appliquait les châtiments. Ils étaient là, Quat'zyeux transpirait plus que jamais en essayant de s'expliquer tandis que l'empereur le fixait d'un œil noir et que les autres l'entouraient comme des chiens. Je m'approchai du groupe.

– C'est ça que tu cherches, non ?

Le Russe prit le papier que je lui tendais, y jeta un coup d'œil et me regarda tout étonné.

– Désolée, dis-je, hier je jouais aux gendarmes et aux voleurs et je n'ai pas pu réviser, mais maintenant je te rends le papier, je te l'ai gardé parce que tu en auras peut-être besoin pour le dernier exam.

Quat'zyeux mit sa main sur la bouche pour s'empêcher de rire. Les autres s'avancèrent pour nous entourer, le Russe et moi, toute souriante de me savoir responsable du désarroi de son regard. J'étais convaincue qu'ils n'allaient pas me frapper comme ils l'auraient fait avec Quat'zyeux, car dans la loi des hommes on ne frappe pas une femme, même si c'est un "petit mec". Le Russe s'approcha, un doigt pointé sur moi.

– Si tu fais encore la mariolle avec moi, tu vas le regretter.

Il fit un signe et tous le suivirent.

– Si un petit papier me tombe encore entre les mains, tu vas devoir te mettre à étudier, petit Russe.

A ces mots il s'arrêta, se retourna et me regarda. Ce fut le signal de la guerre, un regard de haine que je soutins jusqu'à ce qu'il capitule et s'en aille. A partir de ce jour je devins l'idole de Quat'zyeux, qui se chargea de propager secrètement l'histoire. Dès lors il rechercha ma compagnie, il disait que j'étais une fille très jolie parce que j'étais intelligente, et il avait entendu le Russe dire que j'étais "maigre et moche" mais que j'avais les plus beaux yeux de la classe. Vraiment, je l'aimais bien, Quat'zyeux, la seule chose qui m'embêtait c'est qu'il voulait toujours étudier alors que moi je préférais me balader l'après-midi et m'asseoir pour dessiner ou lire un des livres de la prof.

Le Russe me déclara donc la guerre. Ses copains passaient devant mon pupitre et trébuchaient exprès, renversant tout par terre et s'excusant par un "Putain, désolé, mec". Ils faisaient des crocs-en-jambe à mon ami quand il marchait vers moi pour le voir me tomber dessus, puis venaient les éclats de rire et les "Quat'zyeux, vingt kilos, son julot est un sac d'os". Il s'énervait, moi je ramassais ses lunettes et regardais le Russe qui me fixait avec un petit sourire aux lèvres. Quat'zyeux proposait toujours des vengeances intellectuelles, il imaginait de faire passer au Russe des réponses fausses à l'examen de physique, ou de se lever dans une réunion de groupe et de le dénoncer, mais je ne voulais pas de ça. Le Russe était fort, mais pas intelligent, il fallait utiliser les mêmes armes que lui, et puis ça ne m'amusait plus de faire des sales coups aux autres, il savait que c'était moi et le taisait pour préserver son prestige de mauvais garçon. Je devais prouver que j'étais plus forte que lui et que tous le sachent, aussi je me mis à accumuler les rancœurs, à encaisser toutes les moqueries en me retranchant derrière un sourire ironique et méprisant ; bref, j'encaissai tout jusqu'à un certain jour.

Depuis longtemps j'avais découvert que le toit de l'école était un endroit magnifique pour s'isoler. Quand je voulais sécher une classe, je me cachais tout simplement sur le toit et personne ne pouvait jurer m'avoir vue quitter l'école. C'était l'hiver et j'obtins de Quat'zyeux sa première escapade, en le convainquant qu'une classe d'espagnol ne valait pas le spectacle d'une ville vue d'en haut. Quat'zyeux regarda un moment puis s'accroupit pour lire un livre de physique récréative, publié par les éditions Mir. Je marchais sur le toit en respirant l'hiver et en dessinant au crayon les gris du ciel. Soudain, mon espace fut profané par le Russe et son clan. La sonnerie de la récréation venait de retentir et apparemment c'était l'endroit où ils venaient fumer en cachette.

– Ça alors, quelle surprise ! Le petit couple sèche les cours pour être tout seul ici en haut.

En entendant la voix du Russe, Quat'zyeux leva la tête et se mit debout. J'arrêtai de dessiner.

– Romantiques, hein ?

Les autres sourirent et s'approchèrent de Quat'zyeux qui commença à trembler, je ne sais si c'était de froid ou parce que le Russe tendit la main pour lui ôter ses lunettes.

– Je sais vraiment pas pourquoi tu portes cette merde. Tous ces yeux et pas un seul pour voir une vraie nana, parce que la tienne on dirait presque un mec.

Je savais qu'il cherchait à me provoquer, mais je ne mouftai pas. Un des gars de la bande déclara que le Russe n'avait besoin que de deux petits yeux pour sortir avec toutes les jolies filles de l'école, et tous décrétèrent que les lunettes ne servaient à rien et qu'il valait mieux les balancer. Ils les balancèrent.

– Tu veux sortir avec moi, le Russe ?

A peine avais-je dit cela que tous les regards se tournèrent vers moi. Le Russe s'avança et les autres s'écartèrent de

Quat'zyeux qui ne savait que faire et cherchait mon regard avec le désarroi d'un grand myope et de plus sans lunettes. L'un d'eux alluma une cigarette et dit que c'était bien ça mon problème, je voulais sortir avec le Russe alors que lui ne s'intéressait pas à moi. Je les vis s'approcher en faisant des commentaires du genre: "Le sac d'os se déchaîne", "Le Russe ne mange pas les restes", et il se planta devant moi.

– Je pourrais sortir avec toi, mais ce serait comme sortir avec un mec et moi j'aime les femmes.

Je souris en affirmant que je pouvais lui prouver que j'étais une femme et les autres ricanèrent en disant que le sac d'os voulait un baiser du Russe, mais que les baisers du Russe n'étaient pas pour tout le monde, "Le Russe ne se salit pas la bouche".

– Je peux te prouver que je suis une femme comme aucune de tes idiotes ne te l'a prouvé.

Je savais parfaitement que les petites amies du Russe et des autres n'allaient pas au-delà de quelques petits baisers sur la bouche et un bras autour des épaules. Alors je me mis à marcher à reculons, dans un grand silence, en relevant très lentement ma jupe.

– Viens donc, le Russe, tu veux que je te prouve que je suis une femme?

Je le vis déglutir et river ses yeux sur le mouvement de mes mains. Il fit un geste aux autres qui échangèrent des regards silencieux et s'avança seul vers moi. Derrière, Quat'zyeux me demandait ce que j'allais faire. Je jetai mon cahier de dessins par terre et continuais de marcher à reculons jusque ce que je sois arrêtée par le muret de la terrasse, alors je m'assis, le dos tourné à la cours de récréation, en relevant ma jupe totalement. Le Russe était hypnotisé, il regardait fixement ma culotte, probablement la première de sa vie, et avait la respiration agitée. Derrière lui tout n'était plus que silence et regards essayant de percevoir ce que voyait leur chef.

– Je suis une femme, le Russe, tu veux voir?

Il ne leva même pas les yeux, il était comme ailleurs, stupéfait et nerveux, privé de son regard triomphant de tous les jours et des commentaires de son clan. Le Russe tremblait et ses lèvres s'ouvrirent quand il découvrit que mes mains baissaient lentement ma culotte, dénudant mon pubis d'adolescente sous ses yeux qui s'écarquillaient tandis que je souriais et que Quat'zyeux ne cessait de demander ce qui se passait, car il n'y voyait rien et que les autres l'empêchaient d'aller là où leur empereur déglutissait et salivait comme les chiens de Pavlov, en bavant quasiment devant moi.

– Tu peux toucher, le Russe, viens.

Il me regarda, troublé, mais il semble que mes yeux, les plus beaux de la classe, lui inspirèrent confiance car il esquissa un sourire ridicule et s'accroupit lentement à mes pieds. Je l'observai, silencieuse, je le vis tendre un doigt timide et s'approcher de la grande découverte de l'adolescence qu'il n'oublierait jamais, son doigt toucha ma chair, s'en écartant brusquement pour se poser de nouveau, froid et novice, sur ma peau de novice qui le détestait. Mais je le supportai, le laissai poser deux doigt sur mon pubis et s'y habituer, le Russe était maintenant sans défense, totalement à ma merci et découronné devant son clan qui l'enviait, enviait sa noblesse, sa servilité et sa candeur, tandis qu'il pressait légèrement ses genoux contre moi et que je le laissais prendre de l'assurance, se sentir de nouveau empereur et mauvais garçon, roi des démons réduit au mutisme devant la maigre la plus moche de la classe.

– Je n'aime pas qu'on me traite de petit mec, je suis une femme, tu vois ? dis-je entre mes dents en souriant. Même si j'aime bien les jeux des garçons.

Et soudain, telle la Tosca face à Scarpia, je levai ma main qui serrait un crayon et le plantai de toutes mes forces dans le bras du Russe, le lui enfonçant avec haine en murmurant *E avanti a lui tremava tutta la scuola*, jusqu'à ce que le crayon se casse laissant un morceau en plein bras. Tout fut très rapide. Le cri de douleur du Russe. Le sang sortant de sa chair déchirée. Les cris de terreur des autres et de Quat'zyeux qui ne comprenait rien. Le Russe m'entraînant dans sa chute. Les cris des élèves dans la cour en entendant les autres cris et en assistant à la scène. Mon cri le long de deux étages. Ma chute.

A mon réveil, la première chose que je vis fut le visage de maman et j'entendis aussitôt sa voix annonçant que la petite venait de se réveiller. Elle se pencha sur moi pour me serrer dans ses bras et me demander comment je me sentais ; derrière elle, un homme en blouse blanche s'approcha le sourire aux lèvres et me posa la même question. Je sentais que je ne pouvais pas bouger, maman m'embrassait et j'eus peur de parler.

– Écoute-moi, ma chérie, nous sommes à l'hôpital, tu as eu un accident à l'école, tu es tombée, mais ça va bien, enfin... tu t'es fracturé le fémur, mais tout ira bien, maman et papa s'occuperont de toi, papa arrive, on va rentrer à la maison, ne t'en fais pas, tu te sens bien ?

Le plâtre me couvrait de la taille aux pieds, les deux jambes, c'était une sensation inconfortable mais nouvelle. Je regardais tout autour tandis que ma mère parlait et que le docteur avançait une chaise à un autre homme qui s'assit près de moi.

– Comment va cette jeune fille ? Bien, pas vrai ? Voyons ce qui s'est passé, tu étais à l'école, tu te rappelles ? Comment es-tu tombée ?

L'homme remuait les lèvres et maman fronça les sourcils en protestant parce que je venais tout juste de me réveiller et que ce n'était pas le moment de me poser des questions. Je ne savais pas qui c'était, maman paraissait contrariée et le type souriait en lui passant la main sur les cheveux. Soudain je compris que ce n'était pas mon état de santé qui intéressait ce monsieur, mais maman. Il voulait savoir ce qui s'était passé sur la terrasse, donc il n'en savait rien, personne peut-être ne le savait, alors je pensai au Russe. Le docteur prit maman par les épaules, elle se leva furieuse en disant que j'étais vivante par miracle, et à ces mots j'eus peur, une peur énorme qui remonta de mes pieds plâtrés jusqu'à ma nuque. J'imaginai le Russe le bras en sang avant d'être dévoré par les vers. J'en étais dégoûtée. Le docteur s'efforçait de calmer maman et lui disait qu'il valait mieux me laisser seule avec l'autre homme qui souriait d'un air idiot. Maman sembla accepter.

– Ne t'en fais pas, chérie, je vais dehors attendre papa, d'accord ? Personne ne te fera de mal.

Quand ils furent sortis, l'homme se pencha vers moi. Il parlait très bas et dit que tout allait bien, j'allais récupérer rapidement parce que j'étais forte, une chute de deux étages c'était sérieux, mais il me faudrait supporter le plâtre un certain temps. Entendre que j'étais forte me fit plaisir parce que en réalité c'était la seule chose que je voulais prouver, mais je ne me rappelais pas ce qui s'était passé après et je pensai de nouveau au Russe. J'eus peur. Je décidai de ne pas parler. L'homme essaya de se montrer agréable et dit que c'était un accident, au début ils avaient tous eu peur mais il n'y avait plus de danger, un garçon était blessé au bras et lui aussi allait parfaitement bien. C'était le Russe, j'en éprouvai de la rage. Il demanda alors si je me souvenais de la terrasse, il y avait plusieurs garçons, pourtant aucun ne pouvait dire ce qui s'était passé, mais comme j'étais si forte peut-être que je m'en rappelais. Je pensai que si personne ne voulait parler je ne le ferais pas non plus. Le Russe aurait une cicatrice au bras et moi, après le plâtre, je n'aurais rien. Le Russe n'avait rien dit parce qu'il avait eu peur, moi non plus je ne parlerais pas et il n'oserait plus me regarder en face. Le Russe avait peur de moi, j'avais gagné la bataille. L'homme dit que si je ne voulais pas parler, ce n'était pas un problème, mais il savait que j'aimais dessiner, alors il sortit un cahier et me l'offrit en ajoutant que si je le souhaitais je pouvais dessiner la scène, ou autre chose. J'eus l'impression qu'il me prenait pour une idiote et décidai de ne plus jamais dessiner, ni ce qu'il attendait ni rien d'autre, et pour ne pas courir le risque de laisser échapper des paroles inutiles je résolus aussi de ne plus jamais parler. Quand personne ne sait ce qui s'est réellement passé, la vérité peut être n'importe quoi et même devenir une légende. S'il voulait savoir, qu'il ne compte pas sur moi pour lui fournir une piste. Le charme du silence, c'est qu'il peut devenir un absolu.

Quand papa arriva, l'homme s'était déjà lassé de me parler et dit qu'il me rendrait visite à la maison. On me transporta sur une civière jusqu'à la voiture et nous partîmes. Maman et papa parlaient doucement et je respirais l'air qui entrait par la fenêtre en pensant que chaque fois que le Russe verrait une femme en petite culotte il se souviendrait de moi. Et j'étais bien contente.

La grand-mère m'accueillit par un "Sainte Vierge!" et un tas de questions que maman esquiva, imitée par papa qui me tenait dans ses bras. Dans la chambre, ils m'installèrent dans leur lit. Papa dit qu'ils iraient chercher mon petit lit parce que je devais me reposer au calme. Ils me placèrent un oreiller dans le dos et branchèrent un ventilateur. La grand-mère ne cessait de parler, la tante passa la tête à la porte et me fit un clin d'œil. Je ne savais que faire. Papa dit qu'il fallait que je me repose. La tante s'éclipsa. La grand-mère, il fallut la raccompagner. Ma mère s'assit à côté de moi. Papa ferma la porte et les questions arrivèrent.

D'une douce voix de tango, maman dit qu'elle avait eu très peur quand on l'avait appelée de l'école pour l'informer que sa fille était tombée du toit. Qu'est-ce que tu faisais sur ce toit? demanda-t-elle, et devant mon silence elle continua à parler tandis que papa me regardait de la porte. Elle raconta qu'il y avait à l'hôpital un garçon avec une blessure au bras et qu'on avait dû lui faire une piqûre pour lui enlever un crayon planté dedans. Qu'est-ce qui s'est passé, ma chérie ? demanda-t-elle de nouveau, et elle soupira en disant que s'il m'arrivait quelque chose elle en mourrait parce que j'étais ce qu'elle avait de plus important dans sa vie, j'étais sa vie, et qu'elle allait prendre bien soin de moi pour que je guérisse vite et retourne à l'école. Maman parlait si doucement que je fus sur le point de tout lui raconter, de l'embrasser pour retenir les larmes qui brillaient dans ses yeux et lui dire que le Russe était un salaud auquel j'avais prouvé qu'il n'était pas le plus fort, mais papa l'interrompit.

– Assez de drames, nous sommes tes parents et nous devons savoir ce qui s'est passé. Ce gamin, il t'a poussée, tu dois me dire la vérité, je vais le tuer, putain. La directrice est venue à l'hôpital, d'après elle personne ne sait rien, il y avait une bande de garçons sur le toit et aucun ne veut rien raconter, ils se mettent tous à chialer, pas un ne parle, mais toi tu dois nous dire, on ne peut pas en rester là.

Pour papa j'étais la victime et ça ne me plaisait pas. Je me mordis la langue et détournai les yeux. Maman protesta, il continua à parler, mais je ne les écoutais plus. Ils se disputèrent, se mirent à crier tous les deux, moi je fermai les yeux parce que j'avais besoin de me reposer, je ne pouvais pas bouger et c'était très pénible. Je pensai à l'école, ne pas y revenir pendant un temps m'arrangeait, parce que en vérité ça me barbait. L'ennui, c'est que je ne pourrais pas aller à droite à gauche comme avant. J'imaginais que personne n'oserait plus me traiter de petit mec et c'était bien. Alors je pensai à Quat'zyeux et à ses lunettes cassées, je l'aimais bien mon copain et j'étais contente de me souvenir de lui, après tout c'était mon seul ami et j'avais envie de le voir. Je l'imaginais, souffrant de ne pas pouvoir lire ces petits livres scientifiques qui lui plaisaient tant, bien qu'à vrai dire je me réjouissais de ses lunettes cassées. Je crois que Quat'zyeux, s'il avait pu voir normalement, aurait tout raconté, et je me demande ce qu'auraient pensé mes parents. Ma mère prononça mon nom et j'ouvris les yeux. Elle s'excusa et demanda si je voulais dormir. Je répondis que oui. Alors mon père s'approcha, me caressa la tête et me dit de me reposer ; nous parlerions quand je le voudrais. Il me demanda si j'avais mal quelque part, je fis signe que non. Maman s'assit à côté de moi et il ouvrit la porte. Il dit qu'il reviendrait plus tard et je fermai les yeux. Je m'endormis.

Le lendemain, maman me réveilla avec un petit déjeuner délicieux. Papa n'avait pas voulu me réveiller en partant. A ce moment-là, papa était un officier avec voiture, famille, croulant sous les responsabilités, comme d'habitude. Maman ne travaillait toujours pas. Sa vie consistait à s'occuper des tâches ménagères, à laver les uniformes de mon père, puis à se coucher pour lire. Mon état d'immobilité s'intégra dans cette routine et elle fit preuve d'un dévouement de nonne. Ce matin-là elle me lava en me passant une petite serviette mouillée sur le corps. Puis elle me plaça un urinal et dit que je devais m'y habituer car il n'y avait pas d'autre solution. Je me sentis ridicule. Mon plâtre était ouvert entre les jambes et maman devait assister à tous mes efforts en me tenant l'urinal. Je me jurai de ne plus me casser le fémur. Quand ce fut fini elle m'installa un oreiller dans le dos et, profitant de mon état, s'assit à côté de moi pour me peigner. Je la laissai faire. Puis elle me tendit un miroir, mais je rejetai ma propre image. Elle me mit du parfum dans le cou, déposa sur la table de chevet un cahier et un crayon si jamais je voulais dessiner, me donna un baiser et alla déjeuner. Dès qu'elle fut sortie, j'ébouriffai mes cheveux et me sentis plus calme, même si je savais que j'allais m'ennuyer énormément, alors je me mis à siffler la neuvième de Beethoven à en perdre le souffle, à en avoir mal à la bouche. Puis je m'allongeai complètement et posai l'oreiller sur mon visage. Je me sentais très faible.

Vers midi, maman revint pour m'annoncer que j'avais une visite. Toute contente, je pensai à Quat'zyeux, mais je dus baisser les yeux quand, à sa place, je vis entrer dans ma chambre la prof de littérature. J'avais honte parce qu'elle devait probablement tout savoir. La prof m'embrassa et s'assit sur la chaise que maman lui avait avancée.

– Comment vas-tu ? On m'a dit que tu avais appris à voler et qu'un oiseau t'avait mangé la langue.

Nous rîmes toutes les deux, maman ne semblait pas trouver la blague très drôle mais elle ne fit aucun commentaire. La prof me dit que j'allais lui manquer en classe, mais que nous serions de nouveau ensemble au prochain cours. Elle parla de moi à merveille et maman se sentit très fière. En vérité, je n'imaginais pas avoir tant de qualités. Elle dit que j'allais pouvoir profiter de mon temps pour lire beaucoup parce que j'avais des dispositions pour être écrivain et qu'on voyait que j'étais une fille d'artiste. Maman en fut flattée et raconta que j'avais grandi entre des rideaux de scène et la littérature. Elle parla beaucoup mais ne fit pas allusion aux tangos.

La prof repartit en me laissant plein de livres. Avant de s'en aller, elle s'arrêta un instant à la porte et, profitant de ce que maman était sortie, se tourna vers moi.

– Celui qui est parti à Mariel, en réalité ce n'était pas mon mari, mais le mari d'une autre qui est partie avec lui, mais ça n'intéresse personne, n'est-ce pas ?... (Elle sourit.) Tes parents sont très bien. A bientôt...

Elle ferma la porte et je ressentis un grand soulagement. Elle pardonnait mes mensonges parce qu'elle avait les siens, nous étions complices.

Quelques jours plus tard, Quat'zyeux vint me voir. Il portait de vieux binocles attachés derrière la tête parce qu'il manquait une branche, mais il était allé chez l'oculiste, c'est pourquoi il n'était pas venu plus tôt. Sa visite me fit très plaisir, même si je me contentai de l'écouter. A l'école c'était le grand chambardement. Tout le monde voulait de mes nouvelles et savoir ce qui s'était passé. La directrice avait convoqué les garçons de la terrasse avec leurs parents, mais aucun n'avait parlé. Le clan était démantelé, certains s'étaient disputés, d'autres avaient pleuré, deux avaient accepté la suggestion de leurs parents de changer d'école. Quat'zyeux avait expliqué l'histoire des lunettes et personne n'avait osé le démentir. Quand le Russe revint à l'école deux jours plus tard, il avait une blessure au bras et les yeux baissés. Il s'assit tout seul en classe et ne parla à personne. Quat'zyeux était satisfait car les autres commençaient à le respecter et à parler de moi comme la seule capable de tenir tête au Russe et à ses acolytes. Je devenais Dieu en personne et cela me plaisait, je savais que personne d'autre ne viendrait me voir et ça c'était encore meilleur. Quat'zyeux et la prof de littérature furent les seules visites pendant toute ma convalescence. Il y eut aussi le type de l'hôpital – un psychologue, comme je l'appris par la suite – il disait des bêtises pendant que je pensais à autre chose. Il croyait que mon silence était la conséquence du traumatisme. Les psychologues sont tellement traumatisés qu'ils veulent à tout prix s'identifier à leurs patients. Je ne parlais pas parce que je ne voulais pas, mais je ne pouvais pas le lui dire car tout simplement je ne voulais pas parler.

Quat'zyeux vint tous les jours, sauf les jours d'examen et la période d'école à la campagne. Au début il essaya de parler des cours, mais mon visage l'obligea à changer de sujet, alors il parlait de tout et de rien et je le laissais même me raconter la dernière expérience scientifique qu'il avait lue dans une revue. Un jour, il m'avoua qu'il se sentait très triste que tout le monde l'appelle Quat'zyeux. Il dit en souriant qu'il devrait faire quelque chose, comme moi, parce que après ce fameux jour, plus personne ne me traitait de petit mec. Je me sentis coupable et jurai secrètement que lorsque je recommencerais à parler je l'appellerais autrement.

Le temps passant, les autres cessèrent de parler de cette journée. Le Russe ne fut plus jamais l'empereur de l'année. Il était tout le temps seul, avec sa cicatrice au bras. Ses amis du clan étaient seuls eux aussi et plus personne ne devait s'escrimer à leur faire passer les réponses d'examen. Quand l'année scolaire fut finie, le Russe changea d'école, Quat'zyeux termina premier et moi j'avais lu la moitié de la bibliothèque de la prof de littérature.

A la maison, je passais mon temps entre une chaise roulante et mon lit, de nouveau dans la chambre de mes parents. Souvent, la nuit, maman me couchait dans son lit et me parlait, elle espérait qu'un jour mon silence cesserait et nous nous endormions ainsi toutes les deux en attendant le retour de papa.

Les dimanches des premiers mois furent une fête. On partait se promener en voiture, en compagnie bien sûr de la grand-mère qui avait accepté en rechignant sa nouvelle place sur la banquette arrière. Je regardais par la fenêtre en essayant de découvrir de futurs endroits à visiter quand on m'enlèverait le plâtre. Un jour ma mère dit quelque chose qui déplut à la grand-mère et une dispute éclata. Papa arrêta la voiture et descendit en demandant qu'on le prévienne quand ce serait fini. La grand-mère et maman continuèrent à caqueter jusqu'à ce que je commence à siffler très fort *Yeux noirs*, cette chanson russe que papa aimait tant. Il s'approcha de ma fenêtre et se mit à rire et à siffler avec moi. Maman et la grand-mère durent se sentir ridicules car elles en restèrent muettes, jusqu'à ce que cette dernière déclare qu'elle ne sortirait plus avec nous, ce qu'elle fit. Et ça c'était bien, sauf que maman et papa ne sachant plus sur qui déverser leur bile décidèrent tacitement de ne plus dissimuler ce que j'avais perçu en restant tout le temps à la maison. Leur couple battait de l'aile. De la banquette arrière je les voyais se disputer et je préférais sortir ma tête par la fenêtre et m'inventer des histoires. J'imaginais, par exemple, que j'étais célèbre et qu'installée à l'arrière d'une voiture je contemplais la ville. Parfois ils se chamaillaient si fort que j'imaginais qu'ils avaient un accident; bien sûr, je n'étais pas dans la voiture, je devais tout organiser puisqu'ils étaient morts, transformer la chambre, apprendre à conduire. Tout cela m'occupait tellement l'esprit que c'est à peine si je percevais que maman m'adressait parfois la parole.

Le jour où on m'enleva le plâtre je me sentis très bizarre. Mes parents m'emmenèrent à l'hôpital où m'attendaient le médecin et le psychologue qui débitait ses fadaises. Maman me tenait la main tandis que le médecin maniait une petite machine pour libérer mes jambes après six mois de captivité. Je pensais qu'il s'agissait d'enlever le plâtre et de marcher, mais on me replaça sur la chaise roulante. Le médecin sourit et expliqua que je devais réapprendre à marcher. Mes jambes étaient très maigres et plus blanches que le reste de mon corps. Je me sentis stupide et acceptai que papa me porte pour me monter à la maison tandis que le psychologue qui nous avait accompagnés lui offrait son aide. En haut m'attendait Quat'zyeux avec un bouquet de fleurs. Cela me fit très plaisir et je souris malgré la présence de l'oncle au salon. La grand-mère apporta des rafraîchissements et papa but rapidement en annonçant qu'il devait retourner au travail.

– Emmène-moi dans la chambre, je veux parler avec mon ami.

Il y eut un grand silence. Papa me regarda effaré. Quat'zyeux en resta bouche bée. Le psychologue pensa probablement que c'était la fin de sa carrière. La grand-mère s'étrangla. L'oncle se mit à rire. Maman s'approcha, les yeux humides.

– Tu peux parler, ma chérie?

Je les regardai tous et détournai les yeux.

– C'est le fémur qui était cassé, pas la langue, non? Puis je m'adressai à mon ami: il faut que je te parle des livres que j'ai lus, on va dans la chambre?

Maman me prit dans ses bras en pleurant. L'oncle fit demi-tour et s'en alla. La grand-mère recracha sa boisson avalée de travers. Le psychologue sortit un paquet de cigarettes.

Quat'zyeux referma la bouche. Papa se mit à rire en hochant la tête. J'acceptai de nouveau ses bras et qu'il me porte sur le lit, dise qu'il devait retourner au travail, emmène le psychologue avec lui, que maman sèche ses larmes et annonce qu'elle allait préparer un bon repas pour moi et mon ami, que ma grand-mère la regarde de travers en sortant de la chambre et que Quat'zyeux s'asseye à côté de moi quand ils furent tous sortis et m'observe derrière ses nouvelles lunettes pour me faire rire.

– Pardonne-moi de t'appeler Quat'zyeux, ils t'appelaient tous comme ça, mais je sais que tu n'aimes pas... Pour le moment, je pourrais t'appeler simplement Quatre, c'est la coutume, non ? Mais je te jure qu'avec le temps je te trouverai un autre nom.

Mon copain se mit à rire et dit que je pouvais l'appeler comme j'en avais envie, parce que j'étais son amie et qu'il se sentait très heureux de pouvoir de nouveau parler avec moi. Alors je découvris qu'il y a des personnes destinées à nous accompagner toute la vie et que Quatre était une de ces personnes.

Reprendre la classe fut pour moi plus ennuyeux que la continuer. Le premier jour, mes anciennes copines s'approchèrent, ainsi que certains professeurs, pour s'enquérir de l'état de mes jambes. J'allais très bien, je me montrais polie tout en esquivant les tentatives de m'informer du sort du Russe dans sa nouvelle école. La directrice vint me saluer avec beaucoup d'affection et, en souriant, me fit subtilement comprendre que cette année elle ne voulait pas de problèmes, ni d'escapades sur la terrasse. Je lui rendis son sourire.

J'eus de nouveau la prof de littérature et j'étais très contente car ses cours étaient pour moi le seul stimulant de l'école ; bien sûr il n'était plus nécessaire de lui mentir, aussi je choisis le silence et de toujours sourire et l'aimer beaucoup mais sans lui mentir. Quatre venait me voir entre chaque cours. Il était dans une classe supérieure et m'attendait toujours pour qu'on parte ensemble à la fin des cours. On parlait beaucoup en chemin jusqu'à la porte de mon immeuble où on se séparait sans s'embrasser parce que Quatre était de ces garçons qui rougissent pour un rien. Je lui ébouriffais les cheveux et j'entrais en courant dans l'immeuble. J'attendais un moment, puis je ressortais. Non que sa compagnie me dérange, bien au contraire, il était mon seul ami, mais j'adorais ma propre compagnie. J'aimais me promener seule, marcher dans les parcs, m'asseoir au Malecón et m'inventer des histoires en jetant des cailloux dans les vagues, enfin des trucs comme ça.

Rentrer à la maison, c'était la barbe. Maman se disputait avec la grand-mère qui voulait nettoyer la salle de bain au moment même où ma mère était en train de se laver, la grand-mère criait qu'elle était chez elle et qu'elle ferait ce qui lui plairait, bref, ce genre de choses et d'autres encore plus absurdes. La tante s'enfermait plus que jamais dans sa chambre, il semble qu'à cette époque elle voulait de nouveau être écrivain, en tout cas elle passait ses journées à dormir et ses nuits à pianoter sur sa vieille machine que j'aimais tant. Pour moi, avoir perdu tout contact avec la tante restait inexplicable. Je regrettais les nuits dans sa chambre à écouter la musique du ciel, comme elle disait, mais, je ne sais pas, quelque chose avait changé et ce n'était pas précisément moi. La tante n'était plus la même depuis le suicide de cet homme, cela me rendait triste mais je ne pouvais rien faire, je ne pouvais pas frapper à sa porte et essayer de lui parler : comment dire, son image s'était figée dans la vision de deux vers en train de s'embrasser pendant que Mozart jouait du piano. Quelque chose d'étrange qui me dégoûtait, me faisait rire et même peur, et m'empêchait d'aller voir la tante dans la solitude de sa chambre. L'oncle, au contraire, restait égal à lui-même, la plupart du temps absent de la maison, heureusement pour moi puisque je continuais à le détester. En réalité je n'ai jamais su ce que je détestais en lui : il était libre de faire ce qui lui plaisait, comme tout le monde, et il était heureux de pouvoir le faire, comme peu le sont. Je ne pouvais pas non plus lui en vouloir de mentir à la famille puisque tous mentaient d'une façon ou d'une autre. Je l'avais surpris par indiscrétion et j'éprouvais un plaisir morbide à voir la grand-mère préparer le repas de son fils dans la cuisine où il se faisait astiquer par ses petits jeunes. C'était vraiment bizarre.

Papa était plus compliqué que jamais. Il avait un poste important et plus de réunions et de tours de garde que le président de la République. C'était les années 80 et La Havane riait. Maman achetait des vins bulgares pour elle et de la vodka pour papa qui avait abandonné son personnage d'abstème, car un soldat qui ne boit pas n'est pas un bon soldat et papa était un des meilleurs. Je dormais encore dans la chambre de mes parents parce que la grand-mère ronflait plus que jamais et que maman n'aimait pas être seule au lit.

Parfois, le dimanche, Quatre venait me chercher et nous allions chez lui. Là, c'était bien. Mon ami vivait dans le même bloc que cette petite copine chez qui j'allais pendant l'école primaire. Elle était comme les autres, aussi je ne l'aimais pas beaucoup. Parfois elle me saluait avec des airs de cygne devant le vilain petit canard et je me moquais d'elle dans son dos quand je la voyais s'arrêter au coin de la rue pour ôter le rouge à lèvres qu'elle mettait à l'école. Se vernir les ongles ou se mettre des pompons sur des chaussettes blanches, pour moi c'était d'un absurde, d'un ridicule achevé, mais les filles aimaient ça, alors je préférais l'amitié de Quatre avec ses lunettes horribles, ses cheveux sur les yeux et sa manie de parler du cosmos et des ovnis comme s'il était un vrai scientifique, mais il était marrant. Chez lui on écoutait Silvio, j'apportais les disques de ma mère et je lui chantais *Fusil contra fusil* pour qu'il s'endorme, comme quand j'étais petite. Mais Quatre ne s'endormait pas, il préparait des limonades et des sandwichs au jambon et au fromage pour le goûter et on passait du bon temps enfermés dans sa chambre pendant que ses parents vaquaient à leurs occupations. C'était un couple de scientifiques dingos qui passaient leur temps avec des hormones et d'autres trucs bizarres. Le père inventait toujours quelque chose de nouveau et la mère distillait des vins maison en expliquant à son fils l'origine de l'univers et le mystère des trous noirs. Sans doute que Quatre ne pouvait pas être différent.

Un jour, après m'avoir expliqué sa théorie sur les dessins du désert de Nazca, il ôta ses lunettes et me demanda si je voulais être sa petite amie. Je ne sais pas si c'est la question qui me donna envie de rire ou son regard de myope, mais je parvins à me retenir et lui demandai pourquoi il voulait être mon petit ami.

– Ben, c'est ce que fait tout le monde, non?

En vérité la plupart des filles de l'école avaient un amoureux, de temps en temps elles en changeaient, si bien que les couples se modifiaient tout au long de l'année, mais pour moi c'était fou, je me demandais ce qu'ils faisaient vraiment ensemble et pourquoi fallait-il avoir nécessairement un petit ami. Quatre devint écarlate, il détourna les yeux et rechaussa ses lunettes en disant que les amoureux se prenaient par la main, s'embrassaient et sortaient toujours ensemble: tout le monde savait ainsi qu'ils étaient amoureux et c'était très chouette.

– Si tu voulais m'embrasser, tu aurais pu le dire autrement, Quatre, mais moi ça ne me plaît pas d'avoir un amoureux, tout simplement ça ne me plaît pas, toi et moi on est toujours ensemble et c'est très bien comme ça, qu'est-ce que tu veux de plus?

Mon ami déglutit et dit que je n'avais pas besoin d'inventer des excuses, le problème c'était qu'il ne me plaisait pas, un point c'est tout. Nous changeâmes de sujet de conversation mais dès que l'occasion se présentait il me demandait si je ne voulais toujours pas être sa petite amie. Quatre ne comprenait pas que cette idée-là ne me plaisait pas, pour lui ce n'était pas une explication et moi je riais, je l'embrassais sur la joue et je me mettais à tourner autour de lui en disant que si on pouvait être seul pourquoi se lier les mains, pourquoi s'attacher si ouvrir les bras était en réalité ce que j'aimais le plus, et il souriait, ouvrait les bras comme moi et se mettait à tourner lui aussi jusqu'à ce qu'une voiture nous klaxonne, nous obligeant à quitter la rue en courant.

Un dimanche, j'attendais au salon que Quatre vienne me chercher lorsque le timbre de l'entrée sonna et je me précipitai pour aller ouvrir. Ce n'était pas Quatre, mais un homme, un grand mulâtre à lunettes qui me demanda si ma grand-mère vivait encore ici. Maman sortit de la cuisine en s'essuyant les mains, dit que la grand-mère était chez une voisine et qu'il pouvait l'attendre. L'homme remercia et entra en regardant partout. Je me rassis devant la télévision et remarquai qu'il m'observait. Je me sentis gênée jusqu'à ce qu'il se rapproche et me dise que je devais être la fille de mon père, la fille de l'Argentine. Je fis oui de la tête et l'Argentine ressortit de la cuisine à l'instant même où il tendait sa main pour me caresser les cheveux.

– Qui êtes-vous ?

Il retira sa main et dit qu'il était un vieil ami de la grand-mère. Ma mère sourit et s'assit près de lui, très aimable, et se mit à parler de tout et de rien, non la grand-mère n'allait pas tarder, elle rendait parfois visite à ses voisines, bref, ce genre de choses. Elle lui proposa du café qu'elle alla aussitôt chercher à la cuisine. L'homme la remercia et but puis demanda des nouvelles de mon père, comment allait-il, et la grand-mère et les autres. Maman s'assit et continua à parler, mon père était en bas et lavait la voiture, tout allait bien et ils avaient une fille merveilleuse, moi. Une jolie fille, ajouta-t-il, et je cherchai à me rappeler qui, à part ma mère, m'avait déjà dit que j'étais jolie. La conversation se déroulait agréablement. Il alluma même un cigare et se mit à fumer en écoutant maman parler de moi et de mes six mois dans le plâtre, il me regardait, souriait tendrement et tirait sur son cigare. C'est alors que j'entendis la porte de ma tante. Le dimanche, elle avait l'habitude de sortir de sa chambre pour se préparer une thermos de café puis de regagner sa retraite. Comme toujours, maman dissimula son malaise en présence de son ex-amie et dit qu'une partie de la famille commençait d'arriver. L'homme leva les yeux et quand la tante rencontra son regard, elle s'immobilisa. Soudain, je les vis se transformer tous les deux, le visage somnolent de ma tante s'altéra et ses traits se crispèrent ; lui, ôta son cigare de sa bouche, et son sourire, qu'il s'efforçait de garder, se mua en une grimace indéfinie.

– Bonjour…

– Mais qu'est-ce que tu fous ici ?

La tante avait parlé entre ses dents et ma mère cessa de sourire, n'y comprenant rien, ni moi non plus. L'homme nous regarda d'un air ahuri, la tante écarquilla des yeux de folle et répéta sa question en haussant le ton. A cet instant la porte s'ouvrit sur mon père qui tenait un seau à la main et laissa passer ma grand-mère qui le suivait toute souriante avec un plat de goyaves. Maman regarda papa, papa regarda l'homme, l'homme regarda la grand-mère et ma grand-mère laissa tomber le plat en verre. L'homme se leva en prononçant le prénom de ma grand-mère, elle fit deux pas sans pouvoir dire un mot tandis que ma tante hurlait :

– Mais putain, qu'est-ce qu'il fout ici, ce type ?

– Ah ! Sainte Vierge ! Qu'est-ce que tu fais ici, Ramón ? s'exclama ma grand-mère.

Et elle se mit à pleurnicher, ne sachant plus où donner de la tête. Mon père la prit par le bras en l'écartant des débris de verre et lui demandant ce qui se passait. Le type, évidemment, ignora ma tante, laissa tomber son cigare par terre et s'avança en regardant papa.

– C'est… ?

La grand-mère ouvrit les yeux, ceux du vieux devinrent humides et la tante se jeta sur lui en poussant des cris hystériques.

– Oui, c'est ton fils, espèce d'ordure, le fils que tu as eu avec ma putain de mère…

Le hurlement de ma grand-mère résonna dans tout l'immeuble, ainsi que la lutte pour séparer la tante du vieux, lequel fondit en larmes comme un gosse en essayant d'embrasser papa qui se débattait entre le vieux, la tante et ses questions au sujet de tout ce bordel. Je regardai maman, elle se leva et attrapa le vieux pour le dégager de la mêlée, tandis que mon père écartait sa sœur et que ma grand-mère pleurait en gémissant "Mon Dieu! Mon Dieu!" de manière répétitive et pénible. Papa serra la tante dans ses bras, l'entraînant à part et exigeant des explications. Déchaînée, elle criait comme une folle qu'elle les avait vus, que tout s'était passé sous ses yeux, que cette pute l'emmenait en promenade pour que son père ne se doute de rien et au lieu de se promener elle allait chez ce nègre de merde pour baiser, après quoi ils lui offraient des bonbons pour acheter son silence. Mon père la lâcha, elle se laissa tomber par terre et continua de dire en reniflant qu'elle les avait vus s'envoyer en l'air, que le nègre la rendait folle et que mon père était le fils de ce sale nègre, et ce n'était pas parce qu'il était vieux qu'elle aurait pitié de lui, car à cause de lui son père avait abandonné la famille, un jour qu'elle n'en pouvait plus elle lui avait tout dit, parce qu'elle était la chérie jolie de son père et qu'elle n'en pouvait plus de voir la tête de sa mère servant le repas du soir alors que l'après-midi elle allait se pendre au cou du nègre, c'est pour ça qu'elle avait tout dit à son père, mais il n'avait pas pu supporter cette honte et la honte de savoir que son petit dernier n'était pas son fils mais celui du nègre qui se tapait sa femme.

Et la tante se tut, en larmes, assise par terre contre le mur. Ma grand-mère s'effondra dans le fauteuil et continua d'en appeler à Dieu avec une insistance morbide. Maman laissa le vieux pleurer contre elle et, par-dessus son épaule, jeta un regard de mépris à ma grand-mère. Papa s'assit au milieu du salon, les jambes repliées entre ses bras, silencieux. Je compris alors d'où venaient mes cheveux crépus et regardai le vieux avec un peu de peine, mais aussi une joie très lointaine, parce que malgré tout je venais de faire la connaissance de mon grand-père.

La scène resta figée quelques minutes, comme dans l'attente que le public applaudisse les acteurs et que le rideau tombe, mais rien de tel n'arriva, alors papa se releva, prit sa mère par les épaules et la conduisit dans sa chambre. Peu après il revint, demanda à maman de s'occuper de la tante, prit son père par les épaules et l'emmena dehors. Maman s'approcha de la tante et s'accroupit pour la prendre dans ses bras, elle se laissa faire et se mit à sangloter en répétant : "Je les ai vus, putain, je les ai vus." Cela me fit plaisir de voir maman et la tante marcher serrées l'une contre l'autre dans le couloir puis entrer dans la chambre, me laissant seule à râler devant les goyaves mêlées aux débris de verre et à l'idée de devoir nettoyer le désastre.

A la maison on ne reparla jamais plus de l'incident. La grand-mère eut une hausse de tension et il fallut l'emmener plusieurs fois chez le médecin. Elle resta des jours sans bouger de son lit. Maman préparait ses repas et les lui servait dans la chambre. Ça me faisait drôle de la voir dans la cuisine, au milieu des casseroles, murmurant tout bas : "Et dire que c'était moi la dévergondée" ou : "Elle jouait les saintes nitouches et cocufiait son mari, et en plus avec un nègre". Maman ne savait pas que je l'écoutais et j'en étais toute triste parce que ce nègre était mon grand-père, même si je ne le connaissais pas. Papa vint me voir le lendemain, l'air grave, pour me demander pardon à cause de ce qui s'était passé. Je ne dis rien, lui demandant seulement si je reverrais mon grand-père.

– Ce sera notre secret, toi et moi on va aller le voir, mais on ne le dira à personne, d'ac ?

D'ac. Cela me semblait bien et je n'en parlai à personne, pas même à maman, qui recommença à fréquenter la chambre de ma tante. J'imagine qu'elles devaient dire pis que pendre de la grand-mère et je regrettais de manquer ça, mais maman ne voulait pas que j'aille voir la tante. Elle disait qu'elle n'était pas bien, elle buvait trop et pleurait beaucoup. La tante avait trop de tristesses cachées en elle, je le savais bien.

Un jour, au retour de l'école, je trouvai l'oncle au salon l'air soucieux. Je lui demandai où était ma mère, il me répondit qu'elle avait dû aller à l'hôpital parce que ma tante était malade. Ce soir-là je dus me contenter d'œufs au plat préparés par mon oncle, car mes parents n'étaient pas rentrés. Je restai éveillée pour les attendre et quand je les entendis dans le couloir, j'ouvris la porte de la chambre. Mon père portait sa sœur dans les bras, ma mère me demanda de retourner au lit et me referma quasiment la porte au nez, mais j'eus le temps de voir les bandages aux poignets de ma tante. Je compris alors la scène qui s'était déroulée des années auparavant. La coupe enchantée brisée par terre. Les taches de sang dans la chambre de la tante. Déjà un bandage au poignet. Je ne sais si quelqu'un le comprit avant moi, mais ce jour-là, quand je m'écartai de la porte que ma mère venait de refermer brusquement, je sus que la vie de ma tante venait de prendre un nouveau cap. Elle ne serait plus écrivain, ni musicologue, ni actrice, ni danseuse. Ma tante avait décidé de se suicider, comme cet homme, et peut-être pour des raisons que personne ne connaîtrait jamais. Ma maison était pleine d'individus, de silences et de raisons obscures. Je mis le *Requiem* de Mozart sur le nouveau tourne-disque que papa avait acheté à maman et je me couchai en feignant de dormir. Quand mes parents entrèrent, papa éteignit l'appareil et s'allongea sur lit en allumant une cigarette.

– Jusqu'à quand je vais devoir supporter les crises d'hystérie de cette folle ?

– Tu ne comprends jamais rien parce que tu es insensible.

– Ben voyons, vous êtes amies de nouveau, non ? Cours donc la consoler, mais quand elle recommencera à s'ouvrir les veines, ne m'appelle pas au travail, parce que j'en ai marre de toute cette merde.

– Quoi ? Ta sœur t'a gâché une petite fête ?

– Fous-moi la paix et parle plus bas, la petite dort.

La petite serra très fort les paupières et se blottit dans son lit en pensant que la tante avait peut-être besoin, comme moi, de sentir dans son dos quelqu'un qui la serre dans ses bras.

JOYEUX ANNIVERSAIRE

La première fois que je participai à l'école à la campagne, j'étais en quatrième. L'année précédente, le médecin m'avait prescrit de rester à la maison parce qu'il me considérait encore convalescente. A la maison, mon départ n'affecta personne, à l'exception de maman qui passa les premiers mois de classe à faire des réserves de boîtes de conserve, de compote, de lait concentré et de tout un tas de choses qu'elle m'apportait le dimanche. A cette époque, la grand-mère m'évitait, elle me croisait en baissant la tête comme si elle s'efforçait de dissimuler la honte de mon grand-père mulâtre, et je crois que mon départ de la maison pour un certain temps fut pour elle un grand soulagement.

La campagne, c'était amusant, mais il fallait se lever très tôt et utiliser des latrines que les filles délicates détestaient parce que ça sentait mauvais et qu'il y avait toujours plein de grenouilles. Moi, je trouvais tout ça très bien, on dormait dans des lits de camp et la nuit je pouvais m'éclipser et parler avec Quatre qui était dans sa dernière année. Le dimanche, c'était la visite des parents. Très tôt commençaient à arriver les voitures et les bus, je n'en revenais pas de voir les mères qui apportaient à leurs gamines des valises bourrées de nourriture et de vêtements propres. Les parents de Quatre arrivaient toujours de très bonne heure et m'invitaient à déjeuner avec eux, puis il me fallait déjeuner de nouveau avec papa et maman qui arrivaient vers onze heures. Ce jour-là, papa nous emmenait en balade loin du campement pour manger et passer l'après-midi. Maman m'apportait mes cassettes et j'écoutais de la musique dans la voiture. C'était agréable, même s'il arrivait un moment où j'avais envie qu'ils me laissent seule et qu'ils s'occupent de leurs tangos et de leurs chansons russes. Papa commençait à consulter nerveusement sa montre en disant qu'il n'aimait pas conduire la nuit. Maman, en revanche, tenait à rester le plus longtemps possible, elle voulait me peigner, savoir si j'allais bien, si je n'avais pas mal aux jambes, si j'étais piquée par les moustiques, si le travail était dur, si l'eau n'était pas contaminée, si les garçons entraient dans le dortoir des filles, s'il pleuvait, s'il y avait des trous dans les douches en bois ; bref, elle voulait tout savoir et je lui en racontais un peu pour lui faire plaisir. Quand enfin ils repartaient, je pouvais marcher librement dans la campagne, m'allonger par terre ou me cacher dans un arbre pour lire, tandis que dans le dortoir les filles soupiraient en pensant à leurs petits amis de La Havane, ou se maquillaient pour le bal du soir où elles trouveraient sûrement un cavalier.

C'est alors que je commençai à écrire de la poésie. Quand j'arrivais au campement, je trouvais Quatre qui m'attendait désespérément. Je l'invitais à partager les friandises que m'apportait ma mère et lui lisais mes poèmes. Pour lui, la poésie était aussi mystérieuse que les trous noirs et il trouvait la mienne magnifique. Un jour, j'oubliai sur mon lit un de mes poèmes, j'avais l'habitude de me laver le plus tard possible quand les douches étaient vides. Lorsque je revins, les deux filles qui dormaient à côté de moi me dirent qu'elles avaient trouvé mon poème par terre. Ce qui me fit enrager parce que je ne voulais partager mes écrits avec personne, sauf avec mon ami, mais une des filles me dit qu'elle n'avait jamais lu un poème d'amour aussi beau et insista pour que je lui en montre d'autres. Alors je me sentis mieux et acceptai, non sans méfiance, de leur montrer un des nombreux petits poèmes d'amour écrits pendant mes après-midi champêtres. Impressionnées, les filles appelèrent d'autres camarades et je me vis soudain entourée d'âmes en peine qui soupiraient et regardaient le plafond en parlant de leurs petits amis, de l'amour et de mes poèmes. C'était très bien. A partir de ce jour, je devins la poète, ainsi que m'appelaient certaines, et je me mis à écrire comme d'autres débitent des saucisses. Pendant les heures de travail, certaines venaient me voir pour me raconter leurs problèmes avec leur amoureux ; je commençais par écrire les deux noms sur une feuille et je produisais des vers relatifs à la situation qu'elles me racontaient. C'était marrant, la chef de brigade, amoureuse du professeur d'anglais, m'exemptait de travail pour que j'écrive des poèmes destinés à son aimé. Du jour au lendemain je devins l'entremetteuse du campement. La rumeur se propagea et de toutes les brigades affluaient des filles qui me racontaient leurs histoires. Je leur disais pour blaguer que j'allais faire payer mes services, sachant qu'il est des choses qui, formulées d'une certaine façon, peuvent être prises pour une blague ou pour la vérité, mais jamais pour une insulte. Le fait est que plus les filles avaient besoin de poèmes réconciliateurs et réclamaient mes services, plus elles m'offraient des chocolats, des sorbets, de la nourriture. L'une d'elles alla jusqu'à proposer de faire ma lessive, ce que j'acceptai, mais oui, considérant que le travail intellectuel devait être justement rémunéré. Quatre me trouvait complètement dingue, me disait-il tout en dévorant ce que je gagnais par mon travail, et il continuait à me demander si je ne voulais pas être sa petite amie. Non, je ne voulais pas. Je ne voulais être la petite amie de personne. J'étais devenue depuis longtemps la spectatrice de tant de choses, que ces histoires d'amour n'étaient pour moi qu'une tâche routinière consistant à écrire des poèmes médiocres pour que les autres soupirent et s'endorment en serrant contre elles la photo de leur petit ami.

A mon retour de la campagne, je trouvai à la maison une ambiance plus tendue que de coutume. La grand-mère transperçait quasiment le sol de son regard en me croisant. La tante était cachée derrière sa porte. L'oncle se laissait pousser les cheveux. Papa rentrait le soir comme une ombre et disparaissait au lever du jour. Maman, le teint gris, m'expliquait que son couple était un échec parce qu'elle ne pouvait plus compter sur mon père qui était redevenu le même qu'il y a quelques années, un menteur et un lâche, et elle une idiote qui avait cru en lui. Maman avait envie de travailler, mais elle s'était éloignée depuis tant d'années du théâtre qu'elle doutait qu'un metteur en scène l'accepte dans sa troupe ; elle avait peur et ne savait que faire, elle parlait de l'amour avec tant de regrets et de haine que je ne voulus pas lui montrer mes poèmes. Non seulement je ne voulais pas, mais me jurais de ne jamais les lui montrer, ni à elle ni à personne de la maison. Elle et la tante avaient renoué leurs conversations dans la chambre. Quand je rentrais de l'école, je savais que je les trouverais derrière la porte, là où s'accumulaient les livres, les opéras, la musique symphonique, et tant de tristesse que j'en devenais triste car je savais que toutes les deux s'étaient égarées dans un lieu d'où elles ne pourraient pas sortir si elles ne changeaient pas le sens du vent. Alors, j'en fus absolument convaincue : l'amour, ce mot qui fait tellement tourner la tête, pouvait continuer son manège sans s'approcher de moi. Je ne savais pas exactement ce que je voulais, mais je n'avais aucun doute sur ce que je ne voulais pas. Je ne voulais pas pleurer et devenir une ombre, ni rejeter mes fautes sur les autres. Les êtres les plus sensibles sont ceux qui souffrent le plus et perdent toujours. Je ne voulais pas perdre. Jamais.

Il y avait presque quinze jours que j'étais revenue et papa ne parlait toujours pas de rendre visite au grand-père. Nous avions l'habitude de le voir tous les mois et je savais qu'en mon absence papa était allé chez lui. Le grand-père vivait dans une chambre de La Vieille Havane, son quartier ne me plaisait pas beaucoup, mais j'aimais bien aller chez lui, la voisine nous offrait des friandises et le vieux d'à côté jouait du tambour et chantait des chansons africaines pendant que tout le monde buvait le rhum que papa avait apporté. Le dimanche où nous allâmes le voir, ils parlèrent longtemps tandis que je mangeais du riz au lait en écoutant les histoires du voisin. Quand ils sortirent de la pièce, papa avait l'air sombre alors que le grand-père souriait en disant que mon père avait un caractère très droit et était embêté parce que lors de sa visite précédente on lui avait volé le rétroviseur de sa voiture garée sur le trottoir d'en face. Papa fit une grimace, but une gorgée de la bouteille à peine entamée et dit qu'on devait partir. Mon grand-père m'embrassa sur le front et me dit tout bas que je pouvais revenir quand je voulais, mais de ne pas en parler à son fils. Je souris et nous partîmes. Sur le chemin du retour, papa conduisit en silence, je regardais par la fenêtre en épiant ses mouvements du coin de l'œil. Nous passâmes devant un kiosque à bière, papa arrêta la voiture, descendit sans un mot et revint peu après avec un gobelet plein. Il alluma une cigarette et se carra dans son siège. Je ne savais que dire, j'acceptai le gobelet qu'il me tendait et but une petite gorgée.

– Voyons, comment être certain que ce type est bien mon père ?

Ce furent ses premiers mots après un long silence. Puis il se lança dans un monologue où après chaque mot j'avais l'impression que mon siège s'enfonçait et allait m'engloutir. Il regardait fixement le pare-brise en se demandant pourquoi diable il devait entretenir un type qui venait de se pointer en prétendant qu'il était seul et voulait retrouver son fils unique qu'il avait eu de son unique amour. Papa avait l'air bien embêté, il buvait rapidement, disait que sa mère ne voulait rien lui raconter et qu'il ne pouvait pas croire sa sœur qui était une hystérique. Il se posait des tas de questions et je me demandais pourquoi il tenait tant à me faire partager ses doutes. J'étais de toute évidence une grande oreille pour les autres. Une oreille sans bouche ni sens apparents. Et à ce moment-là, je me moquais éperdument de savoir si mon grand-père était son père, ou si mon père avait été apporté par une cigogne. En tout cas, moi j'avais un grand-père, un vieux qui fumait des cigares et qui ne m'avait pas chanté des berceuses pour m'endormir, mais c'était mon grand-père et je ne voulais pas encore changer d'histoire. Je résolus de lui rendre visite en cachette, de lui faire des cadeaux, de chanter avec le voisin au tambour et de n'en parler à personne, surtout pas à papa, qui termina sa bière, se passa la main dans les cheveux, décoiffa les miens et dit:

– Ne fais pas attention...

Il démarra et nous repartîmes. Je me jurai, à la prochaine visite, de faire une photo du grand-père que je mettrais près de mon lit, comme la photo de papa dans mon berceau quand j'étais petite.

En septembre, Quatre et moi fûmes séparés. Il entrait en seconde et moi en troisième. Son lycée était loin de mon école, nous ne pouvions plus nous voir tous les jours. Au début il venait à la maison me raconter les faits nouveaux, sa fierté d'être entré à l'Union de la jeunesse communiste. Puis nous finîmes par ne plus nous voir que les fins de semaine, les autres jours nous nous téléphonions.

Cette année-là, j'eus quinze ans. Le quinzième anniversaire est traditionnellement une fête ridicule où les filles prennent des photos convenues: derrière un rideau de douche, au téléphone, devant le miroir, allongées sur le lit le menton dans les mains et les pieds croisés en l'air; toutes les photos se ressemblent, seul change le visage de la fille. Dans mon groupe je fus la seule car j'avais un an de plus que les autres, mais à leur grand regret, je ne pus montrer à personne ce genre de photo. Heureusement, ni mon père ni ma mère n'avaient envie de garder de moi le souvenir de poses aussi ridicules. En outre on ne pouvait pas dire que mon corps offrait les formes subtiles d'une jeune fille en fleurs. J'étais toujours un squelette pâle, dont ne se détachaient que mes cheveux en bataille et mes yeux bleus. Comme je n'avais ni le goût ni l'envie de faire la fête, sauf avec Quatre, mes parents décidèrent de louer un bungalow dans un complexe militaire installé sur une plage. Maman tenait absolument à inviter une de mes amies, mais je n'avais pas d'amies. On était en janvier et Quatre était à l'école à la campagne avec sa classe, si bien que je ne pus inviter personne. Papa proposa avec insistance à la grand-mère de nous accompagner, car il ne voulait pas que sa mère soit loin de sa petite-fille, et maman, jusque-là silencieuse, finit par ouvrir la bouche pour dire que cela ferait du bien à la tante d'assister au quinzième anniversaire de sa nièce. Je les regardai en souriant et proposai d'inviter également le grand-père. Le chaos. Maman se prit la tête dans les mains et papa me regarda, l'air sombre, avant de dire que nous partirions tous les trois. Ce que nous fîmes.

La plage, c'était bien, sauf que personne ne put se baigner car c'était l'hiver. Le matin, maman restait dans le bungalow, elle lisait et buvait du thé. Papa jouait au billard avec les hommes. Je marchais au bord de la mer en regardant les vagues furieuses de janvier, je m'asseyais pour observer au loin des jeunes qui jouaient au volley, ou bien j'allais à la salle de jeux où les enfants s'ennuyaient. Mes parents m'offrirent de nombreux cadeaux et même un gâteau que nous partageâmes avec les gens des autres bungalows. Aussi bizarre que cela puisse paraître, ce fut une agréable fin de semaine. Au restaurant, papa racontait des blagues, il arrivait même à maman de rire et elle ne protestait pas quand il commandait de la sangria pour moi. Le soir, elle et moi, nous nous allongions sur le lit pour regarder la télé. Papa allait au bar et jouait au billard, puis revenait pour nous inviter au club où il y avait un orchestre et on s'asseyait à une table comme une vraie famille. Je dansais avec papa, qui ne savait pas danser, et maman gagna un concours en chantant un tango. La fête terminée, maman allait dormir, papa restait à boire avec les autres autour de la piscine, moi je m'enfermais dans ma chambre, dont la fenêtre donnait sur la mer, et j'écrivais des choses qui me venaient au fil de la plume et que je ne montrerais à personne, ni même à Quatre qui en ce moment faisait Dieu sait quoi, loin de moi, là-bas à Pinar del Río, avec de nouveaux copains et de nouvelles histoires dont j'étais absente. Je découvris que mon ami me manquait, mais je pouvais supporter son absence.

Quand nous rentrâmes à la maison, j'étais heureuse et le fus plus encore quand la tante entra dans la chambre et dit qu'elle avait un cadeau. Maman lui fit un sourire complice et nous allâmes dans sa chambre. Sur le lit était posé un panier à l'intérieur duquel dormait un petit chat siamois.

– C'est une chatte, elle s'appelle Frida, tu vas devoir t'en occuper et lui donner toute ta tendresse. Tu vois, elle a les yeux bleus comme toi.

La tante sourit derrière son visage aux yeux cernés et je pris la chatte qui dormait, elle était petite et laide. Les siamois naissent laids, très blancs, avec une tête de singe. Je la posai sur mon cou et elle se mit à ronronner et à se frotter doucement contre moi. Je remerciai ma tante pour ce cadeau et de m'avoir rouvert sa porte. Je savais bien qu'elle et ma mère s'étaient mises d'accord, elles voulaient me faire plaisir et contrarier ma grand-mère et mon père qui n'aimaient pas les animaux, mais ça m'était égal. Je venais d'avoir quinze ans et j'avais le droit de sentir que quelque chose m'appartenait dans cette maison. Maman dit que j'allais devoir m'occuper de Frida et éviter qu'elle dérange les autres. La tante servit trois verres de vin et nous nous assîmes par terre à écouter *Les Quatre Saisons* de Vivaldi. Elles me parlèrent de Frida Kahlo et me montrèrent un livre de ses peintures tandis que la chatte dormait sur mes jambes, et je pensais alors que c'était génial d'être une grande famille, même si cela ne devait durer que l'espace d'un anniversaire.

SI TU LE PRESSES, IL ÉCLATE

J'aimais bien travailler la nuit, c'était le moment le plus calme. Les examens de fin d'année approchaient. Je disais à ma mère que je veillais pour étudier, mais en réalité, quand toutes les portes étaient fermées, je me couchais sur le canapé du salon avec Frida pour lire un bouquin. Le samedi je devais attendre patiemment la fin des programmes de télévision et que tout le monde ait regagné ses pénates.

Ce samedi-là, nous étions tous à la maison en train de regarder des films. La grand-mère dormait dans un fauteuil devant le poste. Maman et la tante étaient assises sur le canapé, papa fumait et buvait de la vodka dans un autre fauteuil et moi, vautrée par terre avec Frida qui me grimpait dessus et jouait avec tout ce qui lui passait sous le nez. Soudain la porte s'ouvrit et l'oncle fit irruption, en nage, s'immobilisa, dit bonsoir et disparut dans la cuisine vers sa chambre. Nous lui jetâmes un regard et revînmes au film.

Une demi-heure plus tard, on frappa brusquement à la porte. La grand-mère sursauta et papa se leva en maugréant que ça ne se faisait pas de déranger les gens si tard. Il déverrouilla la porte et quand il l'ouvrit un type se jeta furieusement sur lui.

– Je vais te tuer, espèce de salopard !

Il se mit à frapper mon père qui, tout perplexe, en pyjama à fleurs et cigarette aux doigts, réagit en le repoussant.

– C'est pas lui, papa, c'est pas lui!

Derrière le type, se tenait une fillette d'une dizaine d'années. Son père fit quelques pas en avant et demanda où était planqué ce pédé de fils de pute auquel il allait casser la gueule. Papa se mit à vociférer et à demander entre deux gros mots qui était ce connard qui se permettait de venir le déranger chez lui à une heure pareille. Maman se leva en silence. La grand-mère entama une litanie de "Sainte Vierge, c'est quoi maintenant?". La tante replia ses jambes sur le canapé et les serra contre elle. J'eus peur, pris Frida et m'assis à côté de ma tante. Le type criait de plus belle qu'il allait le tuer, qu'il savait qu'il vivait ici parce que sa fillette ne mentait pas et qu'il ne partirait pas avant de lui avoir cassé la gueule parce que c'était un pédé et un pervers. Papa s'efforça de le calmer en lui disant que c'était peut-être un malentendu, il n'y avait ici qu'une famille décente, des trucs de ce genre, mais le type ne voulait rien savoir, lorsque apparut à la porte un autre visage, celui d'un garçon d'une vingtaine d'années, les larmes aux yeux et les joues rouges.

– Ça suffit papa, partons d'ici, ça suffit s'il te plaît.

Le type se retourna brusquement et colla une gifle à l'autre qui chancela et tomba par terre en pleurant et réclamant à cor et à cri qu'ils s'en aillent, que c'était une honte, est-ce qu'il n'avait donc pas le droit de vivre sa vie? Mais le type n'écoutait pas, il le secoua par un bras en exigeant qu'il la boucle et reparte immédiatement à la maison, cette affaire il la résoudrait seul. Je vis tout à coup le visage de mon père se crisper, il regarda la tante qui éclata d'un rire hystérique. La grand-mère se couvrit le visage de ses mains et poursuivit ses lamentations. Papa se dirigea rapidement vers la cuisine et frappa à la porte de l'oncle. Fou furieux, le type le suivit, en grommelant des insultes incompréhensibles. Le garçon continuait à pleurer par terre en écartant la gamine et la traitant de crétine, d'imbécile et de cafteuse. Maman prit dans ses bras la petite qui fondit en larmes tandis que mon père hurlait à mon oncle que s'il n'ouvrait pas la porte il allait l'enfoncer, alors ma grand-mère se leva subitement et alla à la cuisine où je voulus la suivre mais maman m'en empêcha. Ma grand-mère exigea le respect sous son toit, que ce type s'en aille, que papa cesse de crier, et s'ils n'arrêtaient pas, elle allait se planter un couteau dans le cœur. Je dois avouer que l'idée me parut curieuse, mais pas à maman qui installa la petite dans le fauteuil et entra dans la cuisine en réclamant le calme. Ma tante continuait à rire nerveusement, elle tenait Frida entre ses mains et répétait: "Ils sont tous dingues." Je n'eus à faire aucun effort d'imagination, j'observai le garçon qui pleurnichait par terre et compris qu'il y avait belle lurette que tout le monde savait ce que j'avais découvert une nuit, cachée dans la cuisine. L'oncle était un pervers.

Mon père cognait contre la porte, relayé par le type. La grand-mère criait et maman la prit dans ses bras pour l'entraîner au salon dans une attitude digne d'être photographiée. J'en profitai pour m'approcher de la porte de la cuisine d'où je vis mon père et le type qui avaient enfin réussi à ouvrir la porte. L'oncle était recroquevillé dans un coin de la pièce. Mon père s'approcha en murmurant entre ses dents qu'il allait devoir s'expliquer. L'oncle poussa un cri dès que le type fit mine de se jeter sur lui en écartant mon père, mais celui-ci, en militaire expérimenté, lui décocha un coup de poing et s'interposa entre les deux hommes. A cet instant le garçon se releva et traversa la cuisine en me repoussant. La grand-mère s'arracha des bras de ma mère et je m'écartai pour ne pas être de nouveau bousculée. Maman me cria de sortir de la cuisine. Le garçon se jeta sur le dos de son père en lui criant de ne pas faire de mal à mon oncle, de le laisser en paix, tout était de sa faute parce qu'il l'aimait, et à ces mots mon père s'écria: "C'est moi qui vais te tuer, pédé de merde!", et il le souleva par le col de la chemise. La grand-mère voulait que son fils cadet lâche son aîné, qu'allaient penser les voisins, quelle honte. Mais tout le monde était devenu fou, papa secouait son frère qui gémissait, pleurnichait comme un gosse et finit par s'écrier: "Tu sais bien que je n'ai pas cessé de l'être, espèce de con, et je vais continuer!", tandis que le type vociférait et que son fils de vingt ans répétait: "Je vais me tuer, putain, je vais me tuer." Ma mère criait elle aussi pour essayer de se faire entendre de mon père. Pendant ce temps, dans le salon, la tante qui avait tout d'une folle parlait à Frida, la gamine pleurait toute seule dans son fauteuil et le film du samedi montrait un flic tombant à bras raccourcis sur un malfrat. Je regardai la fillette et eus envie de lui parler, mais pour lui dire quoi? Elle devait ressentir pour son frère la même haine que j'avais ressentie un jour pour mon oncle, mais en ce moment il me faisait plutôt pitié, tout comme les voisins agglutinés à la porte demandant d'où venait ce scandale, la tante qui avait lâché Frida et pleurait la tête dans les mains, la fillette et jusqu'à moi-même, tout le monde me faisait pitié.

Je ne sus jamais comment se termina cette nuit. Soudain je partis en courant, je sortis dans la rue et me mis à courir, je traversai la rue et courus, courus longtemps, et quand je fus bien fatiguée, je décidai d'aller chez le grand-père. Il fut très content de me voir, il était à moitié soûl avec ses amis, aussi ne s'étonna-t-il pas de l'heure de ma visite. Je restai un moment assise à les regarder boire et chanter. Puis je lui dis que j'aimerais m'allonger un moment, ce qu'il trouva normal. J'entrai dans la chambre sans allumer la lumière et m'assis par terre à côté du lit, dans ma tête résonnaient encore les cris, les pleurs du garçon, et je ne voulais plus les entendre, je voulais m'en débarrasser, alors je me frappai plusieurs fois la tête contre le mur. Je n'avais pas envie de pleurer, je voulais juste dormir et Frida me manquait, la pauvrette, seule au milieu de cette bande de cinglés. Je me promis de ne plus jamais la laisser seule et, entre deux promesses, je m'endormis.

– Mais oui, Ramón, je sais bien qu'ils sont tous tarés, mais ce n'est pas à moi de vous raconter, si vous voulez savoir, la voiture est dehors avec votre taré de fils, posez-lui la question, moi je suis juste venue chercher ma fille, dès qu'elle se réveille on s'en va, merci pour le café.

J'ouvris les yeux et vis ma mère immobile à la porte à côté de mon grand-père. Je me redressai et tous deux s'approchèrent. Elle m'embrassa, me parla affectueusement, me demandant de me dépêcher pour qu'on s'en aille, et refusa le café au lait que proposait mon grand-père. Je me levai en silence, dis que j'acceptais le café au lait et nous dûmes attendre un bon moment que la voisine me prépare un petit déjeuner, tandis que maman parlait sans cesse et que je l'écoutais à peine.

– Frida a déjeuné ? demandai-je, et maman baissa les yeux en disant que oui et soupirant avec résignation.

Sur le chemin du retour je regardai par la fenêtre, comme d'habitude. Devant, c'était le silence. La voiture traversa le tunnel et ne s'arrêta qu'au centre militaire où nous déjeunions fréquemment. On était dimanche, il était midi. Papa demanda qui était le dernier de la queue pour le restaurant et nous allâmes nous asseoir dans des fauteuils à l'écart des autres.

– On te doit des excuses. (Il regarda maman.) Je te dois des excuses... Ce qui s'est passé hier ne se reproduira pas, l'oncle ne vivra plus chez nous, mais comme je ne veux pas que tu apprennes les choses par des ragots, hier à cause de tout ce chahut, des voisins ont dû intervenir et ça s'est calmé, ce monsieur est rentré chez lui avec ses deux enfants et j'ai parlé avec mon frère, nous nous sommes mis d'accord pour qu'il s'en aille. Après, ta grand-mère a eu un malaise et il a fallu l'emmener chez le médecin, mais elle va bien, il vaut mieux ne pas lui parler de l'incident, ce qui s'est passé c'est que...

– Que l'oncle est une pédale et qu'il aime les garçons. Mais papa, je le savais déjà...

Mes parents restèrent muets et je me levai pour faire quelques pas. Je voulais m'éloigner d'eux, même si ce n'était pas leur faute, d'ailleurs c'était la faute à qui ? Je savais que l'histoire ne s'était pas terminée ainsi, papa ne disait jamais qu'une partie de la vérité pour ne blesser personne. Cela, je l'avais appris toute petite. Quand nous arrivâmes à la maison je remarquai que les voisines de l'étage inférieur nous regardaient. C'était drôle. Dedans, il n'y avait personne. J'imaginai la grand-mère et la tante enfermées dans leur chambre. L'oncle, je ne pus l'imaginer. Je m'assis dans le canapé pour caresser Frida et lui dire des choses à l'oreille, par chance Frida possède le don du silence.

Je ne me présentai pas à l'examen du lundi, mais je fus reçue à la session de rattrapage avec l'aide de ma mère qui passa son temps à me faire réviser. Cette semaine-là, ma tante fit sa troisième tentative de suicide. Cette fois elle utilisa des comprimés, mais comme toujours ma mère la découvrit à temps et malgré le mauvais caractère de mon père, elle l'appela une nouvelle fois à son travail pour qu'il l'emmène à l'hôpital.

La grand-mère avait l'air ravagée et très étrange, elle venait vers moi, me témoignait de l'affection et m'invitait à la suivre à la cuisine pour me préparer des desserts, puis elle se mettait à parler, disant qu'un de ces jours ses enfants allaient la tuer, qu'elle avait de la peine pour moi et que j'étais la meilleure dans cette maison. Moi, j'avais de la peine pour elle, mais je ne le lui disais pas. Mon art était d'écouter.

Je ne voulus jamais rien raconter de tout cela à Quatre, j'avais honte. Bien qu'il soupçonnât quelque chose, car le dimanche, pendant que je dormais chez mon grand-père, il avait téléphoné à la maison et la tante avait répondu en disant qu'ils étaient tous dingues, que mes parents étaient encore plus dingues et me cherchaient en ville comme une folle échappée de l'asile. Quatre pensa que ma tante était devenue folle et la remercia, mais ne sut jamais ce qui s'était passé exactement. J'inventai une histoire selon laquelle je m'étais réveillée à l'aube avec l'envie de rencontrer la lune, j'étais sortie pour marcher, mais n'avais pas trouvé la lune.

Mon ami sourit, ajoutant que la lune était à trois cent quatre-vingts quatre mille kilomètres de la terre, et me reprocha d'avoir ajourné mon examen. Il savait que je ne disais pas la vérité, mais il respectait mes silences, sachant que c'était la qualité que je préférais chez lui.

En septembre j'entrai au lycée et nous nous retrouvâmes ensemble. Mon père fut envoyé en Angola. Tous les militaires y passaient une période. La nouvelle ne réjouit pas maman car l'Angola était en guerre et bien que mon père soit un dégénéré, un coureur et un menteur, comme elle disait, elle ne lui souhaitait pas de devenir un martyr. Pour moi non plus ce n'était pas une bonne nouvelle : papa ne rentrait pas dormir tous les soirs ni ne m'embrassait beaucoup, mais l'idée qu'il parte si loin et si longtemps me rendait triste, pourtant je n'en parlai à personne. Papa partit en déclarant qu'il serait un héros pour moi, mais que je devais être une bonne étudiante pour lui, et nous promîmes de nous écrire en nous racontant nos exploits.

Mon premier exploit, je ne pus le lui raconter car maman s'y opposa. Elle dut aller au lycée parler avec le professeur principal à cause de mes fréquentes absences en classe. En revanche je lui racontai que ma mère, après avoir raté trois examens théoriques et un pratique, avait enfin obtenu son permis de conduire grâce à deux bouteilles d'un rhum de sept ans d'âge, offertes au bon moment à son professeur. Mon père répondait à peine, il écrivit une lettre pour nous deux parlant de manœuvres et de nostalgie. Pour moi, l'Angola était une forêt obscure, bourrée de mouches qui laissaient des petits vers sous la peau et de maladies bizarres, où papa s'ennuyait comme un rat mort et n'avait pas le temps de m'écrire, aussi je décidai de ne plus lui écrire. Frida fut d'accord et je dis à ma mère que si je ne recevais pas une lettre à mon nom je n'écrirais plus. Dans le deuxième envoi, je reçus quatre pages où il me racontait un tas d'exploits. La pression a toujours été un bon moyen de rompre le silence.

De l'oncle, je n'eus plus de nouvelles, à part qu'il téléphonait de temps en temps à sa mère. Je sais qu'il revint chercher ses affaires à la maison, mais à une heure où il était sûr de ne rencontrer personne. Je déménageai dans sa chambre dès qu'on me le permit. Je fus très heureuse de fonder un royaume pour moi et Frida, et bien que maman, après le départ de mon père, me proposât avec insistance de partager sa chambre, je refusai. Enfin je pouvais fermer la porte et oublier tout le monde, mettre des affiches sur les murs nus, laisser le lit et mes chaussures en désordre, et fumer une petite cigarette de temps en temps. C'était fantastique. La première photo que papa envoya de lui en tenue camouflée, je la mis au mur en face de mon lit, et pour que maman ne soit pas jalouse je plaçai une des siennes à côté ; ils allaient bien, ensemble, mais restaient séparés par un espace que je décidai de laisser vide. J'avais enfin une grotte où m'isoler, un lieu à moi, une porte.

Au lycée, Quatre avait de nouveaux amis. Les élèves de ma classe avaient un an de moins que moi, aussi je préférais les copains de Quatre. Mes cours étaient l'après-midi et les siens le matin, ce qui m'obligeait, les jours où ils devaient venir au lycée l'après-midi, à sécher le dernier cours, car ils se retrouvaient plus tard chez lui pour écouter Silvio et bavarder. L'éducation physique alternait avec la préparation militaire et tout le pays, à cette époque, était mobilisé pour construire des abris contre les attaques aériennes de l'ennemi. Le groupe de Quatre devait aller au lycée tous les mercredis après-midi pour remplir la cour de trous. Comme lui et ses amis étaient à l'UJC, ils obéissaient aux consignes. Je m'échappais du dernier cours pour les rejoindre, mais creuser des trous n'intéressait réellement personne, c'était juste l'occasion de passer un bon moment à se barbouiller de terre, loin des professeurs qui prenaient tout trop au sérieux. Après les excavations, nous allions chez Quatre. J'aimais bien me mettre au balcon et les écouter parler ; ils faisaient équipe, avaient de bonnes notes et s'intéressaient aux découvertes scientifiques. L'un d'eux écrivait de la poésie et la lisait aux autres. Quant à moi, mon ami avait beau insister, je ne voulais pas lui lire mes écrits. A cette époque j'avais abandonné la poésie romantique – mon gagne-pain – pour écrire autre chose. Un après-midi, le poète du groupe lut un texte que je trouvai intéressant, alors, sans que nul ne me l'ait demandé, j'annonçai que j'allais lire un poème. Quatre s'enthousiasma et réclama le silence absolu. Je lus. Quand j'eus fini, je relevai la tête, la fille qui était à côté de mon ami me regardait d'un air abruti, son voisin aussi, Quatre rajusta ses lunettes, seul le Poète déclara que c'était magnifique. Mon ami se leva pour resservir du thé et dit que la poésie restait pour lui un mystère, il admirait ceux qui pouvaient y accéder, mais il préférait les romans.

– Ne m'en veux pas, mais je n'ai rien compris, me dit la fille.

Le Poète entreprit d'expliquer mes vers, un autre y alla de son commentaire et je leur tournai le dos pour aller au balcon fumer une cigarette volée dans la chambre de la tante. Quatre me rejoignit et m'embrassa sur la joue, il me dit de ne pas m'en faire parce que seuls les incompris réussissaient à changer le monde, mais je devrais être moins hermétique et surtout cesser de fumer tous les après-midi, c'était une bêtise, j'allais finir comme le type d'en face qui titubait à huit heures du matin en cherchant la porte de l'immeuble.

Le type d'en face c'était Dieu, un barbu à cheveux longs, l'écrivain du quartier que j'avais vu avec ma mère, il y a des années, depuis le balcon de ma copine d'enfance. Pour Quatre, la littérature n'avait rien à voir avec une vie de bâton de chaise, et ce type était un frustré qui se disait écrivain, mais dont personne n'avait vu un seul livre publié. En revanche il avait bien vu les fêtes et les beuveries qui se déroulaient chez lui quand il était petit. Nous avions seize ans et commencions à découvrir le monde. Quatre et ses amis recherchaient les disques des Spoutniks et les romans célèbres. Je lisais *La Nausée* et leur disait que je m'en battais l'œil de savoir si l'homme descendait du singe, ce que je voulais savoir c'était comment l'homme pouvait être capable de redevenir un singe sans que rien dans son apparence ne le laisse deviner.

Quatre restait mon seul ami, un type trop intelligent pour ne pas accepter tout ce qui me passait par la tête, même s'il ne le partageait pas. Par exemple que cela ne m'intéressait pas de faire partie de la Jeunesse communiste, pas même pour faire plaisir à mon héros de père. Ou que je me tire de l'école, sachant que ma mère allait crever de honte devant la prof principale. Ou que je fume, me ronge les ongles, garde mes cheveux en bataille et n'apprenne pas à me maquiller. Quatre acceptait tout de moi, pourtant il ne parlait plus d'être mon petit ami et commençait à sourire de façon bizarre à sa nouvelle copine, qui se souciait, elle, de se faire les ongles et d'avoir de bonnes notes.

Parfois, quand ses amis repartaient, on s'allongeait sur le lit pour parler. Il aimait bien que j'invente des histoires et moi je lui en racontais de fantastiques. Un jour, je venais d'en terminer une et il me regardait fixement.

– Bon, sérieusement maintenant, qu'est-ce que tu voudrais faire plus tard ? Comment tu vois l'avenir ?

– L'avenir ? C'est une énorme boule de cristal qui peut nous tomber sur la tête, il vaut mieux ne pas y penser.

Quatre, lui, avait des projets. Il voulait étudier la physique à l'université. Il voulait être un grand scientifique, découvrir des tas de trucs et se marier, avoir deux enfants et faire le tour du monde en beaucoup plus de quatre-vingts jours. Je lui demandais de m'envoyer une photo de Paris et une autre des pyramides d'Égypte, tout le reste m'était égal, en réalité tout m'était égal.

Son ami le Poète m'invita un jour à une soirée avec des chanteurs et des gens qui lisaient de la poésie. Je trouvai étrange qu'il me demande de ne rien dire à Quatre et il m'expliqua que c'était un piège. Lui et un autre savaient que Quatre s'intéressait à la fille et s'étaient mis d'accord pour tous aller au cinéma, mais ils les laisseraient seuls pour que l'affaire se fasse. Moi, ça ne me plut pas, et à vrai dire cela me contrariait beaucoup. Mon ami ne m'avait jamais parlé de son intérêt pour cette fille, aussi, considérant qu'il trahissait mon amitié, car nous sortions toujours ensemble, j'acceptai, vexée, l'invitation du Poète et jurai de ne rien dire à Quatre.

Ce soir-là, ce fut la folie. Nous nous rendîmes dans un local plongé dans la pénombre, éclairé par des bougies. Le Poète connaissait quelques personnes. Nous nous assîmes par terre et il me présenta des amis à lui, un chanteur et un autre je ne sais trop quoi, mais qui fumait beaucoup et auquel le Poète piquait des cigarettes pour moi. Il ne fumait pas. Je me sentais attirée par cette ambiance : tout le monde était par terre, un type animait la soirée, les chanteurs se succédaient et entre deux chansons quelqu'un lisait un texte. Le Poète fut invité à son tour. Imaginant qu'il se sentirait important parce que sa poésie était écoutée par beaucoup, je ne fis guère attention à lui. Je préférai observer les gens, il y en avait de toutes sortes, cheveux longs et jupes aux chevilles, moi en jeans comme d'habitude. Des jeunes, des moins jeunes, et à ma grande surprise je découvris que Dieu était lui aussi dans la salle.

C'était samedi et quand le concert s'acheva, il était encore tôt. Si bien que le Poète suggéra de continuer la fête dans un parc. Certains partirent acheter du rhum tandis que nous marchions dans La Havane du milieu des années 80 jusqu'au parc du Vedado pour nous y installer. Dieu était en grande conversation avec un chanteur ami du Poète. Le rhum arriva, les chansons revinrent et la nuit s'écoula ainsi à chanter, boire et poétiser. Nous étions tous à moitié soûls quand le Poète me demanda de lire ces vers qu'il avait tant aimés. Je n'avait pas apporté mes écrits, mais considérant le désordre ambiant, où certains ne savaient plus ce qu'ils disaient, je bus une gorgée et dis que je ne me rappelais pas ces vers-là, mais que je pouvais réciter ce que j'avais écrit à mes quinze ans. Je bus une autre gorgée et commençai :

J'ai quinze ans, je me prends par la main. Conviction d'être jeune avec les avantages d'être très caressante.

Je n'ai pas quinze ans. Du temps passé, un incomparable silence est né. Je rêve de ce beau, de ce joli monde de perles et d'herbes volées.

Je suis dans tous mes états. Ne me prenez pas, laissez-moi.

Je ne sais si ce fut à cause de mon visage pâle, des pauses à chaque virgule et de mon élocution parfaite, ou de l'alcool, mais à mes paroles succéda un grand silence que le Poète rompit par des applaudissements et le commentaire: "Je vous avais dit qu'elle était bonne." Les autres l'approuvèrent et un chanteur prit sa guitare pour me dédier une chanson, avec la permission de mon compagnon, précisa-t-il. Je le regardai, étonnée, mais détournai les yeux car quelqu'un m'offrait une gorgée de rhum et une cigarette, et je me sentis géniale.

Bien des chansons plus tard, le Poète discutait avec quelqu'un de l'influence de Vallejo sur la génération de Silvio. Je regardai ma montre, il était minuit et demi, j'imaginai maman en train de regarder la sienne devant le film du samedi. Je sentis une présence dans mon dos et me retournai. Dieu se pencha vers moi.

– Si j'étais Paul Éluard, je commencerais par porter plainte, mais je finirais par applaudir ta méfiance.

Je me sentis découverte, ce qui me déplut, alors j'acceptai la cigarette qu'il m'offrait et murmurai:

– J'ai mes propres poèmes, mais je ne les sais pas par cœur, et puis… (je lui souris pour gagner sa complicité)… ceux de Paul sont meilleurs.

Dieu sourit à son tour.

– Comme tu vois, je n'ai pas quinze ans, mais je connais très bien Paul Éluard et je rêve moi aussi de ce beau, ce joli monde de perles et d'herbes volées. Pourquoi ne me montres-tu pas tes poèmes?

Ce fut le début d'une conversation qui dura très longtemps. J'appris que Dieu était une sorte de parrain intellectuel de ce chanteur avec lequel je l'avais vu bavarder. Il me parla de nombreux livres qu'il avait chez lui, des trucs fantastiques que je ne connaissais même pas, et m'invita à lui rendre visite. Je lui dis qu'il était le voisin d'un grand ami à moi et que je l'avais déjà vu, mais je ne fis pas allusion à maman, car en réalité je ne savais rien de leur relation. Elle ne m'avait jamais rien dit et après tout ce temps je craignais de faire une gaffe. Il réitéra son invitation à lui rendre visite, sauf le matin, car c'étaient les heures sacrées du sommeil, il habitait au cinquième étage de cet immeuble et s'y trouvait la plupart du temps. Il me demanda de lui apporter mes poèmes et de laisser Paul à la maison. Je souris et acceptai une gorgée de rhum de sa bouteille.

Quand tout le monde décida qu'il était l'heure de partir, le Poète était passablement éméché et tenait à me raccompagner. J'étais un peu barbouillée, mais je n'avais pas beaucoup bu, juste quelques petites gorgées, pour ne pas perdre le contrôle. Vivre parmi des gens qui buvaient beaucoup m'avait appris à boire raisonnablement. Je dis au revoir à Dieu et lui promis une prochaine visite.

Le Poète et moi marchions lentement. Il était drôle, offrant une image de lui complètement différente de celle qu'il avait chez Quatre. Il me demanda si je m'étais bien amusée et je lui répondis oui, beaucoup. Il déclara que mon poème était excellent et je le remerciai. Il espérait que Quatre s'était bien entendu avec leur amie et je lui dis que je l'espérais aussi. Il me demanda comme j'avais trouvé ses amis, je répondis: “Géniaux.” Alors il s'arrêta, tendit son bras contre le mur où je dus appuyer mon dos et me demanda comme je le trouvais, lui. Comme un poète à moitié soûl, dis-je en posant ma main sur sa poitrine pour le tenir à distance, mais il ne broncha pas, me soufflant son haleine éthylique en plein visage, et me dit que je lui plaisais beaucoup et qu'il voulait m'embrasser. Je perçus un bruit dans mes oreilles et répondis qu'il valait mieux ne pas gâcher cette nuit, tout avait été parfait, mais il était tard et je devais rentrer chez moi.

– Juste un petit baiser et je te jure qu'on s'en va, je te raccompagne jusqu'à ta porte et si tu veux je te mets au lit, je te borde et je te lis un poème avant que tu t'endormes.

Je souris, baissai la tête en soupirant, puis relevai les yeux.

– Tu vois où il est, mon genou ? Si tu n'enlèves pas ton bras, je te jure que je te balance un coup et que je mets tes couilles à frire, et si tu veux je te les sers dans une assiette et je te lis un poème jusqu'à ce que la douleur s'en aille.

Le Poète ne rigolait plus, il retira son bras et nous continuâmes à marcher en silence.

Le lendemain, Quatre téléphona. Il m'avait appelé samedi pour aller au ciné, mais que je n'étais pas chez moi, alors il y était allé avec une amie et son autre copain, car le Poète les avait laissés tomber. Je compris que tout ça avait été un micmac pour sortir avec moi et je me sentis bien, aussi ne dis-je rien à mon ami.

Dans la semaine, je rencontrai de nouveau le Poète chez Quatre, il me regarda tout penaud et, profitant d'un instant d'inattention des autres, me glissa un papier dans la main. J'allai au balcon, comme d'habitude, et lus le poème d'excuse qu'il avait écrit. Il s'intitulait *Repentirs* et il était horrible, il y était question d'une femme d'écume dans la nuit, avec ses yeux bleus illuminant la solitude du poète. Cela me parut de très mauvais goût, mais je compris que c'était un pacte de paix et ça c'était bien. Connaître notre position exacte à chaque instant permet une communication presque parfaite. Je rangeai le papier dans la poche de ma chemise d'école et écrivis sur un autre mon numéro de téléphone pour qu'il m'appelle. En fin de compte, je n'avais rien contre ses couilles et la poésie m'intéressait trop. Quatre mit *A la fin de ce voyage* et tous se mirent à chanter. Je m'accoudai au balcon. Au cinquième étage de l'immeuble d'en face vivait Dieu et je voulais lui rendre visite.

FIN D'ANNÉE

– C'est toi ? Mon Dieu, je ne peux pas y croire, c'est toi ?

Maman poussa de tels cris quand elle répondit au téléphone que la grand-mère se détourna de la télévision et tendit l'oreille, pensant comme moi qu'il s'agissait de papa qui revenait à Cuba en permission. Assise par terre, maman parlait, le visage baigné de larmes. Je m'approchai, mais la conversation ne semblait pas être avec papa, ce qui me fut confirmé quand elle commença à parler de la petite, c'est-à-dire moi, et à raconter un tas d'histoires que nous connaissions tous ici par cœur. Elle resta trois quarts d'heure au téléphone et après avoir raccroché elle me serra dans ses bras en disant que c'était sa sœur qui l'appelait d'Argentine, sa petite sœur chérie qui s'était souvenue d'elle et allait lui écrire bientôt. Maman avait l'air toute contente, elle me prit par la main et m'entraîna dans la chambre de la tante tandis que la grand-mère se replongeait dans la télévision.

Une semaine plus tard, papa vint en permission. Nous allâmes le chercher après les trois jours de quarantaine auxquels il était contraint. Il nous couvrit de baisers, d'embrassades, de cadeaux et d'histoires de combats fabuleux. A la maison, tous se réjouirent de son retour, même la tante passa la tête hors de sa chambre pour voir le magnétophone qu'il m'avait rapporté. Papa avait l'air en pleine forme, il s'était laissé pousser la moustache et ressemblait à un dur à cuire des films du samedi. Les premiers jours, je ne voulus pas lui parler de mes mauvaises notes au lycée ni de mes retours à la maison au petit matin. Maman non plus ne voulut pas l'embêter, elle était tellement contente d'avoir renoué avec sa famille qu'elle ne parlait quasiment de rien d'autre. Pour mon père, l'appel et les lettres de la tante d'Argentine étaient un peu suspects : se manifester après tout ce temps lui semblait étrange, alors maman réagissait et répliquait qu'il n'était pas le mieux placé pour parler de familles à problèmes. Je l'approuvais en silence.

Le magnétophone vint logiquement prendre place dans ma chambre. On s'y retrouvait de temps en temps avec Quatre et le Poète. A cette époque, nous sortions souvent tous les trois ; la fille et l'autre copain avaient fini par se mettre en couple et à se séparer de nous, si bien que nous formions un trio parfait. Quatre la sagesse, le Poète la folie et moi la "maigre" comme ils m'appelaient. Le Poète assumait impeccablement son rôle d'ami, il était fantastique. C'était notre agent culturel chargé de nous chaperonner dans les soirées, les concerts et les beuveries que Quatre n'approuvait guère mais qu'il partageait avec nous en buvant modérément.

Les jours où papa fut à la maison, il ne vit mes amis qu'une fois. Il demanda pourquoi j'étais toujours avec des garçons et si l'un d'eux était mon petit ami. Je lui dis que c'étaient simplement mes amis et leur demandai de ne plus venir. De toute façon, ma chambre n'était pas le paradis. Le paradis c'était chez le Poète, car sa mère étant toujours en voyage, il restait longtemps seul. Nous y allions les fins de semaine pour écouter Fito et Charly, un groupe argentin, mais d'une Argentine que maman ne connaissait pas.

A ce moment-là Quatre avait eu deux échecs amoureux. Il disait qu'il ne plaisait pas aux filles à cause de ses lunettes, ce n'était pas comme le Poète qui leur récitait des vers à tire-larigot en les regardant fixement comme s'il allait avaler le monde entier. Pour moi, le Poète était un garçon intelligent, un peu snob et économiquement plutôt aisé. Rien de plus, mais c'était peut-être ce qui plaisait à la plupart. Quatre était trop sérieux pour les filles : trop bonnes notes, trop de "ne bois pas tant" ou "je crois qu'il est l'heure de rentrer", ce genre de chose.

Papa resta quinze jours pendant lesquels nous connûmes la paix, les déjeuners à la maison centrale des Forces armées révolutionnaires, les promenades nocturnes, les rires, et j'en étais heureuse. Le jour de son départ, maman frappa à ma porte dans la nuit. Elle s'assit sur mon lit et me dit, l'air grave, que papa avait une autre femme, elle savait que pendant les missions ils avaient tous une autre femme et qu'il n'avait jamais été aussi gentil ni aussi tendre, mais elle avait découvert un cadeau dans sa valise avant qu'il s'en aille. J'essayais d'enregistrer une chanson de Fito et maman continuait à parler, à répéter que tout était une farce, elle était convaincue que mon père ne lui avait proposé le mariage que pour feindre une stabilité familiale et ainsi obtenir une voiture, c'était la double morale qu'ils avaient tous. Comme je l'écoutais sans me détourner de la chanson de Fito, elle s'énerva et se plaignit de ne pouvoir parler à personne : la tante disait que son frère était un réac et ne voulait pas l'écouter et que moi je me fichais de ses problèmes, elle se leva en pleurant et dit qu'heureusement là-bas en Argentine on pensait encore à elle. J'eus envie de la suivre pour qu'elle ne se sente pas trop mal, mais je préférai ne pas broncher, je ne sais pourquoi, je montai le volume du magnétophone et Fito cria pour moi.

Ce soir-là je voulais aller chez Quatre, je prévins maman, mais quand j'arrivai devant la porte de son immeuble, je regardai derrière moi et remarquai une lumière au cinquième étage. Je n'avais pas encore rendu visite à Dieu parce qu'il m'intimidait et puis je ne voulais pas que mon ami l'apprenne. C'était bizarre : Dieu m'avait impressionnée quand j'étais petite et en le voyant de près la dernière fois, je dois avouer que je l'avais imaginé en loup conquérant de jeunes filles aux aspirations poétiques. J'étais partagée entre prudence et tentation. Un bruit vibrait dans mes oreilles, comme de la peur. Mais la peur a le don de séduire et de se muer en source quand elle se brise. Je traversai la rue, montai les escaliers et un homme barbu apparut derrière la porte.

– Paul est resté dormir, à sa place j'apporte mes poèmes.

Dieu sourit et dit combien j'avais tardé à venir le voir. Son appartement n'était pas très grand et l'une des pièces, réservée aux réunions, était tapissée jusqu'au plafond d'affiches, de photos, de coupures de journaux, de n'importe quoi. Sur une table, à côté d'un tas de papiers, il y avait un verre de rhum à moitié vide et une machine à écrire rappelant celle de ma tante. Cette nuit-là fut une véritable découverte. Nous passâmes des heures à parler, à ouvrir des livres, à lire des poèmes tandis que Dieu buvait, selon ses propres mots, "quelque chose de déconseillé aux mineurs" et que je fumais ses cigarettes, les éteignant à la moitié pour les rallumer ensuite. Je ne sais exactement s'il faut l'imputer à ma jeunesse, à mon esprit bohème ou à mon désir de savoir, mais j'étais fascinée. Dieu parlait et j'avais l'impression que cet espace, cette petite pièce pleine de livres et de papiers m'appartenait depuis longtemps et je sentais cet homme de la génération de mes parents, un peu hippie et rêveur, aussi proche de moi que Dieu de ses disciples. Je crois que la première heure de ma visite fut une mise à l'épreuve, et quand je partis, peu après minuit, je savais que je pourrais revenir quand je le voudrais. Je reviendrais, Dieu m'attendrait avec un disque des Beatles et je lui lirais les poèmes que je n'avais pas lus ce soir-là.

Je ne parlai à personne de cette rencontre, pas même à Quatre, car je savais très bien que cela ne lui plairait pas. Il voulait toujours le meilleur pour moi sans comprendre que le meilleur n'est pas toujours le plus pur et que la pureté ne porte pas toujours des tons clairs. Heureusement, Quatre ne se douta de rien. C'était pour lui la dernière année, celle qui précède le choix des études, et le grand sujet de conversation était l'entrée à l'université. Quatre passa l'année sans s'intéresser à autre chose, ni même participer à la restauration de la cour, car à cette époque le pays entreprenait la construction d'édifices, ce qui avait poussé le directeur du lycée à décider que nous devions refermer ces prétendus abris ouverts l'an dernier, de simples trous qui enlaidissaient la cour et que les gens remplissaient d'ordures.

Mon ami avait choisi la micro-électronique nucléaire. Le nom en soi me mettait mal à l'aise, mais plus encore de savoir que Quatre voulait étudier en Tchécoslovaquie et qu'avec ses notes il était évident que dans un an nous devrions nous séparer. Le Poète, pour sa part, avait opté pour les télécommunications et je ne cessais de lui demander comment un type tel que lui pouvait vouloir aller au CUJAE*, dans un monde d'ingénieurs et de dossiers, mais pour le Poète, là était la magie, il disait que l'art on le portait en soi, mais qu'il fallait apprendre les progrès de la science à l'université.

Le jour du dernier examen, ce fut la folie. Je passais le matin et eux l'après-midi, si bien que je les attendis pour qu'on parte ensemble. Lorsque Quatre avait été admis à l'université, ses parents lui avaient offert une bouteille de champagne qu'il garda jalousement jusqu'au dernier jour. Nous allâmes chez lui, mangeâmes un morceau et partîmes avec la bouteille sous le bras. Ils étaient euphoriques. Le Poète criait en pleine rue et montait sur les bancs des arrêts de bus. Quatre jura qu'avant de partir en voyage il se ferait faire des lentilles de contact ; peut-être aurait-il plus de chance avec les filles tchécoslovaques. J'étais heureuse, bien qu'il me restât encore une année à tirer.

La bouteille suffit à peine aux premières réjouissances, nous allâmes chez le Poète où il y avait toujours des surprises agréables et il décida cette fois d'ouvrir un des whiskies que

* Complexe universitaire José Antonio Echeverría.

sa mère cachait dans sa chambre. Nous passâmes des heures à boire et à écouter de la musique, et l'alcool nous était déjà monté à la tête lorsque le Poète se rappela qu'une soirée devait se tenir quelque part et nous décidâmes d'y aller. Il fallut d'abord envoyer Quatre sous la douche, puis nous enfilâmes tous les trois des vêtements du Poète, embarquâmes ce qui restait du whisky et partîmes. J'avais l'air de je ne sais quoi dans ces vêtements trop grands pour moi et tout me faisait rire aux éclats. A cette soirée nous retrouvâmes des têtes connues et les mêmes chanteurs. Quatre ne voulut pas boire davantage, il se sentait ivre et il en avait honte, alors je le pris dans mes bras et lui récitai un poème. Le Poète s'était éloigné et Quatre me serra plus fort.

– Il te plaît, le Poète ?

La question m'amusa et je répondis que non. Alors il me prit les mains et fixa sur moi ses yeux de myope éméché.

– Tu ne veux toujours pas être ma petite amie ?

Quatre était mon meilleur ami, quelque chose de délicat que je gardais pour moi, de trop grand pour le limiter à un si petit espace, dont les ailes ne méritaient pas de devenir celles d'un éphémère, il faisait trop partie de moi pour le briser. Je soutins son regard en silence, il se contenta de sourire, embrassa mes mains et nous détournâmes les yeux car le Poète nous rejoignait pour nous proposer de revenir chez lui car le whisky était fini et qu'il était sûr que sa mère lui offrirait une autre de ses bouteilles cachées. Il fallut convaincre Quatre, quasiment le traîner de force, mais nous réussîmes. Un chanteur, deux garçons et une fille se joignirent à nous. Le Poète ouvrit une bouteille de cognac, du vrai, et déclara que chacun fasse ce qu'il avait envie de faire. J'observai le chanteur qui chantait assis par terre et la fille qui l'écoutait, serrée de près par les deux autres. Quatre s'allongea sur le lit pour feuilleter une revue. Le Poète dansait au milieu de la pièce en me regardant avec un air de fou. Vers deux heures du matin, la fille était tout près du chanteur et les deux autres décidèrent de s'en aller. Le Poète les raccompagna à la porte et revint en disant qu'il était temps qu'ils partent, puis il fit un signe au chanteur qui sortit un petit paquet de sa poche. Quatre fut réveillé par une bourrade du Poète.

– Debout, mec, la fête commence!

Je n'avais jamais essayé la marijuana et bien que Quatre me fasse les gros yeux j'acceptai le joint qu'il avait refusé et fumai avec les autres. Le Poète mit un disque de Fito. Le chanteur et la fille allèrent au salon. Quatre but une longue gorgée et se mit à nous regarder d'un air réprobateur, car le Poète et moi poussions des cris en chantant et nous nous écroulions de rire contre le mur à propos de tout et de rien, y compris des commentaires qui arrivaient du lit où était Quatre, de son côté bien décidé à se soûler parce que nous étions dingues, complètement dingues, et nous ne cessions pas de rire. Il y eut un moment où je perdis la notion du temps, Fito chantait, répétait la même chanson, les voix des autres s'amplifiaient et devenaient lointaines. Je me sentais tourbillonner, il n'y avait plus de murs, j'étais comme un tigre avec des ailes, oui, un tigre ailé planant au-dessus de la ville sans la toucher, sans m'arrêter nulle part, sans pouvoir m'arrêter, alors j'eus peur et m'agrippai, je me sentis toute petite, je n'étais plus un tigre mais une Frida effrayée par un balai, un fragment de néant humide et vert, j'avais très peur, je m'agrippais, je voulais atterrir et découvris que l'humidité c'était les lèvres du Poète. J'ouvris les yeux et m'écartai brusquement. Tout tournait mais Quatre s'était endormi et le Poète me dévisageait.

– On est bourrés, Poète, complètement bourrés.

Le Poète esquissa un sourire et je me dirigeai en titubant vers les toilettes. Je m'assis sur le siège des W.-C., j'avais vraiment très envie de faire pipi, c'est la dernière chose dont je me souvienne.

Le lendemain je fus réveillée par des coups frappés à la porte. Quand j'ouvris, l'effarement se lisait sur le visage de Quatre.

– On a forcé la dose, ma vieille, j'ai mal à la tête à en crever, j'ai appelé chez moi et chez toi, ta mère est dans tous ses états, elle dit qu'elle n'a pas dormi de la nuit.

Nous nous débarbouillâmes et mastiquâmes du dentifrice. Dans la chambre, le Poète dormait par terre. Les deux autres étaient invisibles, mais la guitare du chanteur et ses chaussures étaient au salon. J'allai à la cuisine et coupai des rondelles d'oignon et du pain que nous mangeâmes, Quatre et moi, sur le chemin du retour. Quand j'arrivai à la maison, en effet, maman n'était pas du tout contente.

Quand je lui parlai de Dieu, Quatre me regarda d'un sale œil. Son regard avait changé grâce aux lentilles de contact et cela lui allait très bien, mais là son visage se crispa et une grimace se forma sur ses lèvres dès que je lui racontai mes visites à son voisin d'en face. Selon Quatre, je devais me consacrer davantage aux études au lieu de traîner avec des gens bizarres et de déambuler seule la nuit dans La Havane. J'étais déjà en terminale, il me semblait intéressant de suivre quelques cours de lettres, mais mes notes étaient désastreuses. Quatre tentait d'apprendre le tchèque et le Poète, tout à son projet de devenir ingénieur, était intarissable sur l'informatique et sur les filles qu'il avait rencontrées au cours de cinéma du CUJAE auquel il s'était inscrit.

J'avais parlé de Dieu ce jour-là, car mes visites étaient plus fréquentes. Le Poète passait presque toute la journée à l'université et Quatre travaillait davantage qu'un docteur en sciences, aussi mes journées étaient-elles privées d'amis et bien des soirs je préférais la parole de Dieu au silence de ma chambre. A la maison, la vie ne changeait guère : maman se couchait pour lire, la grand-mère s'endormait devant la télé, la tante restait derrière ses murs et j'essayais d'écrire des vers tandis que Frida jouait avec mes papiers. Je crois que ce fut l'époque où j'écrivis le plus de poèmes et dus également en jeter le plus. J'étais stimulée par l'idée de les montrer à Dieu, mais la plupart du temps il se contentait de sourire, allait chercher un livre et, sans rien dire, finissait par me convaincre que la poésie c'était autre chose, bien plus qu'un simple agencement de mots, bien plus que tout ce que je voulais atteindre. Ces soirées étaient agréables, on pouvait fumer tranquillement et boire, du moins quand la boisson éthylique n'était pas une substance explosive. Dieu était une découverte de tous les jours, parfois il me rappelait ma tante, je ne sais pourquoi. Il passait les nuits éveillé et restait longtemps chez lui sans voir le soleil, à boire et à classer des papiers, crasseux et hirsute, jusqu'à ce que l'envie lui prenne de sortir en ville, alors il allait n'importe où, regardait des films du monde entier, assistait à toutes les rencontres de l'UNEAC*, à tous les concerts et toutes les soirées underground ; cela me fascinait, car il disposait du temps à sa guise et semblait totalement libre de faire ce qui lui chantait. Il m'arrivait de penser que j'étais née dans un autre temps. Chez lui je me sentais libre et sans besoin de mentir. C'était agréable. Aussi, quand mes amis étaient occupés, je sortais avec Dieu, c'était un autre monde, une façon différente d'appréhender la ville. A ce moment-là, La Havane était une ville éclairée avec de nombreux endroits où aller, des concerts de la *nueva trova***, des cycles de films, des créations dans tous les théâtres. Les gens qu'il connaissait me paraissaient curieux, les garçons dans les soirées, les couples qui se formaient, tout cela était à mes yeux un monde intéressant que je devais observer. Il m'arrivait d'entamer une conversation fortuite et de l'orienter de telle sorte que le type parle tout le temps, c'était incroyable, les gens parlaient sans cesse et, soûls, parlaient encore plus, moi j'écoutais, avec un sentiment de distance, l'impression de ne pas appartenir au décor qui me semblait bidon, fait de lieux communs,

* Union Nationale des Écrivains et Artistes de Cuba.

** La nouvelle chanson cubaine.

d'intérêts communs et d'attitudes qui, en règle générale, devaient être communes. Le Poète disait que j'étais une fille autosuffisante aux très jolis yeux et que je devrais me chercher un petit ami, parce que c'était ce qui plaisait aux garçons. Quatre prétendait que la pose de "solitaire incomprise" ne m'allait pas du tout et m'incitait à abandonner tout ce baratin pour me mettre aux études. Dieu, lui, ne me disait rien, il me servait un verre et mettait un disque des Beatles, je croisais mes pieds sur la chaise et parlais de tout et de rien.

Le temps passa très rapidement et c'est à peine si je pensais aux nombreux mois qui me séparaient de la première permission de papa. Maman continuait à recevoir et à me lire des lettres adressées à nous deux, mais subitement quelque chose changea. Je le compris un jour en rentrant à la maison lorsque je frappai à la porte de ma tante. Maman ouvrit la porte avec violence, je l'embrassai et elle me rabroua en disant qu'il était très tard pour traîner dehors, qu'elle ne savait même pas ce que je faisais ni avec qui j'étais et elle prit ma tante à témoin, déclarant que j'étais bien comme son frère, que je l'imitais en tout jusque dans ma façon de bouger et de porter des pantalons et des chemises trop grandes. Je ne sus que dire, je regardai la tante et maman me prit le visage dans ses mains.

– Dis-moi où tu étais et ne mens pas, je ne supporterai pas un autre mensonge.

Je restai muette, maman ferma les yeux, lâcha mon visage et quitta la pièce. Je ne savais plus que faire. La tante se leva, me dit de ne pas faire attention, ma mère était hystérique mais ce n'était pas ma faute. Je lui demandai ce qui s'était passé. Elle s'approcha, écarquilla les yeux et avec une expression de démente me murmura: "Ils sont tous fous, tu dois t'enfuir d'ici." Mais que s'est-il passé? demandai-je de nouveau. Elle hocha la tête.

– C'est ton père, ma petite. Ta pauvre mère n'a pas choisi un bon mari et elle risque de devenir folle comme tout le monde dans cette maison.

Obtenir plus d'informations de la tante était pratiquement impossible, mais j'eus très peur. Je pensai qu'il était arrivé quelque chose à papa et le seul fait d'y penser m'effraya. J'allai dans la chambre et y trouvai maman qui séchait ses larmes. Elle leva les yeux et vint vers moi en me suppliant de lui pardonner, j'étais sa petite fille chérie et elle m'avait mal traitée parce qu'elle était nerveuse.

– Qu'est-ce qui est arrivé à papa ? lui demandai-je presque en criant et morte de peur.

Maman s'assit sur le lit et soupira. Non, il ne lui était rien arrivé : il allait bien mais tarderait un peu à venir en permission car il avait beaucoup de travail, cela l'avait rendue nerveuse. Maman mentait, de toute évidence elle mentait.

– Mais papa est vivant ? Il ne lui est rien arrivé ?

Elle répondit que oui, il était vivant et viendrait bientôt, je ne devais pas m'inquiéter, elle était très nerveuse parce qu'elle n'avait pas reçu de lettre, mais elle avait eu aujourd'hui la visite de camarades chargés de réconforter les familles des internationalistes, il allait bien, avaient-ils dit, son travail l'empêchait d'écrire, mais il allait bien et demandait qu'elles ne lui en veuillent pas de son attitude la dernière fois. J'imaginai que maman avait appris quelque histoire avec des femmes, ce qui expliquerait son état. Je soupirai et quittai la pièce très mal à l'aise en pensant que mon père risquait sa peau en Angola tandis qu'elle ne se souciait que de leur ménage dérisoire. A un autre moment, ma réaction aurait été de partir chez mon grand-père, mais le grand-père m'avait déçue. Quand mon père avait cessé de lui rendre visite, je m'étais juré qu'il ne resterait plus jamais sans famille et j'allais chez lui sans le dire à personne. Il s'occupait de moi comme d'habitude, disait qu'il était un vieillard solitaire, que papa ne l'aimait plus, et comme cela me faisait de la peine, je me débrouillais pour trouver assez d'argent et lui offrir une bouteille. Il était très content et imaginait un plan pour que papa s'occupe à nouveau de lui. Je ne dis jamais rien à mon père et continuai à rendre visite au grand-père, mais il commença à changer. Il n'était plus le même, il disait que son fils avait beaucoup d'argent et qu'il était juste qu'il lui en donne un peu, car après tout il n'était plus qu'un vieux abandonné. Peu à peu, quelque chose changea en moi. Le grand-père ne s'intéressait plus à ma présence, seul mon père l'intéressait parce qu'il lui donnait de l'argent. Cela me rendit très triste et je décidai de ne plus aller le voir, du moins pas régulièrement. Je voulais un grand-père, simplement un peu de famille loin de la grande maison, mais je ne l'eus jamais vraiment. Aussi, ce jour-là, je m'enfermai dans ma chambre avec Frida et j'écrivis un poème qui parlait de la guerre et des héros qui donnent tout en échange de rien pour défendre les causes des autres comme l'avait fait le Che. Je rangeai le poème dans une enveloppe et décidai que je l'enverrais à papa.

Quand j'eus terminé le lycée, je ne voulus pas entrer à l'université. Je demandai néanmoins à m'inscrire en histoire de l'art et d'autres disciplines dont je savais pertinemment qu'elles me seraient refusées ; en revanche, je pouvais opter pour une filière pédagogique quelconque, mais je n'avais pas une âme de pédagogue, aussi je ne fis aucune demande. Je sais que maman en fut triste, bien qu'elle n'en dise rien, elle m'offrit un livre de Borges, un de Cortázar et un de Sábato, et ajouta que la véritable université était dans les livres. La tante ouvrit une bouteille de vin et proposa de boire à ma libération du système scolaire. J'étais contente. La grand-mère ne m'offrit rien, jeta un coup d'œil de côté et déclara : "On verra ce qu'en pense ton père..." Mais à la surprise générale, papa ne me gronda pas. Il y avait presque un an qu'il n'était pas revenu et il nous envoyait une lettre étrange dans laquelle il parlait des individus et des aspirations, disait que l'on confondait parfois amour et devoir, et que l'on devait toujours essayer d'agir en accord avec ce que l'on ressentait. Si je ne voulais pas être enseignante, il valait mieux abandonner cette idée, car je courais le risque d'échouer dans mon effort pour bien faire, et aucun dieu ne m'épargnait une telle honte. Cette lettre était vraiment très étrange bien que maman prétendît le contraire. Je feignis de prendre les choses avec calme, mais dans le fond je sentais que je l'avais trahi ; pour moi il était un héros, mais je n'avais pas pu être une bonne étudiante pour lui.

Cet été-là, Quatre partit en Tchécoslovaquie. Les derniers jours, nous passâmes beaucoup de temps ensemble, lui, le Poète et moi. Après plusieurs mois au CUJAE, le Poète finit par se convaincre que les sciences étaient très intéressantes, mais qu'il aimait les lettres, et grâce à ses bonnes notes et à son intelligence, il parvint à entrer en histoire de l'art.

Malgré son enthousiasme à commencer ses études supérieures et à apporter sa contribution au monde moderne, Quatre avait l'air un peu triste. Nous passâmes la dernière journée chez lui. Sa mère préparait sa valise, tandis que son père écrivait une liste des scientifiques qu'il connaissait en Europe. Le Poète enregistrait sur cassette les meilleures chansons de Silvio et de Fito Páez, celles qu'on ne pouvait oublier. Tête basse, j'observais tous les préparatifs depuis le balcon et le regard fuyant de mon ami derrière son nouveau visage de myope avec des lentilles. Quand sa mère partit à la cuisine, nous restâmes seuls dans la chambre. Le Poète me regarda, ouvrit la bouche et dit qu'il descendait acheter des cigarettes. Je souris car le Poète ne fumait pas et j'attendis qu'il eut refermé la porte pour rejoindre Quatre, assis sur le lit.

– Je pourrais te dire que tu vas me manquer, mais il vaut mieux que je te souhaite les meilleures choses du monde.

Quatre leva les yeux et sourit tristement.

– Tu sais, j'ai vu le bout de papier tomber à tes pieds, quand tu as copié pour l'examen, puis que tu l'as caché dans ta chaussette, j'ai tout vu, et j'ai su que je tomberais amoureux de toi.

Ses paroles me remplirent d'une joie trop intérieure et je lui pris la main.

– Moi aussi je t'aime, Quatre, mais d'une autre manière, et puis tu sais, cette histoire d'avoir un petit ami, je trouve toujours ça bizarre.

– Un jour, un type va surgir du néant et tu changeras d'avis, tu verras, cela n'a rien de bizarre, c'est plutôt magique. Je vais t'écrire tous les jours et tu me raconteras, fit-il en souriant. J'espère que tu ne vas pas te mettre avec le vieux d'en face.

Je souris à mon tour et me levai en faisant non de la tête, et je me mis à réciter :

Ne romps pas le charme de cet après-midi d'été
Ravale ton amour impossible
Aime-le libre.
Aime sa façon d'ignorer que tu existes.
Aime le cygne sauvage.

Quand je me retournai, mon ami me regardait tendrement.

Jour après jour je contemple les nuages et me dis :
seul le désir est éternel

Sous le regard de Quatre, je sentis ma gorge se nouer, je pensais à tant de choses, je pensais que demain il ne serait plus là et que c'était très triste car cela allait durer cinq ans, et comme l'a dit Whichy :

Le temps ne s'arrête pas, ne regarde pas en arrière, ne revient pas.

Le temps allait nous rendre différents, je le savais parfaitement.

– Quatre, je voudrais te prendre dans mes bras.

Mon ami se leva brusquement et me serra très fort. Je voulus lui dire plein de choses, mais je me retins. Il est des espaces que les mots ne remplissent pas.

Je rentrai à la maison et m'enfermai dans ma chambre. Frida dormait sur l'oreiller, je lui donnai un baiser. Elle étira la tête, son pelage me frôla et elle se mit à ronronner sans ouvrir les yeux. Je compris qu'elle m'aimait beaucoup et je souris en pensant à Quatre.

Les premiers jours qui suivirent le retour définitif de papa furent un peu étranges. Je le sentais triste et pensais qu'il était peut-être désorienté par la paix après toute cette guerre, mais au fond je savais que j'invoquais une de ces bonnes excuses dont j'étais coutumière. Papa était revenu changé, un peu amaigri, les yeux éteints. Maman se montrait distante et j'en conclus que mon père avait de nouveau une autre femme et que ma mère le savait. Pourtant il ne quittait pas la maison.

Pour tout dire, je ne faisais rien à cette époque. Je dormais le matin et j'allais le soir au cinéma, chez Dieu ou chez le Poète qui était devenu un étudiant en histoire de l'art jusqu'au bout des ongles, avec l'arrogance naturelle de ceux qui commencent des études de lettres, mais j'étais moi-même assez insolente pour que cela ne me dérange pas. En revanche, je trouvais suspecte la complaisance avec laquelle mon père avait accepté mon refus d'entrer à l'université, pourtant j'appréciais cette rare ouverture d'esprit de la part d'un militaire de carrière. Parfois nous mangions ensemble. On s'asseyait tous les trois comme autrefois. Maman servait en silence et il mangeait tandis que je m'efforçais de dire quelque chose, de le questionner sur la guerre et l'Afrique et la mouche verte qui pique. Papa souriait et répondait un peu à contrecœur, mais un jour il prit un air grave, s'appuya contre le dossier de sa chaise et me regarda.

– La vie d'un militaire est dure et ton père est fatigué… J'ai décidé de prendre ma retraite.

Ma mère écarquilla les yeux.

– Je voudrais changer un peu de vie, continua-t-il, alors j'ai décidé d'abandonner l'uniforme. Ton père ne sera plus un militaire, j'en ai marre, voilà tout, j'en ai tout simplement marre. Après ces vacances, je raccroche et je retourne à la vie civile.

L'idée de mon père sans uniforme ne me déplaisait pas, mais je ne comprenais pas pourquoi tant de mystère, pourquoi on ne pouvait pas changer de cap et basta. Je proposai de trinquer à sa décision et maman courut chercher une bouteille de rhum. Nous bûmes tous les trois et papa me caressa la tête comme il ne l'avait pas fait depuis bien longtemps. Je me sentis heureuse.

Les premiers mois, les lettres de Quatre arrivèrent régulièrement. Il parlait de son admiration pour le vieux continent, des nuits à Prague, de ses nouveaux amis et des filles tchécoslovaques. Le Poète et moi on riait, enfermés dans sa chambre, en essayant d'imaginer notre scientifique avec ses lentilles et sa nouvelle tête à la recherche forcenée de l'amour. Le Poète restait égal à lui-même, séducteur et baratineur, intelligent et un peu snob, grand ami et complice de beuveries et d'incursions dans l'herbe de la félicité, le sérum du rire. Chez lui, il y avait toujours affluence et on s'y amusait. On aimait tous y aller parce qu'on pouvait y faire ce qui nous chantait. La plupart du temps il était seul, sa mère était en voyage et le Poète organisait des fêtes où l'on chantait jusqu'à l'aube et parlait des affaires du monde. C'était une époque où on s'intéressait beaucoup au sort du monde. Certains portaient des tee-shirts avec la tête du Che et se prenaient pour des Don Quichotte d'un monde en paix où il n'y aurait plus de dictatures ni de différences ni tant de gens mourant de faim. D'autres se demandaient pourquoi on avait refusé à tel de leurs amis son adhésion à la Jeunesse communiste parce qu'il avait de la famille à Miami. Pour les uns la Jeunesse communiste c'était de la merde, pour d'autres Miami était un refuge de frustrés qui n'avaient pas de couilles. Je les écoutais en buvant, parce que j'aimais écouter et j'aimais boire. Voir les visages se transformer pendant que l'alcool descendait et que les paroles coulaient rapidement, chaque fois plus précises et plus chargées de rage, et aussi de mots, d'adjectifs, de verbes, de beaux substantifs, de mots en fin de compte, car en vérité il s'agissait de boire et de passer de bons moments ensemble, en cherchant à refaire le monde qu'aucun de nous assurément ne se proposait d'organiser.

Chez Dieu, le cosmos se présentait différemment. Les discussions se limitaient à lui et moi, et le monde ne nous importait guère. Seul comptait pour moi celui qui se dégageait des textes qu'il me faisait lire et les histoires d'autrefois qu'il racontait, d'avant ma naissance, quand tout surgissait et que La Havane devenait une ville différente, à l'époque où ma mère rencontrait mon père, tombait amoureuse de son uniforme et décidait de quitter son pays, tandis que Dieu était un homme marié travaillant à l'ICAIC* et que tous étaient jeunes et pleins d'espoir dans la construction d'un monde nouveau. Ils avaient tous un peu vieilli et Dieu n'avait plus de travail ni de femme depuis belle lurette, mais cela lui était égal : il avait des livres à revendre, de la musique et des amis jeunes, comme moi, qui venaient chez lui pour se soûler en sa compagnie et rêvaient d'être de grands écrivains et poètes, de remplir les librairies ou les salles de concert, et Dieu les laissait rêver. Tout comme il me laissait rêver et mettre de l'ordre dans mes idées, car avec lui j'avais non seulement le don de la parole mais encore celui de l'écoute. Tout le contraire de ce qui passait dans la grande maison, où j'avais depuis longtemps délimité ma place, et c'était bien ainsi ; savoir trouver notre juste place est précieux et judicieux.

* Institut Cubain d'Art et d'Industrie Cinématographiques.

Dans la grande maison, j'inventais mon propre monde. Je m'enfermais dans ma petite chambre pour écouter de la musique et écrire tout en jouant avec Frida, un peu perturbée à moment-là, qui réclamait sans cesse de l'amour. Papa, qui avait tout de l'officier à la retraite, passait ses journées en pyjama et savates à lire le journal ou autre chose dans sa chambre. Maman avait retrouvé un peu de joie car la correspondance avec sa sœur de Buenos Aires était devenue quotidienne, elle allait voir la tante dans sa chambre pour lui montrer les photos et lui parler, je ne sais trop comment car la tante n'était plus qu'une ombre. On n'entendait que rarement le clavier de sa machine, seule résonnait encore sa vieille radio rafistolée au sparadrap. La grand-mère, de son côté, accumulait les années comme un karma et je crois que sa seule tentative véritable de changer de vie avait été sa liaison avec mon grand-père. La suite avait consisté pour elle à laisser passer le temps en nourrissant amertume et mauvaise humeur que je m'efforçais de tenir à distance en me réfugiant derrière ma porte, d'où j'observais la grande maison et ses mutismes. Mais le mutisme connaît toujours des interruptions.

Ce fut un dimanche. Un dimanche à midi, la télévision passait le film dominical, la grand-mère était assise devant le poste, papa affalé sur le canapé, en pyjama et mules en plastique, maman allait et venait de la cuisine à la télé, de la télé à la cuisine, et j'étais dans ma chambre avec Frida endormie sur l'oreiller. De mon lit j'entendis des éclats de voix, mais entre tous les téléviseurs de l'immeuble et la musique que j'écoutais, je ne pus comprendre ce qui se disait, du reste je m'en fichais un peu, jusqu'à ce qu'on frappe à ma porte en m'appelant par mon prénom et que je reconnaisse la voix de mon père essayant de couvrir celle de mon oncle qui insistait pour que je sorte de ma chambre. Ce que je fis. L'oncle me sourit et me conduisit par la main au salon. Papa avait l'air mal à l'aise et maman nerveuse.

– Je voulais que vous soyez tous là, parce que je ne crois pas que ce fils de pute vous ait dit la vérité.

L'oncle parlait en regardant papa avec haine. Il y avait longtemps que je ne l'avais pas vu, ses cheveux longs ne lui allaient pas mal, ni l'anneau qu'il portait à l'oreille. Ce qui ne lui allait pas très bien, en revanche, c'étaient ses gestes un brin affectés et la blondeur de ses cheveux, mais l'oncle était pédé et j'avais admis cette idée depuis longtemps. Je ne pus cependant accepter sa vengeance, ou le mensonge, je ne sais pas. Je ne sais exactement ce qui me choqua le plus sur le moment. L'oncle eut un sourire sardonique et commença à parler.

– Alors comme ça, je suis un pédé, un dégénéré, hein? J'ai dû quitter la maison parce que je ne suis pas un bon exemple, c'est bien ça? Et tu n'allais pas permettre que ta petite fille grandisse dans un monde de pervers et de faibles, ta sœur tu lui pardonnes ses crises d'hystérie parce qu'elle est une femme, mais pas à moi parce que je suis un sale pédé et que tu es un homme qui ne peut pas permettre ça, n'est-ce pas? Eh bien, dis-le maintenant à ta fille chérie, espèce de salaud, pourquoi tu traînes en pyjama, hein? Tu lui as dit? Dis-lui donc ce qu'a fait le petit homme de la maison en Angola. Tu ne lui as pas dit, c'est maman qui me l'a raconté maintenant que la guerre est finie, ta fille, tu lui as raconté des bobards, parce que tu n'as pas assez de couilles pour lui dire que tu as perdu tes galons à cause de ta lâcheté... (L'oncle me regarda et je fermai les yeux, je ne sais ce que firent les autres et ne voulus pas le savoir, tout comme je ne voulais plus écouter l'oncle qui continuait à déblatérer, à me parler, mais je rouvris les yeux quand il me prit par les épaules en me regardant fixement.) Ton petit papa a eu la trouille en Angola, en plein milieu d'un combat de ces soldats glorieux qui vont sauver le cul des autres; lui, il a préféré sauver son propre cul, il a eu les jetons, on l'a accusé de lâcheté, on lui a arraché ses étoiles devant tout le monde, on l'a rétrogradé simple soldat et on l'a envoyé dans la merde où se retrouvent tous les petits bleus de vingt ans, et lui, comme il est si courageux, il n'a pas eu les couilles de vous le raconter, il a préféré rester là-bas pour qu'ici on ne pense pas du mal de lui, jusqu'à ce que ta mère l'apprenne par ces assistances merdiques aux internationalistes, elle a dû le rapporter à ma mère et elles ont décidé de ne rien te dire, ça devait rester un secret de famille, comme c'était un secret que je sois pédé, alors que tous le savaient à la maison, ton père le savait bien, tout le monde le savait que j'avais toujours été un pédé et je ne regrette rien parce que moi j'ai assez de couilles pour le gueuler au monde entier, des couilles que ton père n'a pas pour te dire qu'il est un putain de lâche qui a eu les chocottes pendant la guerre et qui traîne maintenant en pyjama, et j'aimerais maintenant que tu me dises qui est le plus pédé des deux, le plus dégonflé, le plus merdeux, le plus lamentable, lequel est le plus condamnable? Moi, parce que j'aime les hommes et ne m'en cache pas? Ou lui parce que toute sa vie il a été une merde, un faux moraliste qui a épousé ta mère pour pouvoir acheter la bagnole, alors qu'il n'était qu'un putain de fasciste qui m'a viré de chez moi, nous a obligés à rompre avec notre frère parce qu'il s'était tiré à Miami et qui a fait une vie impossible à ta tante quand elle est tombée amoureuse de ce professeur, tout ça tu ne le savais pas, mais cette merde c'est ton père et maintenant je suis content... (l'oncle me lâcha et marcha vers papa qui était tétanisé) oui, je suis content parce que tu es un putain de frustré qui ne sait que faire de sa vie, je suis content espèce de salaud, j'ai attendu des années que tu fasses une connerie, parce que je savais que tu ferais une connerie, la merde finit toujours par sortir de la fosse, moi je peux marcher dans la rue, je m'en fous qu'on me traite de pédé, parce que j'en suis un, mais toi, qu'est-ce que tu vas faire? Qu'est-ce que tu vas faire honorable officier des forces armées révolutionnaires?

Le claquement de la gifle que donna mon père à son frère fut un peu étouffé par le rire nerveux de la tante qui s'était glissée discrètement dans le salon et riait comme une folle hystérique qu'elle était. Je respirai profondément pour dissiper la brume qui me voilait les yeux et me levai. Je regagnai ma chambre en titubant et parvins à refermer la porte quelques secondes avant que ma mère n'essaie d'entrer. Je cherchai fébrilement mon porte-monnaie dans le cartable, enfilai un jean sur le short que je portais et ressortis de la chambre. Maman était à la porte et voulut me prendre dans ses bras, mais je la repoussai brutalement et poursuivis mon chemin jusqu'à la porte de l'appartement tandis que j'entendais dans mon dos des voix indistinctes et maman qui m'appelait du haut de l'escalier que je dévalais sans me retourner. J'entrai au bar du coin et achetai une bouteille de vodka, j'aimais bien la vodka et puis c'était l'alcool le moins cher à ce moment-là. Je me mis à marcher en regardant les voitures, j'entendais le bruit de la rue, je le voulais plus fort, très fort, et j'arrivai ainsi dans un parc où je commençai à boire. J'aime boire. Je m'assis sur un banc et comme j'étais très énervée je bus de plus en plus vite. L'alcool a le don de tout dissoudre, ou du moins de rendre tout moins net. Je ne voulais plus penser à rien. Ne plus penser à quoi ? A rien. L'alcool neutralise les sens si on parvient à ne pas penser, car si on pense, alors tout devient plus transparent, plus réel et tout nous apparaît comme une saloperie. Je ne voulais pas penser, tout simplement, alors je buvais, j'avalais d'un trait, je buvais parce que je ne pouvais même pas pleurer. Pleurer de quoi ? Qui ? Depuis longtemps j'avais résolu de ne jamais pleurer, pour rien ni personne. Que chacun pleure pour soi. Je me contentais de boire et me sentais un peu mieux. Mais je me mis à imaginer mon père accroupi derrière un buisson alors que la fusillade faisait rage et le tableau était si drôle que j'en pouffai de rire. Créer des images a toujours été une bonne méthode. Papa en train de se protéger la tête tandis que les autres en uniforme tiraient et que l'oncle dansait, les cheveux teints en blond, délicat et tendre, dansant pour que mon père n'ait plus peur, ne soit pas pour moi un lâche mais un héros, moi qui avait été pour lui une mauvaise élève, voilà pourquoi il n'accordait pas d'importance à mon refus d'entrer à l'université, voilà pourquoi il avait écrit cette lettre étrange, tout s'expliquait, la tête de maman, la maigreur de papa à son retour, et moi l'éternelle gamine à qui on ne voulait rien dire pour ne pas lui faire de mal, la gamine qui savait tout, découvrait tout, ce qui était pire et plus blessant. Demi-vérités ou vérité absolue, de quelle couleur était la vérité ? Marron, j'imagine, comme la merde.

Je bus tellement cet après-midi-là que j'eus envie de m'amuser et pensai au Poète, car soudain je ressentais une étrange colère qui ne me plaisait pas. Quatre n'était plus là. Dieu devait être en train de cuver sa cuite du samedi, ma seule lueur d'espoir c'était le Poète et je décidai d'aller chez lui à pied.

Je ne sais quelle tête je devais avoir en arrivant chez lui. Je le voyais un peu dans la brume. J'étais soûle. Nous entrâmes dans sa chambre et il m'apporta un verre d'eau que je repoussai car j'avais envie de danser, d'écouter de la musique à plein volume, de tourner dans tous les sens et de me sentir bien. Le Poète s'occupa de la musique pendant que je me jetai sur son lit en écartant les livres et les brochures qui l'encombraient. Je lui demandai un verre et il dit quelque chose, mais je dus lui jeter un regard noir car il revint un instant plus tard avec une bouteille dont je serais incapable d'identifier le contenu. Il mit une chanson de Fito Páez et s'allongea à côté de moi. Je commençai à parler et à boire. Il m'écoutait, je le sais, il me demanda ce qui m'arrivait et je lui fis une réponse qui le découragea de me poser des questions. Les images de cette nuit restent encore très floues. Je sais que nous avons parlé tout en buvant, et moi je fumais et parlais. J'ai beaucoup parlé mais je ne saurais dire exactement de quoi, je sais seulement que j'ai fondu en larmes. Je le sais. Je m'en souviens, bien que je ne puisse remonter dans le temps pour fixer l'image et la faire disparaître. Je sais qu'à un moment je l'ai pris dans mes bras et que j'ai pleuré, il m'a embrassé les cheveux et serrée à son tour, et à vrai dire c'était tout ce que je voulais. Une étreinte, c'est tout, une étreinte et qu'on me laisse pleurer un peu, de temps en temps, sans que personne le sache et sans savoir pourquoi, sans même vouloir comprendre. Pleurer et rester propre, vide et prête à continuer. Rester ainsi, aussi calme que cette nuit où le temps commença à se perdre tandis que la musique résonnait, que tous les visages s'effaçaient lentement et que je partais loin, vers un lieu vague et agréable où l'on ne parvient presque jamais, c'est pourquoi c'était si bon. Se laisser emporter et que la musique devienne le centre du désir de partir, de s'échapper et de devenir autre chose : un tigre volant, ou une Frida perturbée, je ne sais pas, mais en tout cas quelque chose de différent.

Le lendemain je me réveillai avec un violent mal de tête. Je regardai le plafond et tentai de me redresser. Le Poète était assis sur une chaise en face de moi et me regardait, l'air grave. J'esquissai un sourire et ma tête partit en arrière.

– Comment tu te sens ?

– Mal à crever. J'ai dit beaucoup de conneries ?

Le Poète soupira, remua les lèvres et continua de me dévisager.

– Comment tu te sens ? insista-t-il.

Je le regardai de travers et lui dit que j'avais soif, très soif, et que tout tournait. Il se leva et vint s'asseoir près de moi en me passant la main dans les cheveux avec tendresse.

– Je t'aime beaucoup, tu sais.

Il avait l'air vraiment bizarre et je le regardai, étonnée.

– Eh, qu'est-ce qui t'arrive, Poète ? J'étais bourrée, je suis arrivée bourrée, je le sais... Bon, ça arrive, et je suis encore bourrée, bon Dieu... Je ne sens plus mon corps.

Il se mit à me caresser doucement le visage et je remarquai quelque chose dans ses yeux, quelque chose de différent que j'avais du mal à définir, même en cherchant bien. J'en conclus qu'on était lundi, le Poète était à la maison, il n'était pas allé à l'université parce que sa copine dormait dans son lit, encore soûle de la veille, tandis que lui avait l'air tout frais, très clair, pas du tout confus comme moi.

– Je ne savais pas que tu étais vierge, je ne savais pas, mais je t'aime, crois-moi.

Je fermai les yeux et tentai de sourire. Alors je me rendis compte que j'étais complètement nue dans le lit du Poète, toute nue devant lui et son visage où se mêlaient la culpabilité, le remords, beaucoup de tendresse et tant d'autres choses. J'ouvris les yeux.

– Que j'étais vierge, Poète ? Que j'étais ?

Il voulut me prendre dans ses bras, mais je bondis hors du lit en me couvrant avec les draps. Je ramassai mes vêtements jetés par terre et m'enfermai dans la salle de bain. Soudain je me sentis pleine de haine pour lui, mais je ne savais pas ce que je haïssais exactement. Je m'arrêtai devant le miroir et j'éprouvai de la haine pour mon corps nu. Mon squelette se dessinait sous la peau mince, sous ma peau blanche, si blanche qu'elle faisait presque peine, comme j'avais presque pitié de mes jambes maigres, de mes hanches encore adolescentes, de mes seins qui trahissaient l'enfance, tel un petit animal refusant de grandir. Je fermai les yeux et les rouvris pour me trouver de nouveau ridicule ainsi découpée dans le miroir, enfermée dans ce corps que je détestais et qui ne me laissait pas libre. Je n'étais pas ce que je voyais dans le miroir ; le miroir c'était un autre masque, une nouvelle transfiguration, un autre silence. J'étais tout près et pour communiquer avec le monde j'avais besoin de cette présence absurde, de ces yeux bleus qui m'illuminaient pour mieux dérober au regard le désastre qui grandissait sous eux, le grand mensonge. Que voulait le Poète ? Je n'étais pas mon corps et il avait pris mon corps par erreur. Je me mis à haïr le Poète et son corps que je n'avais même pas senti, ne connaissais pas et ne voulais pas connaître. Je voulais être éther, une sorte de fantôme se dessinant dans l'air. Pour être un papillon il faut d'abord être un ver, mais je ne voulais pas être un bruit d'ailes, une entité matérielle absurde que les autres peuvent voir. Et je ne voulais pas que quiconque me touche ; être vierge je m'en fichais, mais je détestais mon corps et ne voulais pas le toucher, ni le voir, ni le savoir réel, ni rien. Je résolus de haïr le miroir et le Poète, de haïr mes yeux parce qu'ils pouvaient voir la tête des gens, le visage de mon père, le tango dans le regard de ma mère, la grimace de ma grand-mère, les cheveux blonds de l'oncle, le dégoût de ma tante et ma présence ; je pouvais voir jusqu'à ma présence, alors je détestais ce miroir, substitut de l'œil qui trahit.

Je me mordis les lèvres et j'évitai de frôler ma chair avec mes doigts en m'habillant les yeux fermés. J'étais dégoûtée. Un dégoût immense pour tout et l'envie de vomir tout cet alcool dans mon organisme, toute cette merde dans ma tête. La merde sort toujours de la fosse, avait dit mon oncle, mais j'avais assez pleuré, si bien que la fosse était de nouveau vide et qu'il fallait continuer.

Quand je sortis de la salle de bain, le Poète tenta de dire quelque chose, mais je l'interrompis.

– A la prochaine, Poète.

Je me dirigeai vers la porte que je refermai dans mon dos sans voir l'autre visage. Dehors, il était midi d'un lundi comme un autre, tout ensoleillé, comme tous les midis à La Havane. Je me dis que ce serait bien d'aller manger une pizza et une glace au Coppelia et je me mis en route.

CERCLES CONCENTRIQUES

Ploc! Ploc! Ploc! ainsi résonnaient les cailloux en tombant dans la mer, puis se formaient des cercles concentriques qui allaient s'agrandissant, tandis que je continuais à lancer des cailloux assise sur le muret du Malecón, dix minutes après avoir parlé au téléphone avec maman, trois jours après avoir quitté la maison.

Ma situation n'était pas à proprement parler pathétique. Pendant deux jours j'avais traîné en ville, indifférente à tout, me nourrissant de pain, de croquettes des marchands ambulants et de glaces du Coppelia. Je dormis une nuit aux Pompes funèbres de Calzada et K, et la suivante à Zapata. Celles de Calzada me plurent davantage, il y avait plus de gens et d'histoires curieuses, je veux dire plus de morts. Le troisième jour, je décidai de téléphoner à la maison. Craignant de tomber sur un membre de ma famille lors de ces incursions oniriques, je préférais donner de mes nouvelles. Ce fut maman qui répondit, bouleversée et pleurant, comme il fallait s'y attendre. Je dis que j'allais bien et que ma seule inquiétude était qu'ils aient oublié de donner à manger à Frida, le seul être sensé de la maison. Maman ajouta que Frida était la seule à se sentir bien; pour tous les autres c'était le chaos. Nous convînmes de nous voir au Malecón, elle m'apporterait Frida et des vêtements car j'avais décidé de passer quelques semaines chez un ami. L'ami en question c'était Dieu, qui ignorait encore ma décision.

Maman arriva vingt minutes en avance, posa sur le muret un panier d'où émergeait la petite tête de Frida et me serra dans ses bras en pleurant. Je ne la repoussai pas. Je passai mes bras dans son dos et d'une main caressai le cou de la siamoise qui ouvrait ses yeux bleus effrayés et s'agitait pour essayer de sortir du panier, tandis que de l'autre côté le tango gémissait à fendre l'âme, puis elle finit par se redresser en séchant ses larmes et commença à parler.

Voici ce qui s'était passé. Quand j'avais quitté la maison, papa et l'oncle s'étaient battus à coups de poing, maman s'était précipitée dans l'escalier pour me suivre, mais avait dû remonter en entendant le cri de la grand-mère, car la tante perchée sur le rebord de la fenêtre menaçait de se jeter dans le vide. L'oncle attrapa la tante et la grand-mère tomba dans les pommes. Papa tenta de la réanimer, mais comme elle ne réagissait pas, il dut la porter et la conduire à l'hôpital. Ils allèrent tous à l'hôpital. L'oncle y conduisait la tante en proie à une crise hystérique, maman y conduisait la grand-mère et papa conduisait la Lada. Heureusement que je n'étais pas dans cette voiture. On administra des calmants à la tante et on l'envoya à la première consultation du psychiatre. La grand-mère fut gardée en observation. L'oncle resta avec la grand-mère. Papa et maman rentrèrent à la maison. Maman coucha la tante et lui chanta probablement *Ballade pour un fou* pour l'endormir. Puis elle revint au salon où papa était en train de fumer. Elle lui annonça qu'elle voulait divorcer, il accepta. Puis elle chercha dans le répertoire le numéro d'un ami à moi pour savoir où j'étais, mais je n'avais pas d'amis, elle dut renoncer à son idée et se résigna à attendre mon retour. Le lendemain, papa alla chercher la grand-mère à l'hôpital, tandis que maman se rongeait ce qui lui restait d'ongles car je n'étais pas revenue. Papa parlait à peine et maman, bouleversée par mon absence, lui dit que si je ne revenais pas il en porterait à jamais la responsabilité. Papa acquiesça, maman ajouta qu'elle ne lui adresserait jamais plus la parole et que dès que je serais revenue, elle chercherait un endroit où vivre, elle et moi, loin de cette maison de dingues. Je ne dis rien car je savais pertinemment que maman n'avait aucun endroit où aller. Le lendemain, ce fut une angoisse totale. Papa me chercha en ville, tandis que maman restait à la maison pour s'occuper de la grand-mère, ou plutôt la surveiller car elle ronflait, tandis que la tante était couchée les yeux ouverts, muette. L'oncle appela pour demander de mes nouvelles et maman l'envoya se faire foutre. Papa revint dans la nuit et pleura, couché sur le canapé du salon. Maman annonça que le lendemain elle irait à la police. Le lendemain j'appelais.

Tout ceci transposé dans un bon scénario pourrait laisser loin derrière pas mal de cinéastes de l'histoire du septième art. Sauf que c'était ma famille et que j'avais dix-huit ans. Maman voulait continuer à parler mais je l'interrompis.

– Il vaut mieux oublier tout ça, maman. Je vais aller chez un ami et à mon retour j'aurai tout oublié.

Elle me fit rouvrir les yeux et sourit. Sourire est toujours une bonne méthode; quand tout devient trop absurde, un bon sourire permet de prendre un peu de distance. Penser que rien n'est arrivé, s'en convaincre, croire au mensonge, le répéter jusqu'à créer le doute puis la conviction que c'est peut-être la vérité. Voilà une bonne méthode, du moins elle marche. La vérité peut être arrangée, c'était ainsi à la maison, mais il y avait toujours quelqu'un qui gaffait: ils étaient tous trop faibles et trop complices des mêmes mensonges. Non. Je ne pouvais partager mon mensonge avec personne. Je devais sortir des cercles concentriques de la grande maison, je devais m'en sortir. Après, tout serait supportable. Tout devient supportable quand on regarde de l'extérieur, compréhensible, pardonnable, tout. Il suffit de se tenir à l'extérieur et il y avait longtemps que j'étais une simple observatrice. Je n'existais pas pour eux, ou plutôt si, j'existais, mais comme privée de sens. On nous apprend à marcher, à réfléchir, puis on ne veut plus que nous réfléchissions, les autres veulent continuer à réfléchir, mais comme ils ne savent pas s'y prendre, c'est nous qui devons agir. Je ne voulais rien changer, je m'en fichais, chacun est maître de son sort, et pour les rendre heureux, j'aurais été capable d'acheter une collection de tangos à maman, trois tonnes de lames de rasoir à la tante, un masque à papa, des teintures de toutes les couleurs à l'oncle et un matelas d'eau à la grand-mère pour qu'elle s'y noie, oui je me voyais bien acheter tout ça et décamper, enfin maîtresse de mon sort, car rien n'existait en moi. C'était comme un film néo-réaliste vu à la cinémathèque : les lumières se rallument et dehors, trois blocs plus loin, on parle déjà d'autre chose. Même l'histoire avec le Poète n'existait pas, je ne me rappelais rien, et seule la mémoire peut nous trahir, mais si on ne se rappelle rien, alors rien n'existe. J'optai pour l'amnésie. C'était le mieux.

Maman ne fut pas très contente de ma décision de quitter la maison un certain temps, mais elle finit par accepter et je promis d'appeler régulièrement pour prendre de leurs nouvelles et savoir s'il y avait des lettres de Quatre. Logiquement, je ne voulais rien raconter à mon ami, du reste je ne lui avais presque jamais parlé de la grande maison, aussi je décidai de lui écrire des contes, mon imagination l'avait toujours enthousiasmé.

Ce soir-là, j'allai chez Dieu. Il se mit à rire en me voyant plantée devant la porte, avec un sac et Frida entre mes mains.

– Tu fais un pèlerinage ?

– Est-ce qu'on peut rester chez toi quelques jours ?

Dieu ne posa aucune question, comme d'habitude. Il prit le sac, s'écarta pour me laisser passer et referma la porte dans mon dos.

– Un jour il y a de l'eau et pas le lendemain, je n'ai pas de papier hygiénique, on peut faire frire des croquettes de la semaine dernière, pour téléphoner il faut guider le cadran car il ne tourne pas tout seul, il n'y a pas d'ampoule au salon, le rembobineur du magnétophone ne marche plus, la télévision il faut la faire chauffer une demi-heure, la douche est cassée, mais on peut se servir d'une cuvette verte. Quoi d'autre… ? Tu peux dormir sur le canapé du salon, et maintenant je vais te servir un verre, je crois que tu en as besoin, et ça, tu peux en boire…

C'est ainsi que je commençai à vivre chez Dieu. Certes, les conditions n'étaient pas idéales, mais Frida et moi on était bien. Nous dormions ensemble dans le canapé du salon, sur un drap d'une propreté douteuse posé n'importe comment, mais nous dormions avec la certitude de ne pas être réveillées par des cris hystériques ou la bande-annonce d'un feuilleton télévisé. Dieu était noctambule comme moi, si bien qu'il n'y eut pas de problèmes de cohabitation. Certains soirs on allait au cinéma. La cinémathèque passait chaque jour un film différent, et cela me plaisait, car de temps en temps Dieu tombait sur une connaissance, on allait boire un verre et discuter de choses intéressantes toute la soirée. On rentrait très tard et je devais quasiment traîner mon ami car il buvait comme un trou ; quand on lui offrait un bon rhum, il buvait beaucoup et vite, puis il entamait un grand discours dans n'importe quelle langue. C'était marrant.

Chez lui, je ne faisais quasiment rien. Je dormais le matin et une partie de l'après-midi. Puis je me réveillais et je le trouvais en train de lire par terre dans la petite pièce où se tenaient les réunions. A vrai dire, il dormait très peu et ne mangeait presque rien ; une voisine lui faisait ses courses en échange d'un service quelconque tous les mois, ainsi Dieu oubliait tout, se désintéressait de tout. Il passait la journée à boire du café et une préparation à base d'alcool que lui procurait un ami. Parfois, quand il me voyait apparaître à la porte, le visage tout ensommeillé, il me récitait des poèmes en français. Je riais, il précisait que la poésie ne souffrait pas la traduction et continuait avec Paul, son poète préféré, et un peu de Baudelaire que je ne connaissais pas dans sa langue d'origine.

J'appelais maman presque tous les jours. La grand-mère allait mieux. La tante refusait d'aller à l'hôpital psychiatrique et papa dormait de nouveau sur le canapé du salon. En vérité, maman me faisait un peu de peine, mais elle avait menti, comme les autres. Je ne voulais pas qu'elle sache où j'étais, car j'étais sûre qu'elle viendrait me chercher. Je lui demandais des nouvelles de sa famille d'Argentine et elle était heureuse de me parler de la dernière lettre et de la promesse de sa sœur de venir la voir bientôt.

Le Poète m'avait souvent téléphoné à la maison, mais devant mon silence il cessa d'appeler et c'était bien ainsi. De Quatre je n'avais pas de nouvelles récentes.

Je restais dans ma cachette. J'assistais avec Dieu aux réunions de l'UNEAC où les gens buvaient comme des trous. On courait les fêtes d'une Havane de la fin des années 80, avec de jeunes chanteurs se posant à l'infini des questions auxquelles je n'avais pas envie de réfléchir, on parlait déjà de perestroïka et de glasnost, mais pour moi ce n'étaient que des mots russes et le russe n'avait jamais été ma langue favorite, malgré les chansons de papa. Parfois je préférais rester à la maison, tout simplement, en essayant de lire de la poésie en français avant de m'avouer vaincue et de me tourner vers d'autres noms, tous ces noms qui sortaient des étagères de Dieu, couverts de poussière, de toiles d'araignée et de secrets.

Un jour, je rencontrai le Poète. Nous attendions le début d'un concert et Dieu parlait avec un ami. Un type aux cheveux longs, de quelques années plus âgé que moi, qui racontait sa cuite fantastique de la veille. J'eus l'impression que la cuite n'était pas finie car ce type riait comme un fou et sortit une flasque de son gilet pour trinquer à notre santé. Je bus une gorgée et il me dévisagea en me demandant si j'étais la petite amie de son copain. Dieu me passa le bras sur les épaules et dit que j'étais sa “muse”. Nous sourîmes tous les trois et je me tins à l'écart car écouter ce type raconter sa cuite ne m'intéressait pas beaucoup. Je m'éclipsais discrètement, les laissant se partager la flasque, lorsque je rencontrai le regard du Poète qui m'observait à quelques pas. Quand il me vit m'approcher, il resta comme figé sur place, ne sachant que faire.

– Salut.

– Je n'ai pas arrêté de t'appeler, comment ça va ? Tu n'es jamais chez toi. Comment tu te sens ? Tu as l'air d'avoir maigri, il faut que je te parle.

Le Poète avait l'air nerveux. Je souris, lui dis que j'allais bien et que parfois je n'étais pas à la maison, mais que tout allait bien, qu'il ne s'en fasse pas.

– Tu as des nouvelles de Quatre ?

Il fit la grimace, devinant que ma question mettait un terme à la conversation. Il avait téléphoné à sa mère qui avait des lettres pour moi.

– Merci, Poète, j'irai chercher ces lettres aujourd'hui, ciao.

Je rejoignis Dieu et son copain ivrogne, sachant que dans mon dos le regard du Poète me suivait. Après le concert, nous allâmes avec le copain de Dieu à une fête chez des gens qu'ils connaissaient. Nous y restâmes toute la soirée à boire et à parler avec un tas de gens, et ce type, dont j'appris plus tard qu'on le surnommait le Coke, se révéla très drôle, et je ne sais si c'est grâce au rhum mais je passai mon temps à rire de ses blagues sur les poivrots et les pédés. Dieu, qui était ailleurs, me rejoignit pour me dire, sérieux comme un pape, que nous devrions partir, il était fatigué. Le Coke lui suggéra de partir seul et proposa de me raccompagner, mais Dieu me regarda, plus sérieux que jamais, en me demandant si je ne voulais pas rentrer avec lui. En réalité cela m'était égal, mais je ne voulus pas contrarier mon ami et nous partîmes. En chemin, Dieu ne cessa de dire du mal du Coke, je ne savais pas pourquoi et m'en fichais un peu, avec la cuite que je tenais tout m'était égal. Quand nous arrivâmes à la porte de l'immeuble, je pensai à Quatre et demandai à Dieu de m'attendre un instant, j'avais quelque chose à faire. Avant qu'il ait pu répondre, je partis en courant vers l'immeuble d'en face où habitait mon ami. Je ne sais combien de fois je frappai à la porte avant que le père de Quatre apparaisse, d'assez mauvaise humeur. Je le saluai avec un grand sourire et il me regarda, l'air sombre et un peu hagard.

– Tu as vu l'heure qu'il est ?

Mon éclat de rire dut lui paraître complètement idiot, car il me demanda si j'allais bien. Je lui répondis que je reviendrais le lendemain chercher les lettres et repartis en courant. Dieu était encore à la porte de l'immeuble et cherchait la serrure. J'arrivai tout essoufflée et lui fis si peur qu'il en laissa tomber la clef par terre. Nous tâtonnâmes un moment dans l'obscurité avant de pouvoir entrer. L'alcool et la trouille que je lui avais collée me faisaient rire et je ne pus trouver le sommeil qu'après avoir entendu les ronflements de Dieu dans sa chambre.

Quand j'ouvris les yeux le lendemain, à quatre heures de l'après-midi, la première chose que je vis fut le visage de maman. Je les refermai et les rouvris, mais maman était bien là, me demandant si je me sentais bien. Je dis que oui et me redressai. Dieu se tenait appuyé contre le mur.

– Ta mère et moi, nous nous connaissons depuis des années.

Il m'apporta un verre de thé. Je feignis l'étonnement et dis que je ne le savais pas. Je bus le thé et maman me tendit une lettre de Quatre. Je souris. Frida grimpa sur moi, je la caressai et lui dis qu'il valait mieux que nous revenions dans notre petite chambre de la grande maison. Maman sourit sans rien dire. Quand nous partîmes, j'emportai le livre que j'étais en train de lire et dis à Dieu que je l'appellerais plus tard. Il m'embrassa sur le front, embrassa maman et nous sortîmes. Quelques rues avant la maison, maman s'arrêta.

– Dis-moi, chérie, s'il te plaît, qu'est-ce qu'il y a entre vous ?

– De l'amitié, maman. C'est un grand bonhomme, tu sais ? Et un bon ami.

Maman soupira en posant son bras sur mes épaules et dit que oui, en effet, j'étais plus intelligente qu'elle. Et que lui, il valait mieux l'avoir comme ami. A une époque elle aurait voulu en faire un père pour moi, mais il valait mieux qu'il soit un bon ami. C'est ainsi que je cessai de vivre dans la maison de Dieu.

– Je suis une merde, je le sais, toute ma vie j'ai été une merde... j'ai commis trop d'erreurs et la première de vouloir être militaire. Je ne voulais pas, ça ne me plaisait pas, mais c'était l'appel de la patrie et il fallait le faire. Tu ne peux pas comprendre, c'était une autre époque, tu crois que ça ne me fait pas mal d'avoir perdu mon frère parce qu'il est parti aux États-Unis ? Et ta tante qui souffre pour cet homme ? Et le problème de ton oncle ? Et les disputes entre ta mère et la mienne ? Et ceux qui ne sont plus mes amis parce que je suis tombé en disgrâce ?

Papa continua de parler tandis que je m'escrimais à arracher avec mes dents des petits bouts de peau autour des ongles. Cette tâche terminée, je posai mes pieds sur le siège de la voiture, prit la bouteille qu'il tenait entre ses mains, bus une gorgée, le regardai et demandai une cigarette. Il ouvrit les yeux, prit le paquet dans sa poche et me le tendit sans un mot. J'allumai la cigarette et tirai une longue bouffée.

– Moi aussi je fume, je ne te l'avais pas dit, bon, on ne peut jamais dire toute la vérité, non ?

Je souris. Il soupira, alluma une autre cigarette et but une gorgée, ajoutant qu'il essayait de me dire toute la vérité. C'était pour cela que nous étions sortis cet après-midi, car il avait besoin de parler avec moi, besoin que je sache et que je comprenne. Il ne voulait pas être mal jugé par sa fille, il ne voulait pas me perdre ni que je le déteste. Cet après-midi-là, mon père ne voulait pas grand-chose, mais ce que sa fille ne voulait pas, c'était continuer à écouter ses arguments alors qu'il était trop tard. Je ne voulais pas le voir faire triste figure en essayant de justifier son comportement honteux en Angola. La guerre donne l'occasion d'être un héros ou un lâche en un instant, un seul instant peut faire basculer toute une vie, la médaille ou la honte. Cela ne comptait pas pour moi mais je ne pouvais pas le dire à mon père. Lui dire que je le préférais trouillard vivant plutôt que héros mort. Je ne voulais pas voir un collège porter son nom et lancer des baisers à la photo d'un martyr de la révolution. Ce que j'aurais voulu, et cela non plus je ne pouvais pas le lui dire, c'était de ne pas avoir été obligée d'envoyer des baisers à la photo de l'homme vivant, mais toujours absent. Malheureusement il était trop tard pour parler de cela, aussi je préférai boire une gorgée, fumer une autre cigarette et lui sourire.

– Tu sais, papa, en réalité l'uniforme ne t'allait pas bien. Maintenant, tu devrais te raser, grossir un peu et laver la voiture qui est très sale. Et à propos de voiture, j'ai besoin que tu m'emmènes chez un ami pour qu'il me prête son chat, car Frida a besoin de compagnie masculine.

Papa sourit et me passa la main dans les cheveux. J'imagine qu'il devait se sentir soulagé de cesser de s'expliquer, car je ne posais jamais de question, ce qui était bien pour un homme comme lui qui parlait peu. Je ne sais s'il s'est senti compris ou pardonné, comme il le souhaitait, et je me demande si au fond cela comptait beaucoup pour lui. Néanmoins, la conversation se concluait heureusement. Mon père but une gorgée et demanda où vivait mon ami.

L'ami en question, c'était le Coke, il n'était pas encore mon ami mais la nuit où nous nous étions connus, il avait parlé de chats et proposé de me prêter son siamois pour répondre aux urgences sexuelles de Frida. Papa m'attendit dans la voiture. Je remontai le couloir jusqu'à la piaule où il m'avait dit qu'il vivait. Je frappai plusieurs coups et j'allais repartir lorsque la porte s'ouvrit. C'était une fille qui avait la tête de quelqu'un venant de se lever, pieds nus, avec un vieux tee-shirt enfilé à l'envers. D'humeur maussade, elle me répondit que le Coke dormait.

– Quand il se réveillera, tu peux lui dire qu'une fille est venue chercher le chat.

– Le chat ? Quel chat ? demanda-t-elle, toujours de mauvaise humeur.

– Le chat du Coke... pour ma chatte... j'ai une siamoise.

Elle me toisa de la tête aux pieds en grimaçant.

– Un chat ? Écoute, le Coke, tout ce qu'il a, c'est un chien. Un chien énorme et on n'est pas prêt de le lui prendre, alors il vaut mieux que tu oublies cette histoire de chat. Ciao.

Elle me referma la porte au nez et je n'eus pas d'autre choix que de repartir, sans un regard pour les deux vieilles qui triaient du riz, assises dans le couloir. Conclusion : le Coke était un connard et je me débrouillerais seule pour trouver un compagnon à Frida, même si ce n'était pas un siamois.

Voulant se montrer solidaire, papa revint un jour à la maison avec un chat noir, soi-disant prêté par un ami. J'observai l'animal, je regardai papa et, je ne sais pourquoi, je pensai au grand-père. Je pressentis que la progéniture de Frida pâtirait de mixtures similaires aux miennes et cela me plut. Frida ne parut pas y accorder la moindre importance, pas plus qu'au chat du reste, dont le premier mouvement fut d'enfouir sa tête dans l'assiette de nourriture, témoignant ainsi de sa provenance douteuse.

A la maison je redevins, comme quand j'étais petite, la messagère de mes parents, car maman avait résolu de ne plus jamais parler à son futur ex-époux. Après de longues conversations avec ma mère, ma tante accepta finalement de consulter un psychiatre. La grand-mère commença à dire pis que pendre de ses enfants, la dingue, le pédé, le guerrier, et à vanter les qualités de son fils aîné, le seul valable à ses yeux, le seul qui l'ait vraiment aimée et jamais, au grand jamais, ne l'avait fait souffrir comme les autres.

Je décidai que ma vie devait prendre un autre cap. Convaincue que mes poèmes ne dépasseraient pas le stade de gribouillages sur des feuilles jaunies, je résolus d'étudier le français pour pouvoir réellement apprécier les auteurs français. Je commençai par des leçons enregistrées que Dieu m'offrit, puis je m'inscrirais dans une école.

A ce moment-là, les lettres de Quatre changèrent peu à peu. Il ne parlait plus de la beauté de l'Europe ni des châteaux de Prague. Quatre racontait une Europe en mutation, citait des articles de journaux, évoquait les différences d'opinions même parmi les étudiants de la résidence universitaire. Et brusquement ses lettres se transformèrent en un discours où se mêlaient l'étonnement, le doute et la menace d'un changement en Europe de l'Est qui risquait d'arriver jusqu'à nous. Mais nous, nous vivions dans une île heureuse où abondaient les jus de fruit bulgares, la vodka soviétique, les vins hongrois, les conserves et plein de bonnes petites choses, mais en fait j'avais trop de problèmes pour réfléchir aux digressions politiques et philosophiques de mon ami d'enfance.

J'étais toujours dans ma bulle. Je passais presque toute la journée dans ma chambre, à dormir, lire, écrire des contes pour les prochaines lettres à Quatre, je faisais mes premiers pas en français, et je remplissais des pages et des pages de monologues intérieurs que je n'oserais jamais montrer à personne.

Dieu était ma seule sortie éventuelle le soir. Une fois, on frappa à sa porte. Je restai dans la petite pièce et peu après il revint, suivi du Coke. Ce crétin fut tout heureux de me voir, justement, dit-il, il venait prendre de mes nouvelles et voulait s'excuser à cause de cette fille, une vraie chieuse qui avait dormi chez lui et ne lui avait parlé de ma visite que la veille, lorsqu'ils s'étaient rencontrés par hasard dans la rue. A ce moment-là, Frida et moi on se moquait du Coke et de son prétendu chat comme d'une guigne, mais les gens ont la manie de vouloir se justifier. Le Coke s'assit près de moi, demanda à boire à Dieu et se lança dans une histoire absurde de chat siamois qui s'était évanoui dans la nature. J'étais étonnée, et même amusée, par sa capacité à broder des histoires. Dieu nous servit à boire, nous passâmes du chat à un autre sujet et, de fil en aiguille, nous parlâmes toute la soirée. En fin de compte, le Coke n'était pas un crétin, il était même plutôt marrant, si bien que je lui donnai mon numéro de téléphone au cas où il retrouverait le chat. De plus j'étais intéressée par son idée d'aller en vacances à l'île de la Jeunesse, le voyage pouvait valoir la peine. Vers dix heures du soir, il nous proposa d'aller à une fête. Dieu dit qu'il n'en avait pas envie et me regarda. Je déclinai moi aussi l'invitation.

Quand le Coke fut parti, Dieu s'assit et but sans rien dire. Je m'appuyai contre la porte et lui demandai pourquoi la présence de ce garçon le dérangeait.

– Le Coke ? Il ne me dérange pas du tout, c'est une des rares personnes qui m'aiment vraiment.

Je préférai ne pas en savoir plus. Ce qui me plaisait dans ma relation avec Dieu c'était qu'on pouvait parler de tout sans parler de soi. Ça, c'était bien. J'allai aux toilettes et à mon retour il me demanda de lui attraper un livre en haut de l'étagère. Je grimpai sur une chaise, me hissai sur la pointe des pieds et en me retournant avec le livre à la main, je vis que Dieu observait mon corps d'un regard étrange.

– Pourquoi tu es toujours en pantalon ?

Sa question m'amusa, je descendis de la chaise en lui répondant que j'étais un petit mec et j'éclatai de rire. Le visage de mon ami resta imperturbable, il alluma une cigarette, me regarda de nouveau et fredonna une chanson de Silvio.

– *Si j'avais dix ans de moins, quel bonheur...* – je le dévisageai sans vouloir comprendre, il termina son verre et continua de parler : Ma muse préférée, la plus parfaite, celle qui se cache, joue à la petite fille et se déguise, je vais t'aimer, si vieux que je sois, bien que je sois éteint et ne sois plus que cendres je continuerai d'aimer tes yeux, ton corps de cristal, ton printemps… Combien d'hommes t'ont aimée ?

Je m'appuyai contre la porte, bras croisés, en souriant.

– Aucun, parce je porte des pantalons… (Dieu sourit de ma blague, puis nous redevînmes sérieux.) Je ne sais pas si quelqu'un m'a aimée et d'ailleurs ça m'est égal, moi je n'aime personne… J'aime ton amitié et j'aime l'idée de ne pas avoir à m'en passer…

Dieu sourit en ajoutant que ce qu'il aimait le plus dans la vie c'était admirer la beauté et qu'il y avait des beautés dont on ne pouvait pas se passer, il me regarda fixement et je soutins son regard quelques minutes. Puis il se leva pour aller vers le magnétophone en traînant des pieds.

– Et dire que j'ai connu ta mère quand tu étais une gosse… On écoute quelque chose de beau ?

Ce soir-là, je revins à la maison à une heure du matin. J'entrai très discrètement pour ne pas réveiller papa qui dormait au salon. Depuis quelques jours il travaillait comme réparateur dans un atelier de téléviseurs et il se levait très tôt. Dans ma chambre j'allumai des bougies pour ne pas avoir une lumière trop vive. J'allai devant le miroir et me déshabillai. Je n'avais pas cessé de détester mon corps. A mesure que ma chair apparaissait dans le miroir je me sentais frémir, c'était une sensation de rejet, quelque chose de confus. Je ne voulais pas être moi, mais eux, que voulaient-ils ? Et Quatre, qui avait-il aimé ? Que voulait le Poète ? A quoi rêvait Dieu ? Je n'en savais rien. Je ne ressentais rien, ou beaucoup de choses à la fois, mais rien dans ma chair, rien sur ma peau. L'image dans le miroir me gênait. J'étais gênée que Dieu me désire, bien que cela le rende vulnérable et soit donc tout à mon avantage. Mais quel avantage, puisque je ne voulais rien ? Je ne voulais rien de personne et tous voulaient quelque chose de moi. Je me demandais si tout cet univers créé par Dieu n'était pas un simple artifice, un jeu de reflets et de pièges, je ne savais pas. Quatre avait supporté mon amitié pendant des années, mais n'avait pas renoncé, jusqu'au dernier moment, à me faire sa demande. Le Poète avait accepté l'échec de sa première tentative puis attendu que je sois vulnérable. Dieu était mon ami, mais il aurait peut-être préféré autre chose, je ne sais pas. Son discours m'avait aussitôt gênée. En fin de compte tous attendaient quelque chose. De tout et de n'importe qui. Cela ne me plaisait pas. Je décidai alors de faire l'expérience de ce j'appelais l'Abstraction de l'être ou les Mondes parallèles. J'avais déjà éprouvé cela dans l'attitude des autres à mon égard, je voulais faire l'expérience contraire.

Le lendemain, je me levai de bonne heure et allai à l'épicerie où je fis provision de conserves, de jus de fruit et de rhum ordinaire. Revenue à la maison, j'informai maman que je partais camper avec des amis ; c'était l'époque où le camping populaire était à la mode et de nombreuses plages avaient été aménagées. Maman fit mine de pousser les hauts cris, mais je l'interrompis en lui expliquant que je partais avec de gentils garçons, tous de l'université, des copains de lycée, et que je ne serais absente qu'une semaine. Maman étouffa ses cris mais non ses paroles, m'accablant de conseils, de précautions à prendre et d'un peu d'argent. Je l'écoutai en disant oui à tout. A quatre heures de l'après-midi, je fermai ma porte à clef et lançai : “Ciao.” Je passai la journée à me balader, à lire dans les jardins publics et je finis la soirée à la séance de minuit du cinéma Yara. Vers deux heures du matin, je rentrai à la maison en prenant soin de ne pas faire de bruit. Papa ronflait, je traversai la cuisine en catimini. Heureusement, Frida ne remarqua pas ma présence. A ce moment-là, le chat noir avait atteint son objectif et papa l'avait ramené à son domicile supposé, que maman et moi soupçonnions être la poissonnerie la plus proche. Frida dormait comme une bienheureuse dans un gros fauteuil du salon et j'entrai dans ma chambre dont je refermai la porte à clef.

Je restai une semaine cloîtrée dans ma chambre. La nuit, je m'efforçais de dormir car je ne pouvais pas allumer la moindre lumière et j'en profitais également pour manger, évitant ainsi de faire du bruit dans la journée. Je passais mes journées la fenêtre fermée, lisant grâce à la lumière qui filtrait de l'extérieur et j'entendais les voix venant du salon et de la cuisine. La respiration de la grande maison ne changeait pas en mon absence. Ma grand-mère remuait ses casseroles en grommelant des injures contre ses enfants. Ma mère prenait la suite et remuait elle aussi ses casseroles en fredonnant les tangos de la dernière cassette envoyée par sa sœur. Mon père annonçait à la cantonade qu'un travail lui avait été payé et qu'il laisserait de l'argent sur la table afin que ma mère puisse le prendre sans avoir à lui adresser la parole. Frida, elle, me causa une légère frayeur. L'être humain est le seul animal que l'on peut facilement tromper. Flairant ma présence, la chatte rôdait devant ma porte, mais maman la prenait en disant que je lui manquais et des trucs de ce genre. J'en éprouvais un peu de tristesse mais je ne pouvais rien faire. Je dois avouer que le plus difficile, cette semaine-là, fut d'uriner. Parfois j'en crevais d'envie, mais je ne pouvais pas utiliser les toilettes de ma chambre quand quelqu'un était dans la cuisine car le bruit m'aurait trahie. Je devais donc attendre, mais j'étais assez bien entraînée à vivre en silence, comme le fantôme de la grande maison, de sorte que je pus surmonter toutes les épreuves.

Une semaine plus tard, à l'heure où commençait le film du vendredi, j'ouvris ma porte et fis irruption dans le salon. Heureusement, ma grand-mère dormait devant la télévision, et je lui évitai ainsi de tomber une nouvelle fois dans les pommes. Maman fit un bond terrible et papa leva sur moi des yeux ronds.

– Quand es-tu rentrée ?

– Je ne suis jamais partie, je n'aime pas le camping, mais ma chambre est agréable et maintenant je vais me laver, il y a une semaine que je n'ai pas pris de douche.

Sur ce, je leur tournai le dos et tous deux m'emboîtèrent le pas. Maman m'assaillit de questions et je tentai de leur expliquer que nous ne sommes pas indispensables et que rien n'est absolument nécessaire. On peut vivre dans le même espace et ne jamais se rencontrer. Aucune existence n'est déterminante de quoi que ce soit. Tout est éphémère, circonstanciel, passager. Nous sommes de passage. Puisque rien n'est éternel, rien n'est indispensable. Que l'on soit trois ou deux, cela ne change rien, et quand l'un vient à manquer, les autres s'arrangent. Vert ou bleu, c'est du pareil au même, et quand c'est bleu, il suffit d'ajouter une touche de jaune. Il faut donc accepter la présence de l'autre tel qu'il est, sans rien vouloir, sans rien attendre. Voilà plus ou moins ce que je cherchais à leur expliquer, mais ils semblaient ne rien comprendre, aussi, épuisée par tant de silence, j'entrai dans la salle de bain, ouvris la douche et me mis à chanter.

MON CHER BUENOS AIRES

Le divorce de mes parents fut encore plus simple que leur mariage. Ils sortirent ensemble un matin. A leur retour, j'étais fille de parents divorcés. Maman entra dans la chambre pour m'apprendre la nouvelle et je ne trouvai rien de plus sincère à lui dire que de la féliciter. C'est alors que j'appris la véritable nouvelle. Maman expliqua qu'il ne serait pas juste que mon père continue de dormir au salon, après tout, c'était l'appartement de sa mère. Elle savait que j'aimais beaucoup ma chambre, mais elle se sentait mal de voir papa plier tous les jours les draps du canapé. Expulsé de l'armée et de son propre toit. Maman avait parfois des élans de solidarité que j'avais du mal à comprendre, mais le fait est que ce jour-là je ne trouvai guère d'arguments à lui opposer. Je regardai ma chatte qui dormait, avec son ventre plein, je me levai et, m'adressant à elle et non à ma mère, je dis :

– Frida, est-ce que je t'ai parlé de ma théorie de l'organisation des espèces ? Tout a un ordre : tu commandes tes petits, je te commande, eux me commandent. Mais eux, qui les commande ?

Maman n'apprécia pas du tout mon commentaire. Elle me traita d'insensible et déclara qu'elle en avait marre de mes théories. Mon père ne dormirait plus au salon, je devais donc déménager dans la chambre de ma mère dès que celle-ci quitterait la mienne qui venait de devenir la chambre de papa.

L'irritation de ma mère ne dura pas longtemps car la tante argentine était sur le point de venir en vacances pour les retrouvailles avec sa sœur. Tous les soirs, dans ma nouvelle chambre, elle racontait des histoires de son enfance que je connaissais déjà : le grand-père grognon et anticommuniste, la grand-mère magnifique cordon-bleu et la petite sœur, toute gosse quand maman avait quitté Buenos Aires. Maman avait l'air très heureuse et c'était très bien ainsi.

Papa, de son côté, était dans un processus régénérateur, un processus de paix. Mon geste de lui céder la chambre lui avait fait très plaisir, il me dit que la vie allait changer. Il était résolu à effacer tous les différends avec sa sœur, il se chargerait lui-même de la conduire chez le médecin. Avec son frère, le "sodomite", comme il l'appelait, il essaierait de parler, ils se mettraient d'accord, il pourrait venir à la maison pour voir la grand-mère, à condition bien sûr que papa ne soit pas là : il ne fallait tout de même pas exagérer. Avec la grand-mère, il ferait aussi des efforts pour regagner son amour. Quant à maman, il ne trouvait pas logique de ne pas lui parler, d'autant moins qu'ils venaient de divorcer, de sorte que, selon son plan, il parviendrait, peu à peu, à faire naître entre eux une profonde et sincère amitié. C'étaient là les paroles que mon père prononçait tandis que je regardais mon ex-chambre désormais sans affiches au mur ni lampe de chevet ni coin des livres. Elle était devenue autre chose, je n'avais plus de refuge ni de cachette pour fumer.

La tante d'Argentine arriva en juillet. A la demande de ma mère, j'obtins de papa qu'il nous conduise à l'aéroport. Maman était émue et je dois avouer que je l'étais un peu moi aussi. L'idée de rencontrer l'autre branche de ma famille me semblait bien. Dans leur longue correspondance, les deux sœurs avaient échangé des photos, elles n'auraient donc pas de difficultés à se reconnaître dans la marée humaine qui se forme à la sortie. Maman faisait les cent pas quand soudain la vis s'immobiliser, porter sa main à sa bouche et courir vers une blonde qui s'approchait en poussant des cris de joie et lâchait le chariot des valises pour partager baisers et embrassades. Maman pleurait. Je dus m'occuper du chariot et l'écarter de la cohue car la tante ne semblait pas s'en soucier. Elle se retourna et me reconnut.

– C'est toi la petite ? Qu'elle est jolie ! Qu'elle est grande ! Tu es déjà une femme...

Elle me serra dans ses bras tandis que maman ne la lâchait pas et toutes deux se regardaient, se touchaient les cheveux, riaient, c'était réellement une scène émouvante et la tante me faisait bonne impression. Les cheveux blonds en bataille, les yeux pareils aux nôtres, elle portait un jean, un chemisier blanc et des babioles autour du cou. Elle devait avoir trente-deux ans et en paraissait vingt-cinq. Elle fit la connaissance de l'ex-mari de ma mère, puis les deux sœurs s'installèrent à l'arrière de la voiture et se mirent à parler comme des pipelettes, tantôt en même temps, tantôt l'une après l'autre, évoquant parfois des choses différentes... bref, intarissables. Papa nous laissa à l'hôtel Habana Libre, où elle passerait trois jours, puis nous irions toutes les trois à la plage, dans une maison dénichée par maman, je ne sais trop comment, car elles voulaient être seules pour continuer à parler. Après tant d'années de séparation, elles devaient avoir beaucoup à se raconter.

Dans sa chambre d'hôtel, la tante se mit à déballer des paquets. Elle apportait beaucoup de choses : des vêtements pour moi et pour sa sœur, des parfums, des livres, mais ce qui me plut vraiment fut la musique. Je lui avais envoyé une liste et elle arrivait avec une pile de cassettes : de Fito, de Charly, de Baglietto, de beaucoup d'autres que je ne connaissais pas et bien sûr des tangos pour maman. Puis elle ouvrit une bouteille de whisky et dit que nous devions fêter ces retrouvailles. Verres, cigarettes Marlboro. Maman déclara que pour l'occasion elle allait fumer, mais que la petite ne fumait pas. La tante s'esclaffa ajoutant que la petite était une vraie femme et que si elle ne savait pas fumer elle apprendrait. La petite accepta promptement la cigarette. Après le toast j'allai au balcon avec mon walkman neuf et les laissai allongées sur le lit, immergées dans leur conversation.

Le séjour de la tante argentine fut très amusant, même les deux fois où elle vint à la maison, avant qu'on parte à la plage. Et le retour fut génial. A chaque fois, elle s'enferma dans la chambre de l'autre tante, lui tira les cartes, fit son thème astral, lui parla beaucoup, et tout le monde était content y compris la grand-mère. Ma tante argentine était un personnage fantastique. Elle était célibataire et n'avait pas d'enfant. A seize ans, son père – mon autre grand-père – l'avait envoyée faire des études à Paris. Elle les commença mais découvrit deux ans plus tard que son karma n'était pas dans les salles de cours et tomba amoureuse d'un égyptologue anglais avec lequel elle partit vivre au Caire. Mon grand-père, qui n'en savait rien, continua à lui envoyer de l'argent que ma tante recevait par l'intermédiaire d'un ami de Paris. Après avoir parcouru déserts et pyramides, elle découvrit que son cher amant anglais était marié, aussi l'abandonna-t-elle pour revenir à la Ville lumière, où elle n'arriva pas car elle décida en cours de route qu'il était temps de trouver un sens à sa vie. Elle opta donc pour le chemin de fer. Elle se rendit à Madrid et de là entreprit son voyage de retour en train. C'est en voyage qu'elle vécut un deuxième amour, avec un exilé chilien installé en Suède qui la séduisit par ses paroles et l'aida à adopter une cause juste pour continuer sa vie. Ma tante vécut donc en Suède parmi des Chiliens qui étaient des gens bien et parlaient espagnol, mais au bout de trois ans elle découvrit que faire des révolutions avec toute cette mer au milieu ne l'intéressait pas beaucoup. Elle prit ses cliques et ses claques et retourna à Paris. Elle y resta longtemps sans rien faire, fut à deux doigts de se jeter dans la Seine, car il était exclu qu'elle rentre chez elle sans diplôme en poche, et fit la connaissance de Pierre, un jeune espoir des arts plastiques. Avec le peintre elle frôla le mariage pour obtenir la nationalité française et oublier son père. Malheureusement il s'écoula beaucoup de temps sans que le jeune espoir donnât des signes d'être plus qu'un espoir et ma tante se lassa des bouteilles de vin vides, des toiles inachevées et de l'argent qui fondait. Après dix ans de recherches et aucune trouvaille, elle conclut que l'Europe n'était pas un continent pour elle. Elle songea à rejoindre sa sœur à Cuba, ce qui risquait de déplaire beaucoup au chef de famille, or elle tenait à rester la bonne petite fille de la maison. Le grand-père l'accueillit avec satisfaction et fut sur le point de déposer une plainte internationale quand sa fille raconta qu'elle avait été violée dans un métro parisien quelques mois avant la fin de ses études. Cela avait provoqué en elle une telle crise qu'elle n'avait pu continuer l'université, tout son argent ayant été englouti en traitements, mais la honte l'empêchait de raconter son histoire dans les lettres. Les parents de ma mère furent tellement bouleversés par ce forfait qu'ils confièrent la tante à un psychologue renommé, ami de la famille. Le psychologue tomba amoureux d'elle, mais elle tomba amoureuse du jardinier de la maison, un Brésilien qui avait rêvé toute sa vie d'être chanteur de samba. Grâce aux subsides du grand-père et au traumatisme subi en Europe, ma tante partit à Rio de Janeiro avec son nouvel amour. Elle y vécut environ trois ans, plongée dans un monde ésotérique, jusqu'à ce que son amour la plaque pour une danseuse de samba. Elle revint alors à son cher Buenos Aires et décida de retrouver sa sœur qui, par chance, n'avait pas changé d'adresse ni de numéro de téléphone. Tout cela s'était déroulé pendant que je grandissais et que maman chantait des tangos. La tante avait maintenant trente-deux ans, ne faisait rien et n'avait pas l'intention de faire quoi que ce soit. Mes grands-parents étaient vieux, la fortune familiale se comptait encore en chiffres respectables, et ils commençaient à éprouver de la nostalgie pour la fille aînée.

Maman riait des histoires de sa petite sœur, mais j'imagine qu'elle devait se sentir triste, car en fin de compte, aucune n'avait réussi sa vie, ma mère n'avait pas grand-chose à raconter, mais elle m'avait, moi, et c'était bien sûr le plus important.

La tante repartit en nous laissant à tous un sentiment de fascination. Je devais probablement être très fière d'avoir une famille aussi charismatique des deux côtés. A la maison on ne parlait que de ça et maman me fit remarquer que, derrière ses lunettes, papa reluquait les jambes de sa sœur. Personne, bien sûr, à part maman et moi, ne connaissait sa véritable histoire. J'ignore de quoi elle avait parlé avec la tante, mais je soupçonne que les cartes et l'horoscope lui firent du bien car elle commença à venir dans notre chambre en prétextant vouloir écouter des tangos, et elle parlait avec maman qui lui racontait de nouveau ses souvenirs d'enfance et ressortait les photos, ce qui la rendait heureuse. Heureuse de savoir que ses parents ne lui en voulaient plus autant, que le temps passe et guérit les blessures, et enfin que j'étais la seule petite-fille, la seule descendante de la famille argentine.

Le mois suivant, Frida eut trois petits chats. Mise bas normale et descendance douteuse, comme il fallait s'y attendre. Le véritable problème fut qu'elle n'accepta pas la petite caisse que nous lui avions aménagée dans la chambre. Les chats sont ainsi, une des rares espèces libres et indépendantes. Frida voulait élever ses chatons dans la chambre de papa. Ainsi passa-t-elle plusieurs jours à transférer ses petits de ma chambre à la sienne, jusqu'à ce que papa se résigne à leur compagnie en grommelant des protestations auxquelles je fis la sourde oreille.

Cette année-là, en novembre, le mur de Berlin tomba. Tomba, non : on le fit tomber. Je revenais de chez Dieu et entrais en courant pour saluer la nouvelle famille lorsque je trouvai mes parents en grande conversation dans la cuisine. Scène vraiment surprenante, à laquelle je décidai de prendre part. Papa avait l'air très inquiet.

– Toute cette perestroïka et toutes ces libertés, ça n'amène que l'anarchie, le désordre, l'exaltation des masses, la chasse aux sorcières, tu vas voir ce qui va se passer, et ce type, ce Gorbatchev, c'est un agent de la CIA.

Papa était vraiment très inquiet et maman aussi. Quant à moi, ce n'était pas que la nouvelle me réjouisse, mais je trouvais normal que le monde change un peu, que certaines choses se réorganisent, c'est ça la dialectique, et la dialectique on me l'avait enseignée à l'école, mais papa avait l'air très inquiet.

– Ça va mal finir, vous allez voir, les produits vont commencer à manquer, ça va mal finir. Dans un château de cartes, il suffit d'en faire tomber une pour que tout s'effondre.

Cette phrase me plut, je m'en souviendrai toujours. Je crois que ce fut l'une des meilleures phrases de mon père, il parlait peu, mais quand il le faisait c'était toujours très concret. Moi, ma première pensée fut pour Quatre : il était tout près de la catastrophe et ces derniers temps ses lettres n'annonçaient rien de bon.

Quelques jours plus tard, nous étions devant la télévision et regardions l'arrivée des premiers cadavres d'Angola. Mon père fumait et je le regardais du coin de l'œil sans faire le moindre commentaire. L'Angola appartenait désormais à l'histoire : accords signés de fin des hostilités, retour des morts, départs et médailles, mais pour mon père c'était aussi la fin de beaucoup de choses. Je le savais, bien que continuant à penser qu'il valait mieux le voir assis près de moi que de le regarder à la télévision, son cercueil recouvert du drapeau cubain. Papa se leva en soupirant et se dirigea vers sa chambre.

– Toutes ces années pour en arriver là... tous ces morts...

Ce fut tout ce qu'il dit et je me gardai d'ajouter le moindre mot. Le pays était en deuil et tout le monde parlait de la même chose. L'appartement de Dieu était le seul endroit épargné par la politique, mais à chaque concert, à chaque soirée, l'ambiance était agitée d'opinions diverses. C'était la fièvre angolaise. Toutes les chansons, ou presque, et la jeune littérature parlaient de l'Angola. Des amis partis et revenus martyrs. De l'incertitude face à la nouvelle décennie. Je n'avais rien à écrire là-dessus. Mes poèmes et mes monologues intérieurs évoquaient des choses qui n'intéressaient personne. Seul Dieu y était attentif. Il continuait à me conseiller des lectures et à m'inciter à le suivre dans sa recherche éternelle d'une beauté qui devait exister, loin des phénomènes sociaux, des circonstances et des conséquences d'un simple événement.

A ce moment-là, ma relation avec le Coke commença à s'orienter vers l'amitié. Il était un de ces nombreux personnages qui ne font rien et se disent "producteurs". Être un producteur consistait à connaître quasiment tout le monde, chanteurs, poètes, quelques peintres, et à être impliqué dans l'organisation de la plupart des concerts, à aller à toutes les fêtes et à passer du bon temps. Grâce à ses innombrables amitiés, je pus offrir les trois chatons de Frida, laquelle se montra triste au début puis finit par s'y habituer. Je rencontrais le Coke partout où j'allais avec Dieu. Je n'avais pas envie de faire connaissance avec quiconque, mais j'aimais bien être là pour observer les gens. Les regarder bouger et parler. Distinguer une posture étudiée d'un mouvement naturel. C'était intéressant. Et comme le Coke était un type marrant, se trouver là où il était promettait de passer un bon moment. Je prenais donc du bon temps, puis je ramenais Dieu à la maison, complètement bourré, récitant des poèmes en français que je comprenais un peu grâce aux leçons et à l'école que j'avais commencée en septembre.

Le jour où le Coke m'invita à l'accompagner à l'Ile des vacances, ou de la guérilla, comme on l'appelait, je n'y regardai pas à deux fois et acceptai. Dieu, lui, me regarda d'un sale œil et dit que j'étais folle de partir là-bas avec des types que je connaissais mal, pour lui c'était une folie et il ne la partagerait pas avec moi. J'eus beau insister, il rétorqua qu'il était trop vieux pour dormir à la belle étoile comme un crève-la-faim. Il acceptait mon amitié avec le Coke sans trop râler, mais pour ce qui était de nous accompagner, rien à faire. Il me donna une amulette à mettre autour du cou et me souhaita bonne chance. Je pensai que si la tante d'Argentine avait passé sa vie par monts et par vaux à la recherche d'aventures, je pouvais en faire autant bien que mon territoire soit plus limité.

Papa et maman ne furent pas vraiment enthousiasmés par la nouvelle. Je souris en disant que l'Ile appartenait au territoire national, que ma mère était venue à Cuba à l'âge de seize ans, que ma tante était partie à Paris à seize ans, et c'est toujours en souriant que je demandai à papa de me prêter son sac à dos.

UN PEU DE BOUE ET UN BAISER

En arrivant au terminus de la rue 26, je fus étonnée de voir le Coke seul. Je lui demandai où étaient les autres, mais il me prit la main pour grimper dans un camion qui allait à Batabanó, car au terminus il n'y avait pas de billets. En chemin, il me raconta un bobard de plus: ses copains passaient des examens, aucun n'avait voulu venir, et d'autres trucs du même genre qui me firent penser qu'il avait tout inventé pour qu'on parte seuls. A ce moment-là, j'avais trop le Coke à la bonne pour prendre la mouche.

A Batabanó, nous trouvâmes une foule qui tentait d'obtenir des billets pour le bateau. On était en février et dans l'Ile avait lieu le Festival du pamplemousse auquel beaucoup voulaient assister. L'aventure commença plus tôt que prévue, car malgré les multiples tentatives de mon compagnon, bakchichs y compris, personne ne voulut lui vendre deux billets. Nous dûmes passer la nuit sur place et ce fut génial de rester là, allongés par terre, à attendre le matin. Le Coke avait emporté une bouteille de rhum et nous parlâmes tout le temps. C'était vraiment un type attachant qui avait des tas d'histoires à raconter. Le matin nous surprit transis de froid, l'estomac chargé d'alcool et de deux sandwichs que ma mère avait préparés pour moi, mais nous eûmes la chance de pouvoir embarquer sur le premier bateau. Voyager en bateau était une expérience nouvelle, j'étais tout excitée. Presque six heures à regarder la mer et le Coke qui somnolait allongé. Je m'imaginais à bord d'un de ces transatlantiques qu'on voit dans les films, je voyageais pour fuir la guerre ou un autre truc passionnant, j'étais bien. Dans l'île il fallut courir les rues avec le sac à dos à la recherche de copains à lui. Je l'ai déjà dit, le Coke connaissait tout le monde.

Nous passâmes trois jours formidables. Toute la nuit à nous soûler et à fumer de la marijuana avec les copains du Coke. On dormait dans la journée chez l'un ou chez l'autre et passions les soirées en démarches afin d'obtenir un visa pour le Sud, une réserve naturelle gardée. Finalement nous obtînmes un visa de deux jours pour Playa Larga. Mais les copains du Coke se trouvant bien là où ils étaient ne voulaient pas affronter les moustiques du Sud. Seuls deux d'entre eux acceptèrent de se joindre à l'aventure.

Nous partîmes peu après quatre heures de Nueva Gerona dans un autobus à destination de Cocodrilo, le seul village du Sud. Nous franchîmes le poste frontière et une heure plus tard le chauffeur nous laissait à un embranchement. Il nous dit que la plage était à sept kilomètres et repartit. Le Coke était un peu embêté parce qu'il n'avait pas obtenu de visa pour le village et disait que sur cette plage il n'y avait rien, rien d'autre qu'une plage. Cela me convenait très bien, quant aux deux autres ils étaient tellement bourrés que tout leur était égal. Je me sentais si libre et si heureuse que je pris mon sac à dos, ma gourde et me mis en marche. En chemin nous fûmes surpris par une de ces averses que l'on dit "sans remède" parce qu'il n'y a rien d'autre à faire qu'à continuer, pas d'endroit où s'abriter, aussi je continuais en pensant à ma tante argentine voyageant en train en Europe sans savoir vers où, mais voyageant. Je finis ainsi par trouver une plage avec une maison abandonnée, à la toiture défoncée, à côté d'une vieille tour de gardes frontières. L'endroit était fantastique, malgré des moustiques agressifs, gros comme des éléphants avec une lance, mais j'étais prévenue, aussi je me débarrassai de mon barda, m'enduisis de crème antimoustiques et m'enveloppai la tête d'une serviette. Le Coke arriva peu après, étonné de ma résistance, râlant contre la pluie et ses deux abrutis de copains qui s'étaient sifflé une bouteille entière en marchant et se cassaient la figure dans tous les trous. Les abrutis arrivèrent plus tard en pestant contre les moustiques, la nuit qui était déjà tombée et cette plage où il n'y avait rien, mais moi, ce rien me plaisait. C'était comme la liberté. La liberté était pour moi un lieu sans barrières et sans lois, mais nous sommes tellement habitués aux lois qu'en leur absence nous nous sentons nus. Je m'assis sur une pierre et commençai à écrire, quand soudain j'entendis la voix du Coke qui insultait tous les dieux et menaçait de tomber à bras raccourcis sur l'un des deux abrutis. Celui-ci, qui titubait, avait dans sa poche arrière l'herbe que le Coke avait dégotée. Ivre, il était tombé à plusieurs reprises, le paquet s'était déchiré et l'herbe était toute mouillée et collée dans la poche, infumable, ce qui évidemment ne faisait pas plaisir au Coke. Il leur lança deux ou trois insultes et partit marcher sur la plage. Je restai assise, le regardant s'éloigner et observant les autres qui essayaient de sauver les débris d'herbe dans la poche. Les gens s'accrochent à n'importe quoi, la scène était drôle mais je m'en fichais un peu. Je m'enveloppai d'un drap et continuai à écrire.

Quelques heures plus tard, les deux abrutis avaient installé un vague campement dans la maison abandonnée, mais ils eurent beau chercher, il n'y avait pas de bois sec pour faire du feu, si bien qu'ils essayèrent de sécher l'herbe à la chaleur de deux bougies. L'ambiance n'était pas très amicale et le Coke n'était pas revenu. Je pris une boîte de pâté et partis à sa recherche. Je marchai au bord de l'eau enveloppée dans ma serviette en maudissant un peu les moustiques. J'aimais marcher, me sentir loin de tout, de la ville, des nouvelles, des gens. Au bout de la plage, j'arrivai devant l'épave d'un bateau. Le Coke était là, bien sûr. Je m'assis en face de lui et lui tendis la boîte qu'il ouvrit avec son couteau. Nous mangeâmes tous les deux avec la lame. Puis il sortit sa flasque de rhum, m'en offrit une gorgée et commença tout un laïus d'excuses. Les excuses m'ont toujours tellement ennuyées que je lui posai le couteau sur les lèvres pour qu'il se taise.

– Pourquoi tu m'as invitée à venir avec toi ?

Il écarta le couteau et sourit.

– Pourquoi tu as accepté ?

– Pourquoi on t'appelle le Coke ?

– Pourquoi tu as d'aussi jolis yeux ?

Des jolis yeux, ça je le savais, alors je souris et bus une autre gorgée. Il dit que Dieu lui avait demandé de prendre soin de moi. Dieu était son ami et une des rares personnes qu'il respectait, aussi me respectait-il.

– Tout le monde dit que je suis une tête brûlée, c'est vrai, je suis une tête brûlée, buveur, drogué, dragueur, mais...

Je l'interrompis en plantant le couteau dans la boue et lui demandais ce que Dieu venait foutre là-dedans, ce soir, ici, entre lui et moi, qu'est-ce que notre ami venait foutre ici ? Je dus me montrer énervée, car il sourit et nettoya d'une main la boue qui l'avait éclaboussé.

– Tu as l'air d'une chatte, oui, une vraie chatte... Il n'a rien à voir dans tout ça, il m'a seulement demandé de prendre soin de toi...

J'eus envie de lui dire que j'étais assez grande pour prendre soin de moi, mais cela me parut maladroit et je préférai me taire. J'étais énervée, réellement énervée, et pour me calmer je me mis à jouer avec la boue. Je plongeais mon doigt dans la boue et le passais doucement sur le fil de la lame. Il me regardait. Quand la lame fut toute boueuse, je la passai délicatement sur chacune de ses joues. Il restait immobile, mais je ne voulais pas le couper, simplement nettoyer son couteau. Le Coke me plaisait. Il sourit et m'enleva le couteau des mains, termina de le nettoyer et le remit dans sa gaine, puis il se rapprocha de moi. Je posai mes doigts sur ses joues et lui étalai la boue jusqu'au cou. Le Coke me plaisait. Mais j'avais cette maudite habitude de jouer, comme les chats. Jouer. Je ramassai un peu plus de boue et dessinai une bouche sur sa bouche, des sourcils sur ses sourcils, un nez sur son nez. Mon petit jeu lui plaisait, mais les moustiques me piquaient, aussi je terminai le dessin en laissant une empreinte de boue de mes doigts sur ses joues et me levai.

– Toi qui te soucies tant des autres, qui est-ce qui va s'occuper de ton visage tout merdeux maintenant ?

Je partis rapidement, prévoyant qu'il serait long à réagir. En effet, quand le Coke revint au campement, il nous trouva tous les trois à moitié soûls, enveloppés dans la même moustiquaire et en train de chanter à la lueur d'une bougie. Il ne dit rien, prit l'herbe qu'il put récupérer et alla dormir dans la vieille tour de garde.

Nous restâmes deux jours à Playa Larga, à nous baigner, prendre le soleil et nous soûler le soir pour supporter les moustiques. Je savais que le Coke ne faisait pas la gueule à cause de moi mais de l'herbe gâchée, aussi je ne m'en faisais pas trop. Le Coke me plaisait. Sur le bateau de retour à La Havane il était de meilleure humeur et parlait sans cesse. Après ces six jours loin de tout, je me sentais très bien. Quand nous nous séparâmes à la porte de l'immeuble, je lui dis que je passerais un de ces jours chercher le chat. Il sourit.

– Tu sais bien que je n'ai jamais eu de chat.

Nous nous regardâmes et brusquement il me prit dans ses bras et m'embrassa en pleine rue. Je fus toute surprise mais lui cédai parce que c'était bon. Vraiment le Coke me plaisait trop.

– Passe chez moi, quand tu en auras envie...

Il partit et je rentrai à la maison, où maman fut heureuse de me revoir, s'étonna de toutes mes piqûres de moustique et me suivit dans la chambre pour écouter le récit de mon voyage et moi les nouvelles de la semaine, l'Union soviétique par-ci, Gorbatchev par-là, mais ça ne m'intéressait pas, rien ne m'intéressait. Frida allait bien, pas de catastrophe à la maison, sauf la tante d'Argentine qui avait téléphoné. Téléphoner n'était pas une catastrophe en soi et en réalité il ne s'était rien passé. Maman m'expliqua que la tante avait rencontré un Argentin d'origine allemande et qu'ils avaient failli partir ensemble à Berlin pour découvrir la ville sans son mur. Mais comme la situation en Argentine n'était pas bonne, la tante avait finalement renoncé et son ami était parti seul. Pour maman, c'était une chance que sa sœur ait renoncé, mais moi, à ce moment-là, je m'en fichais complètement. Je me sentais libre, rien d'autre ne comptait.

Cette nuit-là, j'écrivis un conte pour l'envoyer à Quatre. La semaine suivante j'allai chez lui et trouvai sa mère très inquiète. Quatre ne se sentait pas bien. A l'université, l'ambiance avait changé peu à peu et mon ami pensait que si les choses continuaient ainsi, ses études de physique nucléaire tourneraient en eau de boudin. Aussi je préférai ne rien lui envoyer et garder mes contes pour son retour, ou ne jamais les lui montrer, je ne savais plus. Je lui écrivis juste un petit mot que sa mère joignit à sa lettre. Je ne lui disais rien du Coke, Quatre n'avait rien à faire d'un type qu'il ne connaissait même pas et qui faisait tout ce qu'il critiquait. Comme avec Dieu, il valait mieux ne pas parler tout de suite. On raconte les faits, pas ce qui doit arriver. Pour le moment, il n'y avait qu'un peu de boue et un baiser, c'était tout, rien de spécial, sauf que, décidément, le Coke me plaisait.

JE DOIS T'AVOUER QUELQUE CHOSE

– Je dois t'avouer quelque chose, ma chatte : mon grand problème, c'est ma sensibilité... Quand tu es partie, je me suis passé les mains sur le visage, j'étais excité, je te l'ai dit, je suis très sensible... alors, j'ai dû me masturber... Après, je n'en pouvais plus avec les moustiques et je t'ai détestée en me voyant dans ce vieux bateau, tout barbouillé de vase et d'autre chose, tout merdeux, avec ces putains de moustiques sur moi.

Je pouffai en imaginant la scène et ris de plus belle pour cacher ma nervosité. Je savais ce qui allait venir après la confession. Je le savais parce que j'étais là pour ça, depuis bientôt deux heures que je parlais et buvais avec le Coke dans sa petite chambre toute propre et plongée dans la pénombre. Il continua de parler, faisant l'éloge de mes yeux, disant que je lui avais toujours paru inaccessible, quelqu'un que l'on regarde et laisse passer en espérant qu'*un jour*... Et le temps continuait de passer tandis que le Coke divaguait et moi j'étais si nerveuse qu'il ne me vint pas à l'esprit une autre idée que celle de l'interrompre :

– Alors, Coke, on le fait ou non ?

Il ouvrit de grands yeux et, tout surpris, répondit que j'étais très directe. J'esquissai un sourire. Quand je m'énerve, je deviens vraiment très directe. Le Coke se leva, me dit de me déshabiller et de l'attendre dans le lit, il allait à la salle de bain. Cela me parut terrible, non parce que c'était ma première fois de manière consciente, ou que manquait le romantisme que je croyais de mise en pareille situation, mais parce que mon problème, le plus difficile à surmonter, était que je détestais encore mon corps et que l'exhiber aussi crûment évoquait pour moi une punition ou une tâche rébarbative imposée par l'UJC. Je respirai profondément, ôtai mon pantalon et courus m'asseoir sur le lit, appuyée contre le mur, les genoux pliés et recouverts de ma chemise. Quand il sortit de la salle de bain, il était nu. Il marcha très naturellement dans la pièce vers le magnétophone pour mettre de la musique, tandis que j'observais ce corps mince complètement nu pour moi et, au centre, un pendule de Foucault oscillant librement comme le monde à ce moment-là, anarchique et sans direction fixe. La vue de ce corps me plut, c'était en vérité le premier. Le Coke était un peu maigre, ce qui était réconfortant pour moi, mais il est des nus masculins parfaits, les Romains ne se sont pas trompés avec leurs sculptures.

– Qu'est-ce qui t'arrive?

Je ne sais pas quelle tête je faisais quand il se retourna, mais j'étais très nerveuse. Il s'assit devant moi et commença à me caresser les pieds. Je serrai mes genoux entre mes bras et le regardai avec gravité.

– Je dois t'avouer quelque chose, mon grand problème c'est aussi la sensibilité... Je ne veux pas te mentir et tu dois me jurer qu'on n'en reparlera plus jamais. (Je me mordis les lèvres et soupirai.) Tu vas trouver ça un peu étrange et incompréhensible. Voilà, c'est une histoire un peu longue, quand j'étais jeune, je suis tombée amoureuse d'un égyptologue anglais beaucoup plus âgé que moi, nous avons eu une histoire d'amour fantastique. Mais il a dû repartir au Caire pour son travail et il est mort dans un effondrement. Moi aussi je me suis effondrée, puis j'ai rencontré un exilé chilien, lui aussi plus âgé que moi, je suis tombée amoureuse et on est restés ensemble jusqu'à son retour au Chili, où on l'a assassiné. J'ai été mal pendant très longtemps, puis j'ai connu un autre homme, encore une fois plus âgé que moi, cubain, un intellectuel qui avait beaucoup souffert à cause de choses que je ne peux pas raconter, il a fini par s'ouvrir les veines. Après lui, j'ai décidé de ne plus jamais tomber amoureuse. C'est pour ça que je suis un peu revêche, comme tu vois. J'ai l'impression que les hommes âgés c'est pas mon karma, et j'ai peur pour notre ami, parce qu'il m'aime, on le sait toi et moi, mais je ne veux pas lui parler de tout ça. Tu es le mec le plus jeune avec lequel je couche et je t'avoue qu'il y a longtemps que je n'ai pas fait l'amour, alors il ne faudra pas m'en vouloir si je suis un peu froide, mais c'est important pour moi, je sens que c'est un signal. Si tu me trouves dingue, tu le dis et je m'en vais, mais je ne voulais pas te mentir, à toi particulièrement.

Je soupirai profondément et me sentis détendue. Mon discours aurait pu avoir pour conséquence que le Coke, se voyant en futur cadavre, me foute à la porte avant j'aie eu le temps de remettre mon pantalon, mais il faut prendre des risques. Sa réaction fut différente. Il se redressa et me caressa doucement le visage.

– La première fille que j'ai aimée s'est suicidée parce qu'elle croyait que je la trompais, c'est là que j'ai commencé à boire et à sortir avec n'importe qui, je garderai ton secret…

Je me sentis un peu coupable. Si le Coke disait la vérité, moi j'avais menti et ça c'était moche, mais il était tard. Il se mit à m'embrasser doucement et je me sentis très bien, parce qu'au fond je savais qu'il y avait quelque chose, beaucoup de choses, que je n'oserais raconter à personne car elles n'intéresseraient personne. J'en arrivais à penser qu'il valait mieux, et de loin, un bobard plein d'amours et de morts à une vérité tuante d'ennui. Quand on n'est pas conforme au monde dans lequel on vit, il est parfois utile de s'inventer un monde différent, de se créer un autre visage, de changer d'identité, cela n'efface pas notre histoire, quelqu'un naît quand on le connaît, qui se soucie de l'avant si seul l'après est à construire? Nous vivons dans un décor géant peuplé de masques; il suffit d'avoir conscience que l'on en porte un sans se confondre avec lui et de se dénuder peu à peu, au bon moment. Il y a toujours un moment pour chaque chose, l'important est de le découvrir avant que le décor n'explose.

Cette nuit-là, nous fîmes l'amour et je ne me sentis pas étrange. Je sentis que mon corps était mon corps, un peu plus qu'un voile me séparant des autres. Je ne sais pas si le Coke remarqua que c'était la première fois et en vérité je m'en fichais. J'en avais tellement bavé que tout le reste devenait terriblement secondaire, comme relégué au néant. Au petit jour, avant qu'on s'endorme, le Coke me serra contre lui, m'embrassa le front et, fermant les yeux, me demanda quel âge j'avais. J'avais vingt ans et m'endormis en craignant que mon histoire n'ait été trop longue pour si peu d'années. Mais ce qui est crédible est parfois complètement invraisemblable dans les moindres détails, car il n'y a pas de place pour les objections, alors on y croit ou on n'y croit pas, c'est tout.

Au mois de juillet de cette année, la mère de Quatre téléphona pour annoncer le retour définitif de notre scientifique le mois prochain. Il me tardait de le revoir et le Coke voulait connaître cet ami dont je parlais tant. Notre relation n'avait alors rien de planifié et j'avais appris l'origine de son surnom. On l'appelait le Coke à cause de la cocaïne, je ne savais pas comment il se débrouillait, mais il arrivait toujours à s'en procurer. Il connaissait ceux qui en vendaient et ceux qui voulaient en acheter. Ce n'était pas exactement mon hobby préféré, mais je n'y trouvais rien à redire. Le Coke était toujours plein d'entrain. On se voyait souvent, pas tous les jours parce qu'il avait des trucs à faire. Je continuais d'étudier la langue de Paul Éluard et d'assister à mes rituels chez Dieu, lequel se montrait réservé sur ma relation avec son ami et, lorsqu'il était soûl, se mettait à m'injurier en français et à provoquer le Coke. Nous finissions toujours par une discussion animée dans la petite pièce.

A la maison, la vie suivait son cours. Maman et la tante savaient que j'avais un petit ami mais ne me posaient pas trop de questions. Une fois seulement, maman voulut savoir où je passais mes nuits quand je dormais dehors. Sous un toit, lui répondis-je, et elle ne me questionna plus. Elle devait bien se douter que sa fille n'était plus une enfant et décida de s'en tenir là. Histoire de prévenir, je me contentais d'un "A plus tard!" ou "A demain!". Parfois la tante blaguait en disant qu'elle voudrait bien le connaître, ce fantôme de l'opéra, je répondais que c'était le bossu de Notre-Dame et elle riait. Mais aucune des deux ne se vexait. La tante allait beaucoup mieux et quand je sortais, je les laissais dans la chambre en train de jouer aux cartes ou absorbées dans une conversation ésotérique à propos des derniers livres envoyés par la tante d'Argentine. Papa, lui, ne semblait guère tracassé par ma vie privée, il travaillait de plus en plus dans son atelier de réparations et rentrait à la maison à des heures incertaines. Seule la grand-mère n'avait pas l'air très bien, sa santé déclinait. Elle passait presque toute la journée à somnoler dans son fauteuil ou devant le feuilleton brésilien de la télé. Papa, dans sa volonté d'apaisement, avait obtenu qu'elle cesse de grogner à tout bout de champ contre ses enfants, et elle, lassitude ou amour maternel, finit par accepter les défauts de chacun. Elle disait que Dieu avait décidé et qu'elle était un agneau de Dieu. L'oncle venait la voir tous les lundis, la coiffait et lui massait les pieds. Quand il repartait, la grand-mère répétait plusieurs fois avant de s'endormir dans le fauteuil qu'elle aurait voulu avoir une fille comme lui.

En août, Quatre revint à La Havane. Il arriva dans la nuit. Le lendemain je me réveillai à onze heures et partis chez lui en courant. Il fit irruption dans le salon en s'écriant:

"Petite chose de mon cœur!", tout l'immeuble en résonna. Sa mère riait de nous voir nous étreindre, nous embrasser, nous regarder à n'en plus finir. Nous avions réellement beaucoup changé. Était-ce le froid de l'Europe ou quelque expérience de physique, en tout cas le Quatre qui revenait était corpulent, je ne dirais pas gros, mais grassouillet, moi qui l'avait connu maigre, avec son regard de myope binoclard et sa coiffure de garçon sérieux. Il s'étonna de ma façon de m'habiller, il faut dire que j'étais en mini jupe, avec des tennis sans chaussettes, et non en pantalon comme il m'avait toujours connue. "Je te raconterai", lui dis-je et nous allâmes dans sa chambre. En réalité, Quatre se sentait un peu triste de son retour, la situation s'était tellement détériorée dans cette Europe-là que, pour des raisons de sécurité, tous les étudiants cubains devaient rentrer et continuer leurs études ici. Mon ami allait entrer au CUJAE dans une section appelée Équipements et composants électroniques, ce qui n'était pas exactement son rêve doré, mais il était un scientifique et pouvait briller dans n'importe quelle discipline.

Au bout d'une heure de conversation, la mère montra sa tête à la porte pour annoncer une autre visite. Et sa tête fut remplacée par une main tenant une bouteille de cognac. Quatre se leva et embrassa le Poète qui le serra dans ses bras en poussant des exclamations tandis que son ami lui ébouriffait ses cheveux longs. Avec un large sourire, le Poète lui tendit la bouteille et déclara:

– "Quelque chose t'identifie à celui qui s'éloigne de toi."

Et les deux de poursuivre à l'unisson:

– "C'est une même faculté de revenir."

– "Quelque chose te sépare de celui qui reste avec toi", dis-je sur le lit pour continuer le poème, et tous deux me regardèrent.

– Putain! Ma maigrichonne, comment ça va? Je ne savais pas que tu étais ici.

Je saluai le Poète, Quatre était heureux que nous soyons de nouveau réunis comme au bon vieux temps. Il partit chercher des verres à la cuisine. Je souris au Poète qui ne me quittait pas des yeux, sans savoir que faire.

– Je ne vais citer aucun de ces poètes que tu aimes tant, je préfère employer mes propres mots. Écoute, beaucoup de temps a passé et à vrai dire j'en ai assez de ces tiraillements entre nous. Quand une ville est détruite, il faut en construire une autre, alors finissons-en. Et puis, Quatre est de retour, alors fais une autre tête, embrasse-moi et si tu y tiens j'accepte le poème *Repentirs II*, mais je te préviens, je n'ai pas l'intention de réunir des poèmes médiocres sous le même titre, alors faisons la paix définitivement.

Le Poète sourit et m'embrassa sur les joues, il avait l'air réellement heureux et moi j'étais heureuse de le retrouver comme avant. De toute façon, il y avait belle lurette que notre étrange aventure m'était sortie de la tête.

Nous bavardâmes jusqu'au soir, écoutâmes les nouvelles d'Europe et regardâmes des photos. Puis vint le moment des confidences : Quatre avait eu une petite amie pendant huit mois, puis des liaisons passagères. Le Poète, comme toujours, des histoires de deux ou trois mois, parfois simultanément. Moi, en revanche, j'avais eu une aventure intéressante, mais rien de plus. Vint ensuite le sujet que nous ne pouvions éviter, Quatre raconta les difficultés des derniers mois, les changements de la situation politique. A ce moment-là on commençait à parler de la menace d'une période spéciale dont personne ne pouvait dire exactement ce qu'elle serait. Pour moi, *spécial* avait toujours évoqué quelque chose de bon, mais la spécialité dans ce cas était bien différente. Le Poète expliqua en long et en large la situation à notre ami, il prévoyait des pénuries dans tous les domaines.

– Je te jure, c'est grave, ça va être dur, depuis un bon moment moi je ne suis plus d'accord, si je n'ai plus de quoi bouffer, qu'est-ce qu'il me reste ?

Le panorama du Poète me parut un peu sombre, mais Quatre l'approuvait, avec cependant une dose d'optimisme propre à sa personnalité et à sa formation.

En septembre, Quatre entra au CUJAE. Il n'y connaissait presque personne. Il se plaignait de devoir se lever très tôt pour prendre l'autobus et d'avoir faim, mais pour le reste ce n'était pas si mal, il y avait de jolies filles et les cours étaient en espagnol, sans aucun doute plus facile pour lui que le tchèque. On se voyait souvent car il s'était inscrit dans mon école de langues pour apprendre l'anglais. Pour nous deux c'était fantastique de pouvoir de nouveau sortir ensemble de la même école. Parcourir les mêmes rues. Quatre s'étonnait de mon amitié grandissante avec son voisin et s'écroula de rire au récit de la nuit où je m'étais présentée ivre chez lui à trois heures du matin pour prendre ses lettres. J'étais toujours un peu fofolle, disait-il, mais sans me le reprocher. Je crois que la première fois qu'il vit le Coke, celui-ci lui déplut. Nous nous rencontrâmes à l'entrée de l'école. Il m'attendait dehors et nous vit arriver ensemble. Je fis les présentations, le Coke proposa qu'un de ces jours on aille boire une bouteille de rhum chez lui, puis il me donna un baiser sur le front, une tape sur les fesses et partit. A la sortie des cours, Quatre se contenta de me demander ce que faisait mon mec, visiblement il ne lui plaisait pas beaucoup. Il était comme ça, Quatre, Dieu non plus ne lui plaisait pas et Dieu était mon ami, pourtant le Poète leur ressemblait, sauf que Quatre le connaissait bien. Quand nous arrivâmes à la porte de mon immeuble, nous nous arrêtâmes pour nous dire au revoir, comme quand nous étions gosses.

– Je dois t'avouer quelque chose. Les meilleurs moments en Europe c'était lorsque je recevais tes lettres, sans date ni adieu, simplement des histoires, c'est pour ça qu'elles me plaisaient beaucoup. Tu devrais te consacrer à la littérature, si ça se trouve, c'est ta voie. Quand tu en écriras une autre, si tu veux tu me l'envoies par la poste.

Je souris, persuadée que mes contes n'intéressaient personne parce qu'ils ne parlaient pas de l'Angola, ni ne disaient du mal du gouvernement, ni n'évoquaient quoi que ce soit qui à ce moment-là pouvait retenir l'attention. Ils plaisaient à Quatre parce que c'était mon ami, mais comme il était revenu cela n'avait plus aucun sens de continuer à les lui envoyer. En tout cas, pour moi ça n'avait plus de sens. Je l'embrassai et entrai dans l'immeuble. Mes contes allaient devoir attendre un peu.

Le jour où la presse annonça la suspension de *Sputnik*, Quatre arriva très en colère à la maison. J'étais en train d'étudier mes leçons de français avec Frida entre les jambes. J'entendis frapper à la porte et levai les yeux. Quatre entra, il était indigné. *Sputnik* avait toujours été sa revue favorite, il y avait découvert presque tout ce qui l'intéressait dans son enfance et il découvrait maintenant une histoire qui n'avait jamais été publiée. Cette interdiction était pour lui une atteinte à la liberté de la presse et à la liberté individuelle de choisir avec quelle saloperie on veut se bourrer le crâne. Je m'efforçai de le calmer avec mon sens habituel de la mesure, mais Quatre explosa.

– Mais tu te fous de tout, ou quoi ? Tu ne vois pas que le monde change ? L'Europe se débat entre les élections, les hausses de prix, les grèves, on est en train de réviser l'histoire, de juger l'histoire, et ici on manque de tout, pendant que toi tu continues à traînasser chez toi, à étudier le français et à picoler avec cet arsouille comme s'il ne se passait rien.

– Qu'est-ce que tu veux que j'y fasse ? J'aime le français et j'aime cet arsouille, alors j'apprends le français et je sors avec cet arsouille. Si tu es tellement indigné par l'interdiction de *Sputnik*, organise une grève de protestation, comme à Paris en 68, et laisse-moi bosser, j'ai un examen à préparer.

Je sais que ma réponse ne lui plut pas beaucoup car il repartit sans un mot. Je lui téléphonai un peu plus tard et tout rentra dans l'ordre. Ce qui m'énervait à cette époque, c'était que tout le monde parlait à tort et à travers, prédisait le futur et s'asseyait pour l'attendre, comme les chatons de Frida attendaient leur nourriture. En somme une grande chaîne de dépendances en parfaite harmonie, ou encore ma théorie de l'organisation des espèces, chacun à sa place, comme à la maison, mais dès que quelque chose n'allait pas, il fallait un coupable. Trouver un coupable ne résout rien, mais procure une agréable sensation d'innocence.

Depuis quelques mois, maman était plongée dans un processus de reconquête de son identité. Après tant d'années d'absence, son père lui avait téléphoné et maman débordait d'émotions. Mon grand-père argentin était vraiment avare de paroles car maman resta à peine une quinzaine de minutes au téléphone, juste assez pour recevoir l'absolution tant attendue. Quand elle raccrocha, elle m'embrassa avec les larmes aux yeux, son père voulait la voir, il l'avait invitée à passer les vacances avec toute la famille, à Buenos Aires, qu'elle ne reconnaîtrait peut-être pas. La nouvelle nous réjouit, la tante et moi. La grand-mère ne parlait presque plus à ce moment-là et papa fut mis au courant deux jours plus tard, quand il rentra à la maison après avoir, j'imagine, réparé toutes les télés du pays.

Depuis peu, papa avait acheté une bicyclette, qui lui avait été attribuée pour son travail. La voiture restait garée dans la rue faute d'essence. Il semblait content au début, car le vélo était un bon exercice, surtout pour un homme comme lui qui avait toujours été très sportif. Puis, quand il fallut retoucher son pantalon, devenu un peu grand, il commença à râler, d'autant que la chaleur en ville n'était pas de bonne compagnie quand on devait pédaler tout le temps.

En mars, maman eut tous ses papiers en règle. A la fin du mois nous l'accompagnâmes à l'aéroport. Elle était nerveuse, surexcitée et m'accablait de recommandations : je devais bien manger, cuisiner pour la grand-mère parce que mon père, probablement fourré dans quelque aventure, disparaîtrait de la maison, m'occuper de la tante, prendre bien soin de moi; bref, tout ce que peut dire une mère en pareille occasion. Un gros baiser et bonne chance, maman. C'était un plaisir de la voir si heureuse.

Ce matin-là, en revenant de l'aéroport, papa me demanda de me charger du repas car il avait une affaire à régler. On était dimanche. A la maison je préparai des petits pois et du riz, auxquels la grand-mère toucha à peine. La tante heureusement n'était pas difficile, nous mangeâmes ensemble en regardant à la télévision la séance du dimanche. Je n'avais pas l'intention de sortir, mais le Coke appela vers sept heures; à cause du voyage de maman nous ne nous étions pas beaucoup vus ces derniers jours. La tante me regarda et dit que si je voulais sortir, eh bien: "A demain." D'ac. Le Coke m'attendait chez lui. Je partis vers huit heures et demie. La grand-mère regardait les informations et la tante s'apprêtait à se cloîtrer dans sa chambre avec ses livres ésotériques, sa nouvelle toquade.

Le Coke était avec des copains, ils avaient déjà sniffé quelques lignes, mais heureusement ils n'étaient pas encore soûls. A ce moment-là, j'avais un peu laissé tomber Dieu. Il ne voulait plus sortir de chez lui et si on mettait le nez dehors, c'était pour finir chez le Coke. Pour tout endroit situé au-delà de six pâtés de maisons à pied, Dieu refusait de bouger. Il était un peu vieux, disait-il, et la ville perdait de son charme, alors il passait son temps là, avec ses vieilles habitudes, son café, ses clopes et sa bouteille au contenu éthylique de provenance douteuse.

Nous restâmes chez le Coke jusqu'à la dernière goutte de rhum, vers deux heures du matin. Il fallut sortir en chercher. A une heure pareille, impossible. Tout ce que nous trouvâmes fut un alcool bricolé par un copain à eux dans un *solar** de

* Demeure délabrée de l'époque coloniale dont chaque pièce est louée.

La Vieille Havane, où nous restâmes. Je me mis à boire et pensai au grand-père. Ni papa ni moi n'avions de nouvelles de lui, et mon père était convaincu que le vieux n'avait été intéressé que par son argent. Je me promis de retourner le voir.

Quand le jour se leva, je tombais de sommeil, mais je n'avais pas beaucoup bu. Je me sentais fatiguée par ces derniers jours où maman et moi avions peu dormi. Le Coke, lui, était complètement soûl, mais j'étais devenue experte en assistance aux poivrots et c'est quasiment en le traînant que je le ramenai chez lui. Je me jetai sur le lit sans me déshabiller. Il s'allongea à côté de moi et me prit dans ses bras.

– Chatte, ma chatte, tu es ma chatte et j'ai quelque chose de très important à te dire.

Je l'embrassai et lui dis de dormir, il était très tard et j'étais épuisée. Mais il s'assit sur le lit, tout sérieux, et déclara que nous étions ensemble depuis un an, que cette ville devenait dure et qu'il voulait mettre de l'ordre dans sa vie. Ce qui me semblait très bien, mais pas à cette heure et moins encore avec la cuite qu'il tenait. Il ajouta que, sobre, il ne pourrait pas me le demander par peur que je refuse. La peur avait tant de visages. J'aimais le Coke mais, sobre ou soûl, je ne voulais pas me marier avec lui. Pour moi, se marier n'avait rien à voir avec le fait de mettre de l'ordre dans sa vie. Ce n'était qu'une sublimation du néant parmi d'autres. Un veau d'or. Jeter l'ancre pour en finir avec l'incertitude du lointain. Je ne voulais pas de ça. Je ne voulais pas dire: “Oui j'ai fait quelque chose: je me suis mariée”, ça sonnait creux et les creux me donnent le vertige. Mais comment l'expliquer à un pochard qui vous regarde dans l'attente d'une réponse? Impossible, bien sûr, même si les mots ne sont pas le seul langage. Je souris, l'embrassai sur le front et m'endormis.

A deux heures de l'après-midi, je refermai la porte, laissant le Coke endormi, et rentrai chez moi. C'était lundi, je ne l'oublierai jamais. Quand j'ouvris la porte, je vis tout de suite la tante assise par terre contre le mur, les genoux relevés. Elle leva la tête et me regarda avec des yeux écarquillés et cette expression d'égarement qu'elle avait parfois. Je lui demandai ce qu'elle faisait là et elle se mit à se ronger les ongles, ses lèvres tremblaient, elle avait la respiration agitée. Je me penchai vers elle et reposai ma question. Nerveuse, elle bégaya :

– Je... je... je n'ai rien fait, je lui ai d... dit d'aller au l... lit, mais elle ne bouge pas, elle ne veut pas, elle est là, elle ne bouge pas.

Je sentis une onde glaciale me parcourir de la tête aux pieds, je me redressai et allai au salon. Ma tante se releva pour me suivre en continuant de bégayer. La grand-mère était dans le fauteuil, telle que je l'avais laissée la veille, devant la télévision encore allumée, piquetée de points gris. Je la touchai à l'épaule et l'appelai, mais elle ne bougea pas, elle était froide. Ma tante était en proie à une nervosité croissante, me demandant de ne pas toucher la grand-mère parce qu'elle ne voulait pas bouger, surtout de ne pas la toucher. Je pris le poignet de ma grand-mère et ne sentis pas le pouls. Elle était morte et la tante bégayait de plus belle. Mes mains tremblaient, j'allai au téléphone et cherchai fébrilement dans le répertoire le numéro de l'atelier où travaillait papa. Ma tante s'approcha, effrayée, et raccrocha en me demandant de ne pas appeler la police, il valait mieux la laisser là et nous cacher dans la chambre. Je m'efforçai de la calmer et refis le numéro. Une voix répondit que mon père était en vacances pour la semaine. Cela me mit en rage, je ne savais plus que faire entre la tante qui me parlait à l'oreille et la grand-mère qui refroidissait dans son fauteuil. Je fis rapidement le numéro de Quatre, personne. Le Coke n'avait pas le téléphone. Chez le Poète, personne. Dieu. Dieu répondit d'une voix ensommeillée, j'étais de plus en plus nerveuse, je ne me rappelle pas ce que j'ai dit, mais il répondit qu'il appelait une ambulance et venait à la maison. Je raccrochai. La tante ne me lâchait pas d'une semelle, me demandant si j'avais appelé la police, et je tentai de la rassurer quand on frappa à la porte. Elle alla s'asseoir dans un coin en pleurnichant et jurant que sa mère ne voulait pas bouger, d'ailleurs depuis la veille au soir sa mère ne voulait plus bouger. Quand j'ouvris la porte, je vis l'oncle qui me souriait en me tendant une fleur. Je balbutiai : "Tonton, la grand-mère...", il entra en me repoussant et demandant ce qui était arrivé à sa mère. Lorsqu'il la vit dans le fauteuil, il se mit à l'appeler, à l'embrasser, à essayer de la faire bouger et se rendit compte que c'était impossible, alors il poussa un cri et se jeta à ses pieds en pleurant, désespéré, réclamant l'aide de Dieu et me demandant qui avait fait ça à sa sainte petite maman. La tante se leva, la mine décomposée, jurant qu'elle l'avait trouvée là, qu'elle ne voulait plus bouger, tandis que l'oncle poussait des cris et que je m'asseyais sur le canapé, renonçant à l'idée que l'oncle, redevenu un tant soit peu raisonnable, puisse me dire ce que l'on fait dans ces cas-là. Je pris ma tête entre mes mains pour observer le spectacle pendant que mon père était en vacances qui sait où et avec qui.

Je me chargeai de tout avec l'aide de Dieu. Il m'indiqua la marche à suivre et emmena la tante à l'hôpital où elle fut admise au service de psychiatrie. L'oncle ne cessa de pleurer, réconforté par ses amis qui vinrent aux nouvelles. Des pompes funèbres, Dieu appela Quatre qui arriva peu après avec le Poète. Tout le monde voulait être près de moi, je veux dire mes amis : le Coke qui n'avait pas le téléphone ne savait rien et papa poursuivait ses vacances.

La grand-mère était morte d'un infarctus quelques heures après mon départ de la maison. Le Coke vint au cimetière. Dieu, qui ne sortait presque plus, avait pris la peine d'aller chez lui pour le prévenir. Il voulut me prendre dans ses bras mais je le repoussai, je n'avais rien contre lui, mais je voulais être seule. Quand tout fut fini, l'oncle s'approcha, les yeux gonflés, demandant où était "le fils prodigue", mon père, bien sûr. Je l'envoyai se faire foutre et lui tournai le dos. Mes amis ne voulaient pas que je rentre à la maison, mais je devais y être au cas où maman appellerait. Le Coke insista pour rester avec moi. Je refusai. Je l'embrassai sur le front et lui demandai de me laisser seule.

A la maison régnait un silence fascinant. Je m'assis dans un coin du salon, près du canapé, et commençai lentement, comme quand j'étais gosse, à me taper la tête contre le mur. Cela m'avait toujours procuré des sensations agréables. Et je fondis en larmes. Dans tout ce tohu-bohu, toutes ces formalités, je n'avais pas eu le temps de pleurer, et sur le moment je ne savais pas exactement pourquoi je versais des larmes, mais cela me faisait du bien. Maman téléphona dans la nuit, inquiète parce qu'elle avait appelé plusieurs fois en vain. Je lui appris la nouvelle, sans entrer dans les détails. Elle fut bouleversée mais accepta mon silence et, à ma demande, parla de choses agréables.

Papa revint à la maison le mercredi soir. Il était au courant, je ne sais comment. En ouvrant la porte il me trouva en train de lire allongée sur le canapé. Il s'assit près de moi avec un visage angoissé. Je lui tendis deux bouts de papier, sur l'un était indiqué l'emplacement de la tombe au cimetière, sur l'autre le service où se trouvait la tante à l'hôpital. C'était à lui de se charger de sa famille, car moi je quittais la maison jusqu'au retour de maman. Je repris mon livre et poursuivis ma lecture. Il voulut parler mais je le priai de ne pas me déranger, je lisais un livre vraiment intéressant.

Deux jours plus tard je partis vivre avec Frida chez le Coke. Maman devait séjourner trois mois dans son pays et j'en avais assez de la grande maison et de ses épisodes. Un vendredi où j'y allais pour attendre un appel d'Argentine, papa me dit que l'oncle viendrait dimanche parce qu'il voulait parler à toute la famille. Nous nous retrouvâmes donc tous les trois, ce dimanche-là. L'oncle avait déjà eu une discussion avec mon père, à laquelle heureusement je n'avais pas assisté. Il nous informa qu'il quittait le pays. Depuis longtemps il était entré en contact avec son frère aîné à

Miami qui allait l'aider à sortir de Cuba. Il s'était marié trois mois plus tôt avec une Dominicaine et seule sa mère le retenait encore, mais morte la bête, mort le venin. L'oncle n'avait plus rien à faire dans ce pays où tout était si dur, où ladite "période spéciale" était une menace chaque jour grandissante, et enfin ses principes d'homosexuel déclaré l'empêchaient de demeurer dans une société où son homosexualité lui fermait la plupart des portes. Son objectif était d'arriver à Miami et il y arriverait. Je lui souhaitai bonne chance, papa ne dit rien.

Quand l'oncle repartit, il ne dit rien non plus. J'imagine qu'il se sentait très mal de la mort de sa mère, son visage avait changé, mais il ne voulait pas en parler. Je me levai pour partir à mon tour et il me demanda si j'allais bien. Je répondis que oui. Il me demanda si je le haïssais et je souris. Non, je ne le haïssais pas. La haine est pour moi un des sentiments les plus inutiles que je connaisse. Elle ne mène à rien, elle fait de nous un être sombre, accablé de rancœurs qui empêchent de voir la lumière. Je voulais voir la lumière, je ne pouvais haïr personne. J'éprouvais plutôt de la peine, mais comment le dire aux autres ? Il valait mieux ne pas le dire, voilà tout. Le silence était un état que je connaissais trop bien.

– Tu sais quel est ton problème, papa ? Tu n'as pas encore trouvé un équilibre entre ce que tu crois juste et ce que tu veux vraiment. Le jour où tu décideras d'être sincère avec toi-même, tu vivras sans remords et sans la crainte que quelqu'un te haïsse, mais tu dois commencer par cesser de te haïr toi-même, il faut que cela vienne de toi.

Je l'embrassai et marchai vers la porte. J'entendis dans mon dos sa voix m'annonçant qu'il avait rencontré une femme : c'était une relation importante pour lui et il essayait de réorganiser sa vie. Les gens essaient toujours de réorganiser leur vie, mais ils le font chaque fois que quelqu'un de nouveau apparaît dans leur vie. Personne n'essaie de s'organiser seul et c'était pour moi le plus important. Quand on possède un équilibre interne, alors on peut penser au reste, mais le plus important c'est toujours soi-même. Je me retournai et souris à mon père en lui souhaitant bonne chance.

NOUVELLE DONNE

Mon séjour chez le Coke se passa bien. Il ne me dérangeait pas trop et les premiers jours il essaya de me distraire pour me faire oublier l'épisode de la grand-mère. Le Coke pouvait être le type le plus tendre du monde. Je passais une bonne partie de la journée sur le lit à jouer avec Frida et à réfléchir. Je n'avais pas envie de parler ni de lire et j'avais même laissé tomber le français. La grande maison était devenue pour moi un échiquier sans reine, un jeu anarchique de pièces affolées. La grand-mère morte, la tante à l'hôpital psychiatrique, maman en Argentine, l'oncle préparant son départ, moi chez quelqu'un d'autre et papa livré à lui-même. Quelque chose me disait que le prochain mouvement marquerait le début d'une décomposition graduelle. C'était ce qui arrivait à l'extérieur.

La ville se transformait tous les jours. Les établissements d'alimentation Vía-Came fermaient, l'essence manquait, les coupures d'électricité devenaient peu à peu le sport national, toute une série de faits qui n'avaient pas beaucoup d'importance pour moi, mais qui en avaient pour les autres. Quatre et le Poète étaient insupportables, quand ils venaient me voir, ils parlaient toujours des mêmes choses : est-ce que tel musicien avait fait défection pendant sa tournée, est-ce que "l'option zéro"*...,

* Politique de restrictions générales, proche de l'autarcie, mise en œuvre au printemps 1991.

etc., jusqu'à ce qu'ils comprennent mon silence et changent de conversation. Je ne voulais parler de rien, je me contentais de réfléchir et de prendre un peu le large avec le Coke qui avait toujours de bonnes idées pour inventer des réalités différentes. Parfois je m'allongeais toute nue sur le lit, il plaçait la poudre entre mes seins et il sniffait tout en me caressant. Puis je sniffais à mon tour sur un miroir et il continuait à me toucher pour me faire atteindre un endroit plein de lumières où plus rien n'existait. Le néant est un fait bien concret et parfois nécessaire, ainsi qu'un refuge contre le néant qui nous entoure.

Dieu n'aimait pas tous ces trucs-là. J'avais renoué avec lui et recommencé à boire, je buvais n'importe quoi chez lui, même ce qu'il qualifiait de "déconseillé aux mineurs". Il n'était pas totalement hostile à ma relation avec le Coke, mais selon lui ce n'était pas un type pour moi. Il n'aimait pas me voir si maigre, dans des vêtements chiffonnés. Il n'aimait pas que je ne me rase pas les jambes et que je me ronge les ongles. Je riais parce Dieu, de son côté, était un vrai désastre, mais il disait toujours : "Fais ce que je dis, pas ce que je fais", comme presque tout le monde, tout en continuant à boire et en laissant se multiplier les fissures sur ses murs. Un jour que nous étions tous les trois dans la petite pièce en train d'écouter un disque de Baglietto, j'entendis soudain un tango et me mis à rire. Dieu et le Coke me regardèrent étonnés, mais je continuai à rire en me rappelant maman avec son vieux tourne-disque et son air sombre. J'avais l'impression que quelque chose en moi lui ressemblait trop et je ne voulais pas de cela. J'avais toujours su avec certitude ce que je ne voulais pas, mais je ne savais pas encore ce que je voulais et cela me faisait rire. Le Coke me demanda si j'avais fumé et Dieu m'enleva mon verre sans dire un mot. Je riais. Ce fut étrange, l'instant d'après je redevins très sérieuse.

– Je vous aime beaucoup tous les deux, vous savez ?

Dieu reposa le verre devant moi et le Coke chercha un bout de carton pour faire un joint. Je me sentis plus calme.

Ce que j'aimais le plus chez mes amis c'est qu'ils n'avaient pas besoin de mentir ni de se justifier. Dieu était alcoolique et le Coke quasiment toxico parce que c'était leur bon plaisir. Je me demandais si la cause invoquée pour justifier telle conséquence était réelle ou juste un masque. Tout comme à la maison ou au-dehors. Des causes, il y en a toujours. Il y a toujours une chose qui en précède une autre et ainsi de suite comme dans un jeu de cartes. Je décidai de me foutre de tout. J'acceptai la mort de la grand-mère comme un fait naturel et la future "option zéro" comme un fait qui deviendrait naturel dès qu'il cesserait d'être futur. En attendant, je devais continuer et trouver un équilibre dans le monde qui était à ma portée : mon monde.

Maman revint fin juin et je retournai à la maison. Elle avait changé, un peu grossi, elle avait les cheveux frisés et accentuait chaque mot comme une authentique Argentine. Ces trois mois lui avaient fait retrouver un éclat que j'avais oublié depuis longtemps, c'était fantastique. Pendant deux semaines elle ne cessa de parler, de me raconter son pays et sa famille. Elle parlait tout le temps, avec moi, avec papa, avec la tante à l'hôpital, avec les gens dans la rue, avec Frida, c'était incroyable. Il me fallut une petite demi-heure pour lui raconter tout ce qui s'était passé, mais maman était tellement excitée qu'elle se contenta de dire que mon père avait été un minable toute sa vie ; l'oncle, elle lui souhaitait bon vent ; la tante, nous la ramènerions saine et sauve à la maison ; mais en attendant nous devions nous occuper de nous. Maman débordait de projets, elle était même entrée en contact avec des gens de théâtre, amis de sa sœur. Elle songeait à écrire des articles pour des revues argentines, et quant à cette histoire de période spéciale, elle ne s'en souciait pas trop car en tant qu'étrangère elle avait accès aux hôtels où elle pouvait faire des achats aussi souvent qu'elle en aurait envie grâce aux dollars que le grand-père lui avait offerts pour son anniversaire. Je pense que son attitude ne plut pas beaucoup à papa.

Il se refusa à accepter quoi que ce soit de ma mère car leurs liens étaient rompus et un homme n'acceptait pas de miettes de son ex-femme. Il se déplaçait toujours à bicyclette et dormait de moins en moins à la maison.

L'oncle nous fit ses adieux en septembre. Une semaine plus tard, il prenait l'avion avec sa femme pour Saint-Domingue. Moi, je repris l'école de langues. Dans le désordre de ces derniers mois j'avais abandonné les cours et j'obtins de redoubler l'année. Quatre continuait l'anglais, mais comme nous avions des horaires distincts, on ne se retrouvait plus à l'école.

Le Coke et moi filions toujours le parfait amour. Il était mêlé à la production de la plupart des concerts qui se donnaient en ville et il courait les fêtes pour se défoncer. La coke n'était pas ma drogue préférée, ça me donnait du coryza, je préférais l'alcool. Le Poète et lui étaient devenus amis. Nous nous retrouvions dans la plupart des endroits où Quatre refusait de nous accompagner. Mon scientifique d'ami avait une petite copine et ils préféraient rentrer à la maison après les concerts pour regarder des films à la télé. Nous, on prolongeait souvent la bringue chez le Poète. Le Coke avait l'habitude de lui tapoter l'épaule et je les voyais partir aux toilettes d'où ils revenaient les yeux rougis et la voix bredouillante. C'était marrant. Le Poète se mettait à philosopher, les chanteurs se passaient la guitare et c'étaient des fêtes folles, tandis qu'à l'extérieur la ville faisait face à la crise et que dans le monde tombaient les cartes du château socialiste.

Le futur n'a pas le don d'être éternel. Les mots sont aussi éphémères que les calendriers. En 1992, la "période spéciale" fut officiellement déclarée. Maman commença à blasphémer en argentin car les coupures de courant l'empêchaient de travailler à la maison. Elle avait obtenu un contrat avec une petite revue de son pays et envoyait des articles sur le théâtre à Cuba, grâce auxquels elle gagnait un peu d'argent. Sa famille envoyait régulièrement des cadeaux car maman se refusait à accepter de l'argent. Elle se disait capable d'en gagner, elle ne ferait pas comme sa sœur et je trouvais ça bien, aussi je la complimentais pour ses petits pois insipides, car de mon côté je n'apportais strictement rien à la maison. Papa continuait de maigrir et en avait marre de son atelier où il n'avait pas de pièces pour réparer les téléviseurs russes. Les fins de semaines où la tante venait à la maison, c'était le chaos pour mes parents. Loin d'avoir guéri, elle avait certes de bons moments, mais la plupart du temps elle était en crise et il valait mieux qu'elle reste à l'hôpital. Quand elle devait venir, maman passait la semaine à chercher fébrilement des denrées susceptibles de lui plaire, mais ma tante trouvait tout mauvais. Elle refusait de manger et ne terminait pas ses phrases. J'étais la plus patiente. Je m'asseyais dans sa chambre et lui passais de la musique. Nous revenions à la *Tosca*, au *Trouvère* et aux autres, mais avec quelques modifications. *La Tosca* n'était plus audible que jusqu'aux coups de feu, quand elle s'écriait : *"Là ! Muori ! Ecco un artista !"* Là, j'enlevais le disque car la tante avait décidé de changer la fin de tous les opéras et je m'efforçais de l'approuver, avec un doute terrible : celui d'être d'accord avec elle. L'art est-il un reflet de la vie ou le contraire ? Qui sait ? Dans son monde d'images confuses, la tante voulait des fins heureuses et je trouvais cela intéressant.

Un jour le Poète m'appela pour me demander de venir chez lui sans le Coke. Il voulait parler avec Quatre et moi. Nous nous installâmes sur la petite terrasse. Le Poète déboucha une bouteille de vin que sa mère lui avait envoyée de Paris. Je lui demandai pourquoi tant de mystère et notre ami but une gorgée avant de dire qu'il quittait le pays. Je m'enfonçai dans le fauteuil et souris sans prononcer un mot, mais Quatre voulut en savoir plus.

– Écoute, vieux, j'en ai ras le bol, ma mère a un contrat dans une université à l'étranger et vous savez qu'elle a passé sa vie à travailler et à vivre décemment. Tu imagines qu'elle va revenir ici pour en baver et vivre sans électricité ? Non, ma mère ne reviendra pas et moi je ne veux plus rester, ses collègues français vont m'envoyer une invitation, je pars à Paris et de là je rebondis à Miami. Demain, je demande l'autorisation à l'université. Vous êtes les seuls à le savoir.

Je bus mon verre et allumai une cigarette. Quatre trouvait qu'il avait tort. Ils étaient sur le point de terminer la quatrième année et Quatre considérait qu'il fallait tenir le coup encore un moment et après, s'il voulait partir, eh bien il valait mieux avoir une licence en histoire de l'art qu'être un rien du tout.

– Mais qu'est-ce qu'ils en ont à foutre, là-bas, d'une licence de l'université de La Havane ? Et si ça tourne mal ? Non, vieux, je me tire, je trouverai bien un moyen de m'en sortir.

– Quand tu seras à Paris, lui dis-je, envoie-moi une photo de la tombe de Paul Éluard pour offrir à un ami et une photo de la statue de Jeanne d'Arc, j'aime bien Jeanne d'Arc.

Quatre se leva et donna un coup de poing sur la table. Il dit au Poète qu'il était immature et cinglé, s'il allait aux États-Unis il finirait drogué ou alcoolique, parce que c'était le genre de vie qui lui plaisait. Quatre avait l'air en rogne, il expliquait que la crise du pays était passagère, elle ne durerait pas éternellement, ils devaient donc en profiter pour faire le maximum d'études parce que c'était ce qu'on pouvait faire de mieux et de meilleur marché dans ce pays. Le Poète rétorqua qu'aux États-Unis il pouvait tout aussi bien poursuivre ses études, sa mère aurait un bon travail et ils auraient moins faim. Quant aux drogues, il sourit en disant que là-bas elles devaient être bien meilleures. La réflexion m'amusa et Quatre me foudroya du regard en affirmant que moi aussi, un de ces jours, j'allais probablement vouloir faire la même chose, nous étions pareils tous les deux, à gaspiller notre temps au lieu de profiter de la jeunesse pour devenir des adultes. Ce qui m'énerva un peu, alors je me levai et lui dis que les adultes je me les foutais au cul, le monde était plein d'adultes et ce qui les différenciait c'était qu'il y avait des abrutis et d'autres qui ne l'étaient pas, et pour employer son langage, je fis appel à la théorie des probabilités selon laquelle la probabilité d'un événement est le rapport du nombre de cas favorables à cet événement au nombre total des possibilités. Considérant qu'un abruti ne parviendrait jamais à être un universitaire, nous arrivions à la conclusion que dans le monde il était plus probable de trouver des universitaires devenus des abrutis et que mon ami Quatre courait le risque d'être l'un d'entre eux. Je me rassis et bus une autre gorgée. Cette théorie des probabilités, je l'avais lue dans un livre un jour où j'attendais Quatre dans sa chambre et cette définition si académique m'était restée gravée. Le Poète éclata de rire et Quatre se rassit en faisant la grimace, mais il semblait un peu plus détendu.

– Tout ce que je voulais te dire, c'est que là-bas les choses ne sont pas aussi faciles que tu le crois, mon vieux, c'est la jungle là-bas, et nous on a été élevés comme des chats, pas comme des tigres, nous sommes des pigeons le bec ouvert, parce que nous n'avons jamais eu à chercher de brindilles pour faire le nid, alors ce qu'on peut faire de mieux c'est nous aiguiser un peu les griffes. Personne ne sait ce qui nous attend demain, mais je préfère me tenir prêt, affirma Quatre qui me regarda en souriant, même si je dois pour cela grossir les rangs des universitaires abrutis.

Le Poète partit en juin. Nous passâmes les derniers jours comme d'habitude, entre beuveries et chansons. Je l'accompagnai seule à l'aéroport car Quatre passait ses examens de fin d'année. Le Poète avait l'air excité, tendu. Il disait que cela lui faisait un peu mal de partir sans retour, mais que c'était mieux ainsi. Il trouvait plus intéressant de commencer un nouveau jeu que de poursuivre une bataille perdue.

– Je ne sais pas quand on se reverra, mais je veux que tu saches une chose, je suis amoureux de toi, je sais que j'ai toujours été pour toi un copain marrant, mais je suis tombé amoureux de toi et ce qui s'est passé entre nous…

Je lui posai un doigt sur les lèvres en souriant.

– Je t'ai dit que je ne voulais pas d'un *Repentirs II.*

– Écris-moi, je t'écrirai moi aussi et t'enverrai des photos, si tu as besoin de quoi que ce soit, compte sur moi, si tu veux partir d'ici, tu le dis et je te fais sortir, ma mère a beaucoup d'amis, si ça tourne trop mal, tu le dis et je te sors de là.

Je remerciai le Poète qui m'embrassa tendrement. En réalité je ne sais pourquoi je l'ai toujours appelé ainsi: ses poèmes étaient une plaisanterie, mots bien rangés, bonne orthographe et rien de plus. Quand il leva le bras pour me dire adieu, déjà de l'autre côté, je sentis que je l'aimais beaucoup, oui, après tout le Poète avait été un bon ami.

En août, maman repartait en Argentine. Elle était de nouveau très contente, et plus encore à ce moment-là, car c'était vraiment une année difficile et un voyage à l'étranger lui permettrait de se désintoxiquer des petits pois quotidiens et des coupures de courant.

En juillet j'avais décidé de partir moi aussi en voyage. Depuis longtemps le Coke voulait aller au río Toa, en Oriente ; craignant une recrudescence de la période spéciale, nous décidâmes que c'était le moment ou jamais. Je dus insister pour convaincre Quatre de venir avec nous, mais il accepta, accompagné de sa petite amie. Maman n'aimait pas beaucoup cette idée car elle partait en août, mais je lui promis de revenir avant, et pour lui faire plaisir je décidai qu'on partirait tous de la maison, ainsi maman fit la connaissance de Coke.

Nous partîmes un jeudi. Voyager dans l'île était une pérégrination assez amusante. Attendre au bord de la route le premier camion qui voudrait bien nous prendre tenait du surréalisme tropical. Nous traversâmes Habana, Sancti Spiritu, Ciego de Avila, Camaguey, Tunas, Holguin, Mayari, Moa. Quatre jours sans nous laver, à manger ce qu'on trouvait, à dormir au bord de la route et d'autres trucs de ce genre. Quatre et sa copine n'appréciaient pas beaucoup de rester si longtemps crasseux, mais pour le Coke et moi tout allait bien. Le dernier camion nous conduisit de Moa au Paso del Toa, et de là il nous restait à remonter à pied en amont de la rivière pour la redescendre sur un radeau de bambous. C'était réellement excitant.

Il nous fallut deux jours pour monter. Le soir nous campâmes au bord de la rivière et mangeâmes du manioc que nous offrit un paysan et des spaghettis achetés par le Coke avec l'argent de la vente de marijuana. Ici la situation était pire que dans la capitale, les gens cuisinaient avec de l'huile qu'ils extrayaient eux-mêmes des noix de coco et tous faisaient des yeux ronds quand on leur demandait de quoi manger, mais comme nous étions en vacances tout nous était égal. La poisse c'était qu'il pleuvait tous les matins. Le soir nous nous couchions, mais le ciel nous réveillait à heure fixe. Le Coke sortait la bouteille de rhum et nous passions le reste de la nuit sous une toile, à boire, à chanter et à penser au Poète qui devait en ce moment se soûler des vins de Paris.

Les gens nous étonnaient. Les paysans sont différents des citadins, mais quelque chose avait changé. Un jour, un garçon s'approcha de nous, pensant que nous étions des étrangers, et proposa d'échanger une poule contre un tube de dentifrice et deux tee-shirts. Quatre l'insulta mais le Coke partit avec le garçon et revint une heure plus tard avec la poule. Personne ne dit rien et je ne posai pas de question. Le Coke avait les yeux rougis.

L'aventure commença véritablement en haut. Nous construisîmes un radeau de bambous en suivant les instructions d'un paysan. Le lendemain nous attachâmes nos sacs à dos sur le radeau et appareillâmes. Il fallait alterner : pendant que deux d'entre nous étaient assis au centre du radeau avec les sacs à dos, les deux autres guidaient l'embarcation à l'aide d'une longue perche. La rivière était fantastique, tantôt très calme, tantôt dangereuse à cause de rapides où il fallait manœuvrer pour ne pas heurter les rochers et tomber à l'eau. Le Coke était très excité, il disait qu'il avait une âme de marin et avant de partir il s'était fait une ligne et avait roulé un joint que nous fumâmes tous les deux.

Ce que j'aimais le plus, c'était le danger, la vigilance pour éviter les tourbillons et naviguer en regardant défiler sur le rivage les cabanes en bois au sol en terre battue, les gosses pieds nus et les vêtements raccommodés étendus à sécher. Pour Quatre c'était l'image de la misère et il en était attristé. Moi je trouvais cela intéressant car pendant qu'à La Havane les gens changeaient illégalement des dollars, eux ici vivaient dans une autre dimension, comme si le monde était autre chose, ou peut-être pas grand-chose, un manioc bouilli, un peu de rhum et c'était la fête. Il y a des gens qui se contentent de peu.

– Ils se contentent de peu parce qu'ils n'ont pas le choix.

Je n'étais pas d'accord avec ce que venait de dire la copine de Quatre. C'était trop facile. J'étais à l'arrière du radeau où je maniais la perche : si je ne voulais pas continuer il me suffisait de me jeter à l'eau. Je n'avais pas à accepter le sens du courant. Égoïste, déclara Quatre assis sur les sacs à dos. Et inopportun, ajouta le Coke qui guidait le radeau à l'avant et annonçait un violent rapide. Nous relevâmes les perches et le courant nous entraîna tout droit contre un énorme rocher. La petite amie de Quatre hurla. Quatre l'appela en criant. Le Coke fut projeté en l'air. Quand je rouvris les yeux le monde était à l'envers. Le radeau était devenu le plafond et nous étions dessous. Je m'agrippai aux bambous, le courant était très fort. Heureusement, les sacs étaient bien arrimés. Quand je sortis la tête, Quatre était déjà remonté et il m'aida à me hisser. Plus loin, on apercevait le Coke qui levait un bras hors de l'eau. Le radeau était coincé contre le rocher, la copine de Quatre avait disparu. Ce fut un moment de terreur, jusqu'à ce que sa main apparaisse à un angle du radeau et que Quatre se jette à l'eau pour la tirer de là. Elle remonta, les yeux écarquillés, la moitié de la rivière dans l'estomac. En joignant nos forces, nous parvînmes à débloquer l'embarcation et à nous laisser porter jusqu'à un endroit calme où le Coke nous rejoignit. La copine de Quatre m'énervait, elle n'arrêtait pas de pleurer de trouille et Quatre la consolait tandis que le radeau était retourné avec les sacs sous l'eau. Dans les moments difficiles, il faut rester calme. La terreur ne fait qu'aggraver la situation. Quatre nous traita d'insensibles, moi et le Coke, on ne s'inquiétait selon lui que du sort des sacs à dos, tandis que l'autre pleurnichait, racontait encore qu'elle avait avalé beaucoup d'eau et n'avait pas pu se dégager parce qu'elle s'était cogné la tête. Nous nous dirigeâmes prudemment vers la rive. Quatre et sa copine descendirent. Le Coke et moi, nous nous mîmes à sauter sur le radeau pour le remettre dans sa position initiale. Puis nous rejoignîmes le couple pour entendre une fois de plus l'histoire du coup sur la tête. Je blaguais pour les faire rire un peu, mais elle était trop fragile. Le Coke faisait nerveusement les cent pas sur la rive en disant que les sacs à dos étaient trempés. Peu après, nous reprîmes la navigation. Le Coke et moi à chaque bout. Les autres, encore fâchés par mon attitude, se serraient dans les bras l'un de l'autre pour se rassurer. Quand la nuit commença à tomber nous décidâmes d'accoster et d'établir un campement. La copine de Quatre m'adressait à peine la parole. Nous récupérâmes les sacs à dos et pendant que nous marchions, Quatre vint me voir et me dit :

– Putain, tu exagères, on a eu une trouille terrible et toi tu avais l'air de t'en foutre. Elle s'est cognée très fort, elle veut rentrer à La Havane.

Je regardai mon ami et lui répondis que je préférais l'entendre se plaindre de la tête toute la nuit, plutôt que de l'entendre se plaindre parce qu'elle avait mal à la tête et qu'en plus on avait perdu les sacs. Il ne répondit rien. Nous arrivâmes à un endroit entouré d'arbres et décidâmes d'y installer le campement. Chacun s'assit pour inspecter les dégâts dans les sacs, mais il n'y avait rien à faire, tout était trempé. Soudain, le Coke se leva en brandissant son sac qu'il lança au loin en hurlant des injures et des blasphèmes. Les autres ne comprenaient pas; moi, si. Quatre lui demanda ce qui se passait et le Coke, furieux, s'écria que c'était vraiment la merde, toute sa provision de coke était mouillée, imbibée, et sans sa poudre il ne pouvait pas continuer. Pour la copine de Quatre, c'était dingue, elle s'inquiétait de son coup à la tête tandis que lui ne se souciait que de sa saloperie de drogue. Qualifier la cocaïne de saloperie était une insulte que le Coke pouvait difficilement supporter, alors il continua à maudire la terre entière. Quatre prit la défense de sa copine et déclara que l'important était d'avoir des vêtements secs pour dormir. Mais l'autre s'en foutait comme de sa première chemise. Et brusquement la discussion s'envenima, dont des mots se détachèrent: coke, vêtements secs, tête. Je les observai un moment et partis faire quelques pas car je savais que je ne trouverais rien de sec dans mon sac. Dans mon dos j'entendis la voix du Coke qui les envoyait se faire foutre, puis celle de Quatre s'écriant: "Drogué de merde!", tandis que sa copine pleurait.

Quand la pluie nocturne se mit à tomber, je rentrai au campement. Quatre et sa copine s'étaient pelotonnés sous un drap mouillé. Je m'assis près d'eux, sortis le rhum de mon sac et nous bûmes ensemble. Le Coke arriva peu après tout trempé, il tendit la main à Quatre et lui demanda de l'excuser. Quatre lui passa la bouteille. Ce fut une nuit d'averses torrentielles et très venteuse. Au matin, nous découvrîmes que la rivière avait gonflé et emporté notre radeau. Je pensai que les autres n'avaient plus très envie de continuer, si bien que, faisant contre mauvaise fortune bon cœur, nous repartîmes à pied. Nous passâmes la journée dans une maison abandonnée, fatigués, affaiblis par la chaleur et la faim car il avait fallu jeter les spaghettis. Nous mangeâmes du manioc et de la noix de coco.

Le lendemain, le seul camion que nous rencontrâmes allait à Baracoa. Nous montâmes avec l'idée de pouvoir manger là-bas avant d'entreprendre le voyage de retour. Les trois autres étaient obsédés par l'idée de rentrer. A la Casa del Chocolate quelqu'un nous apprit qu'aux pompes funèbres on veillait un mort de Moa et qu'il y aurait probablement un bus pour conduire les gens à l'enterrement. Nous y allâmes avec l'idée de pleurer le mort et de monter à bord du bus. Heureusement nous n'eûmes pas à pleurer. Nous y restâmes le temps d'obtenir des places dans le bus. "Même après notre mort, nous sommes encore utiles", disait Marti.

Nous regagnâmes nos pénates après deux journées dans plusieurs camions, la chaleur et une faim de loup. Notre voyage avait été perturbé mais il m'avait plu, surtout à cause du danger. Courir des risques est attirant et les situations de crise sont très révélatrices. Ce soir-là, je dis à Coke que je rentrais directement à la maison. Il ne réagit pas, m'embrassa et partit hâtivement car il crevait d'envie de se faire une ligne.

Les jours qui précédèrent le départ de maman je restai à la maison pour lui donner un coup de main. Nous partagions encore la même chambre car après la mort de la grand-mère, papa avait tenu à conserver la chambre de sa mère en l'état. C'était une sorte d'autel et je n'avais pas envie de fonder mon royaume en territoire étranger. La pièce restait fermée. Tout comme la chambre de la tante, que nous nettoyions quand elle venait.

Maman partit début août et je fus alors certaine que la grande maison serait toute pour moi, car Papa avait organisé sa vie ailleurs. Je n'avais plus très envie de sortir. Le Coke proposait de faire des fêtes géantes, mais je refusais. La grande maison était un territoire interdit, c'était mon espace quand je broyais du noir et ses murs délavés étaient chargés de tant de paroles intimes que je ne pouvais permettre l'intrusion de mondes différents.

En septembre, Quatre entra dans sa dernière année universitaire. Les cours commençaient par la préparation militaire. C'était selon lui une perte de temps consistant à se rendre tous les jours dans une unité militaire, en tenue de milicien, pour y assister à des cours de tactique et de diverses disciplines militaires. Deux mois à monter la garde et à se préparer à la défense du pays. Pour Quatre, c'était la folie, car il devait se lever à cinq heures du matin et passait là-bas presque toute la journée à jouer aux cartes et à élaborer de véritables stratégies militaires pour s'échapper à la plage les jours de garde. Ses relations amoureuses battaient de l'aile. Je ne lui disais rien, mais en vérité je n'aimais pas beaucoup sa copine, si bien qu'une rupture me semblait ce qui pouvait arriver de mieux à mon ami. Parfois, sur le chemin du retour il s'arrêtait à la maison et je m'amusais de le voir en uniforme, se plaignant de ne pouvoir commencer sa thèse et de passer son temps à jouer à la guéguerre.

Pour le Coke, Quatre était un rat de bibliothèque, conformiste et pas très futé, si bien que lorsqu'ils se rencontraient à la maison l'un et l'autre se sentaient mal à l'aise. Moi je les aimais tous les deux, je les aimais pour des raisons différentes. Les gens, on les accepte tels qu'ils sont ou on ne les accepte pas, mais il ne faut jamais essayer de les changer. Un jour, Coke arriva à la maison et me trouva en grande conversation avec Quatre, déboussolé, qui venait de rompre avec sa petite amie. Un peu éméché, le Coke posa une bouteille de rhum sur la table et se mit à parler. Quatre l'interrompit en disant qu'il s'en allait, on reparlerait plus tard, mais le Coke lui dit de ne pas partir à cause de lui, qu'il pouvait parler avec sa femme tant qu'il voulait, pendant ce temps il allait regarder la télé. Il s'affala sur le canapé, mit les informations, prit une feuille de papier à rouler, l'herbe, et se confectionna un joint. Quatre me fit rouvrir les yeux et dit qu'il partait. Je l'accompagnai à la porte, refermai et m'appuyai contre le mur en observant le Coke.

– Dis donc, ce type il en pince pour toi, non? Chaque fois que j'arrive, il se met à chuchoter comme une vieille.

Le Coke était défoncé. Je le regardai et lui dis très calmement que ce type était mon ami et qu'ici c'était chez moi.

Mais comme il était très défoncé il répliqua que moi j'étais sa femme. Ça ne me plut pas. Je coupai la télé, lui ôtai le joint des doigts pour l'éteindre et le lui fourrer dans la poche, puis je lui demandai de mettre ses chaussures et de partir. Étonné, il affirma que si je le virais de chez moi je ne le reverrais plus. Je ramassai ses chaussures et les lui tendis. Il me regarda, de nouveau décontenancé, prit ses chaussures et se leva en butant contre le fauteuil. Il était vraiment bien défoncé. Ce soir-là, je finis la bouteille qu'il avait oubliée sur la table, tout en lisant avec Frida près de moi, comme d'habitude. Je supportais les cuites des autres. Je supportais n'importe quoi des autres, alors c'était la moindre des choses qu'on me supporte telle que j'étais. Chacun accepte ce qu'il veut, les autres, la famille, le pays. Si quelque chose ne marche plus, changes-en, et si tu n'en as pas envie, alors invente-toi une autre réalité, mais ne te résigne jamais : voilà ce que je dis à Frida avant de m'endormir.

Maman revint en novembre. Comme la dernière fois, elle rapportait de la musique et des valises remplies de produits qui manquaient ici. Papa resta à la maison les premiers soirs et ne refusa pas cette fois les cadeaux et l'argent que son ex-femme lui donnait en mon nom pour changer les pneus de la voiture. Un soir, après m'avoir raconté son voyage, ma mère me dit :

– Écoute, ma chérie, toi et moi il faut qu'on parle très sérieusement.

Avec son accent argentin retrouvé, maman m'expliqua que la situation du pays était très mauvaise et que tout paraissait indiquer qu'elle allait empirer l'année prochaine. Elle avait renoué avec sa famille, ses parents étaient âgés et sa sœur était une folle qui s'amourachait de n'importe qui et ne voulait pas travailler. Elle avait consacré sa vie à sa famille d'ici et seule ma présence l'avait soutenue pendant ces longues années. Mais le temps avait passé, la grand-mère était morte et la tante à l'hôpital. Tout ce qui comptait désormais c'était elle et moi et elle n'était pas disposée à en baver davantage dans cette ville qui s'effondrait lentement. Son voyage avait été très important et elle était décidée à rentrer dans son pays. Elle pourrait y commencer une nouvelle vie, travailler et s'occuper des affaires de son père avant qu'elles ne sombrent à cause des folies de sa petite sœur. Maman voulait qu'on émigre ensemble, elle et moi, pour une nouvelle vie, une nouvelle histoire. Je dois avouer que ma première réaction fut d'aller aux toilettes car le maté qu'on buvait me donnait envie de faire pipi. Puis nous continuâmes à parler. Rien ne pressait, du moins dans l'immédiat, mais sa décision était prise. Pour moi l'Argentine était un pays intéressant d'où venaient de nombreux écrivains et beaucoup de musiques que j'aimais. Connaître la famille était également tentant. Mais une nuit c'était trop peu pour un choix aussi important, j'avais vingt-trois ans et personne ne pouvait décider à ma place. C'est ce que je dis à maman et nous préférâmes laisser passer un peu de temps. Le temps parfois éclaire la comprenette, ou parfois l'obscurcit. Et le temps passa.

Dehors il faisait très chaud, il n'y avait plus de moyens de transport, les gens se plaignaient, les rues étaient pleines de chiens abandonnés parce qu'on ne pouvait plus les nourrir, les cinémas avaient restreint leurs horaires ; bref, le tableau qu'offrait la ville n'avait rien d'attirant, et comme j'avais terminé l'école de langues, plus rien ne m'obligeait à sortir de chez moi. J'avais choisi la réclusion. Comme les animaux qui passent l'hiver cachés, je pensais que s'il y avait la période spéciale dehors, il valait mieux rester dedans. Ce que je fis les premiers mois de l'année.

Maman sortait faire quelques achats dans les hôtels, en veillant à ne pas gaspiller l'argent qui lui restait. Finalement, papa n'acheta pas de pneus pour la voiture en disant que cet argent serait mieux employé dans un téléviseur, car celui de la maison allait bientôt rendre l'âme. Maman l'approuva et acheta une télé. Je restais à la maison et j'étudiais. J'aimais bien m'installer dans la chambre de la tante malgré la poussière, j'y trouvais toujours des choses curieuses, tandis que maman écrivait dans la salle à manger ses articles pour la revue ou préparait les formalités pour sa future émigration.

Quatre venait me voir tous les vendredis. Plongé dans sa thèse, il y passait ses journées. Le vendredi, il se reposait. Avec le Coke on se parlait de temps en temps au téléphone. Le jour où il était sorti en titubant de chez moi, il m'avait appelée pour s'excuser. J'acceptai ses excuses mais lui proposai de prendre des vacances, il y avait longtemps que nous étions ensemble et j'avais besoin d'une pause pour pouvoir rester à la maison. Il ne comprit pas très bien mais finit par accepter. En réalité j'étais un peu fatiguée de ce genre de vie. C'était tous les soirs pareil, boire et faire la fête, dénigrer le pays, se plaindre du prix de la cocaïne et finir défoncés en faisant l'amour. Le Coke disait que tout allait si mal qu'il valait mieux passer son temps défoncé, comme ça on ne se rendait compte de rien, sauf que son idée ne m'intéressait plus, je voulais en changer.

Le Poète était en Guadeloupe. Il m'avait envoyé de Paris des photos de Paul Éluard et de Jeanne d'Arc, ainsi que des photos de lui avec un tatouage au bras. Il disait que Paris était plein de gens qui se sentaient seuls. Ce n'était pas le Paris des romans mais une ville où il buvait comme un trou et avait envie de se jeter dans la Seine quand la nostalgie lui dévorait le cœur. Je riais en pensant à la nostalgie dont nous mourions à Cuba. A défaut de vins rouges ou de parfums extraordinaires, l'alcool reste un refuge universel. Le jour où je reçus les photos, je courus chez Dieu. Il mit Paul au mur et nous parlâmes toute la nuit. Dieu était devenu très maigre ou peut-être très vieux. L'appartement était plus crasseux que d'habitude. Il n'y avait plus de lumière que dans la petite pièce et une lampe de chevet dans la chambre. Le magnétophone marchait quand il le voulait et le frigo était complètement vide. Je lui apportais un peu de nourriture car je me doutais qu'avec la période spéciale il allait s'alimenter de moins en moins. Maman avait acheté pour lui un paquet de café, car Dieu faisait bouillir le marc qu'il buvait comme un cadeau des dieux. Je ne sus jamais exactement d'où il tirait son peu d'argent dépensé en alcools frelatés qu'il buvait toute la journée et en cigares qu'il hachait minutieusement pour en faire des cigarettes. Après ce jour-là, je restai longtemps sans lui rendre visite. Il appelait parfois le matin et nous parlions beaucoup, mais je ne voulais pas sortir de chez moi. Tout simplement parce que la ville était obscure et sale, que les murs se délabraient lentement et que les gens dégoulinaient de sueur sur leurs bicyclettes chinoises. Il n'y avait plus de concerts ni d'endroits où aller. Presque tout était fermé et les murs couverts d'affiches appelaient à "résister, lutter, vaincre". Je résistais, luttais, vainquais à l'intérieur de la grande maison, bien que les murs y fussent tout aussi délabrés et les canalisations de l'immeuble grouillantes de cafards.

Après de nombreuses conversations avec maman et la famille d'Argentine, nous avions décidé qu'elle partirait la première. Je ne voulais pas partir comme ça, je ne savais pas pourquoi, aussi je demandai un délai à ma mère. Mais je ne voulais pas lui faire perdre son temps. Elle ne devait pas m'attendre. Elle commença par pousser les hauts cris, elle ne quitterait pas ce pays en me laissant dans l'obscurité, seule dans cette maison, avec la tante à l'hôpital psychiatrique et papa vivant sa vie comme il le disait. Maman versa de l'eau chaude dans son maté et dit que je devais lui obéir, qu'il nous fallait partir car dans ce pays l'avenir était trop incertain et rester signifiait se condamner au néant. Ce qui, dans les années 60, avait fait rêver l'Argentine rebelle commençait à lui déplaire sérieusement. L'idée de mon départ ne réjouissait pas mon père, mais il refusait de prendre parti. Il n'ouvrait la bouche que pour répondre à maman quand elle disait que tout n'avait été qu'un mensonge, qu'on les avait fait rêver d'un monde nouveau et que ce monde-là n'était qu'une farce et qui plus est obscure.

– Tu as été dégradé, pourquoi ? Nous avons offert notre jeunesse, pourquoi ? Dans ce pays il y a trop de types friqués qui ont du pouvoir, je n'ai pas envie de leur offrir une autre année de ma vie.

Là, papa se levait agacé et se mettait à discuter. C'était marrant de voir papa qui avait beaucoup maigri et maman avec ses cheveux magnifiques grâce aux produits achetés dans la patrie du Che. Je restais coite, buvais un peu de maté et comme je n'avais rien à dire, je chantonnais, discrètement pour ne pas les déranger.

Après plusieurs semaines maman accepta mes arguments et papa sourit, avec fierté je le sais. Mais je n'agissais ainsi ni pour lui ni pour personne. Je ne voulais pas partir comme ça. Je voulais bien découvrir l'Argentine, plus tard peut-être, mais l'idée de partir définitivement et de m'intégrer à un ordre familial que je ne connaissais pas et donc ne contrôlais pas ne m'attirait pas beaucoup. Pour maman, tout était facile, mais mon grand-père ne m'avait jamais vue; elle était sa fille, mais moi, qui étais-je? Une bouche de plus à nourrir, les parents pauvres qu'on recueille, l'éternelle reconnaissante. Cela ne me plaisait pas, bien que je ne dise pas tout à ma mère. Elle finit donc par accepter qu'il était plus judicieux d'arriver là-bas quand sa vie serait organisée. Nous étions d'accord.

Un jour le Coke vint à la maison, heureusement il n'était pas ivre. Nous nous assîmes pour bavarder et il me parla de sa vie, rien de neuf, fêtes, liaisons passagères. Il m'étonnait, avec moi c'était un désastre, mais seul c'était pis. Je préparai un maté et lui montrai les photos du Poète en Guadeloupe. Un moment plus tard, il m'apprit qu'il avait accompagné Dieu chez le médecin, il ne se sentait pas bien et il était très seul. Je lui demandai ce qu'il avait, rien de grave, des trucs de vieux, mais je devrais aller le voir parce que j'étais une des personnes les plus importantes de sa vie. Le Coke avait toujours été un véritable ami. Quand j'avais fait sa connaissance, je l'avais pris pour un de ces types qui allaient se soûler chez Dieu, mais en réalité ils s'aimaient beaucoup. Ce soir-là, j'appelai Dieu qui me sembla très enjoué. Il avait reçu une lettre d'un ami parti avec ceux de Mariel, et avec la lettre une bouteille de whisky et de la musique des années 70. Dieu était très content et il avait le palais chamboulé, disait-il.

Maman fixa son départ en juillet. A mesure que la date se rapprochait nous devenions très nerveuses. Avant de dormir, elle me prenait dans ses bras et je lui demandais des chansons de mon enfance. Elle chantait *Fusil contra fusil* ou *La era...* mais je ne m'endormais pas, en réalité je continuais à réfléchir.

Dieu augmenta peu à peu la fréquence de ses appels nocturnes. Parfois maman répondait au téléphone et il restait muet. Nous savions toutes les deux que c'était lui, alors elle me passait le téléphone. Quand je trouvais sa voix étrange ou qu'il réclamait de la compagnie, certains soirs j'allais le voir. Il me faisait écouter de la musique des années 70 et nous parlions comme d'habitude. Il savait que le départ de maman m'attristait, mais il ne disait rien. Un jour il se leva et fouilla dans de vieux papiers. Il en sortit une photo de ma mère, déchirée et recollée au verso avec du scotch. Ma mère, quinze ans de moins, assise dans la petite pièce, un verre de rhum à la main, vêtue d'une chemise qu'elle portait quant j'étais petite, pieds nus, sans pantalon. La photo m'amusa.

– Ta mère est une sacrée femme.

Cela, je le savais et je souris en lui rendant la photo. Dieu me demanda de l'offrir à ma mère en souvenir, mais je refusai. Ce n'était pas mon histoire, maman ne m'avait jamais rien raconté, je n'avais pas le droit de m'en mêler. Rien ne justifie de violer le silence des autres. Dieu acquiesça et rangea la photo. Je parcourus du regard un mur de la pièce tapissé de photos de femmes, dont la mienne, et je lui demandai pourquoi il n'avait pas mis la photo de ma mère. Il sourit en disant qu'elle y était jusqu'au jour où elle avait frappé à sa porte et trouvé dans son lit un homme ivre et une femme nue. J'imaginai maman arrachant la photo pour la déchirer sous son nez et j'en éprouvai un contentement douloureux. Dieu n'aurait jamais été un bon beau-père, son karma était d'être mon ami.

Dès lors, nous ne parlâmes plus de ma mère. Il ne restait qu'un mois avant son départ et je ne voulais plus sortir. Une nuit, Dieu appela complètement soûl, m'accusant de ne plus venir le voir, je m'énervai et il raccrocha. Maman aussi s'énerva car on ne téléphonait pas à trois heures du matin. Mais Dieu était mon ami, je l'appelai le lendemain et il se sentit mieux.

Quatre soutint sa thèse les premiers jours de juillet. Maman et moi allâmes au CUJAE pour l'écouter. Nous ne comprîmes rien mais il semblait expliquer avec aisance tous ces circuits horribles. Ses parents furent très fiers de sa note maximale et lui, tout content, exhibait en riant le tampon d'ingénieur sur sa carte d'identité. Nous rentrâmes tous en bus chez lui pour fêter l'événement avec du vin de betterave fait par sa mère. Un instant j'eus envie de proposer à maman une visite à Dieu, mais je préférai m'abstenir. Elle savait qu'il habitait dans l'immeuble d'en face et si elle n'y fit pas allusion c'est peut-être qu'elle ne voulait pas lui faire ses adieux.

Maman partit le 20 juillet. Dans la semaine, nous allâmes à l'hôpital pour qu'elle voie la tante une dernière fois. Elle ne voulut pas lui annoncer qu'elle partait pour toujours, mais la tante le savait, j'en suis sûre.

La veille du départ, elle parla longuement avec papa dans la petite pièce du fond. Nous ne dormîmes pas de la nuit. Elle était nerveuse et je m'efforçais de parler tout le temps, de tout et de rien, même si c'était incohérent. Je ne lui réclamai qu'une chose : pas de larmes à l'aéroport. Maman pleurait à chaudes larmes en me demandant de ne pas trop tarder pour me décider à partir. Elle me laissa ses disques de tango. Je lui offris des poèmes écrits longtemps avant. A l'aéroport, bien sûr, elle fondit en larmes.

– La vie est un tango, maman, mais tous les tangos ne sont pas aussi tristes. Ton maquillage va couler.

Elle rit et sécha ses larmes. Elle serra très fort papa et lui dit que s'il ne prenait pas soin de moi elle lui arrachait les couilles. Puis elle m'embrassa une dernière fois et partit en regardant droit devant elle. Je la vis s'éloigner et se retourner pour m'envoyer un baiser. Je murmurai “Bonne chance”, et nous partîmes.

A la maison, je me sentis mal à l'aise. Papa s'assit pour regarder la télévision pendant que je faisais les cent pas avant de me décider à appeler Dieu. J'étais mal. Au bout du fil j'entendis la voix du Coke.

– Un moment, dit-il. Il parla à quelqu'un d'une voix pâteuse et reprit le téléphone pour dire : j'écoute.

Je les imaginai en train de se soûler et raccrochai sans un mot. J'allai dans la chambre de la tante pour lire, mais je n'arrivais pas à me concentrer. Papa frappa à la porte, annonçant que Quatre était au téléphone.

– Alors, elle est partie ? Comment ça va ?

Je sentis un nœud dans ma gorge.

– Mal, répondis-je.

Il me dit qu'il passait me voir et je raccrochai. Je m'installai devant la télévision quand le téléphone sonna de nouveau. Je demandai à papa de répondre et, si ce n'était pas Quatre, de dire que je n'étais pas là. C'était le Coke demandant si j'étais encore à l'aéroport et me priant d'appeler chez Dieu à mon retour. Ils voulaient savoir comment je me sentais. Quatre arriva un moment plus tard. Je fis du maté que maman avait laissé et nous allâmes parler dans la chambre. Alors je me sentis un peu mieux.

Après le départ de maman, j'eus avec papa une conversation intéressante où il me parla de sa nouvelle vie. Sa femme vivait à Santo Suárez. Elle était médecin, beaucoup plus jeune que lui, avec un fils encore petit, et selon papa c'était la femme de sa vie. Parfait. J'ai toujours admiré le bonheur d'autrui et si mes parents avaient trouvé leur voie, c'était merveilleux. Je lui suggérai de l'inviter un jour à la maison et il en fut tout content.

En août, il prit des vacances pour partir à Pinar del Río, où vivait la famille de sa femme. Papa y allait avec l'idée de gagner un peu d'argent en vendant des bricoles, tout en se reposant un peu de la bicyclette et en faisant la connaissance de sa nouvelle famille.

Je restai seule à la maison. Quand maman appela, je lui dis que je passerais le mois d'août ailleurs et qu'il valait mieux qu'elle ne téléphone pas avant septembre. Le monde extérieur continuait à se détériorer et je décidai de rester enfermée. Je passerais la période spéciale entre ces vieux murs. Comme un naufragé à l'écart de la civilisation et des changements politiques. Une ermite, voilà ce que je voulais être. Quatre avait raison de dire que, lorsqu'il n'y a rien de passionnant à faire, le mieux était encore de se préparer au moment où il se passerait quelque chose. Je ne perdais pas mon temps, je m'intéressais à tout et en même temps à rien.

Pour moi il était important de faire attention aux choses vraiment essentielles et de ne pas me perdre dans le superflu. Il vaut mieux ne pas s'éparpiller dans un néant qui peut nous écraser et du reste ne s'en prive pas.

Me cacher fut facile. Je décidai de ne pas répondre au téléphone et de ne pas ouvrir la porte. Ne pas faire de bruit, bien que dans ces moments-là tout bruit devenait étrange. Les coupures d'électricité étaient quotidiennes et longues, et empêchaient d'écouter de la musique. Dans la cuisine j'avais fait des provisions de riz. Je mangeais donc du riz et buvais du maté.

Je me consacrais à l'étude. Je passais les nuits avec Frida, au milieu des livres, et j'écrivais des contes bizarres que je ne montrerais sûrement à personne. J'observais aussi les comportements humains. C'était captivant. Je me mettais près des fenêtres pour écouter la respiration de l'immeuble. C'est incroyable, on s'habitue tellement à vivre dans un endroit que les bruits deviennent familiers au point qu'on ne les entend plus. Mon immeuble avait une bouche d'aération sur laquelle donnaient toutes les fenêtres et d'où montaient les odeurs, les musiques, les voix des voisins, autant de choses auxquelles je n'avais jamais fait attention. La symphonie du moment était un chambard d'accords dissonants. Quand l'électricité était coupée, tous les bruits semblaient naturels. Je retrouvais la ville à travers ses voix. J'entendais les plaintes et les jurons. Les pleurs d'un enfant réveillé par la chaleur et les moustiques. Quelqu'un annonçant le vol de sa bicyclette. Les disputes conjugales pour un rien, et cette écœurante et envahissante odeur de petits pois dans les autocuiseurs. J'imaginais les visages et les rêves. Mais j'étais à l'abri. Tout m'arrivait à travers la fenêtre. A l'intérieur, c'était une forteresse de portes refermées sur les royaumes des autres: la chambre de la grand-mère, celles de ma mère, de la tante, de papa. J'étais de partout et de nulle part, j'étais dans l'éther et les plaintes des autres ne provoquaient en moi qu'étonnement, surprise d'assister à une lente détérioration, une mutation de principes. Chacun était comme un petit récepteur du sort général, une onde en sens inverse partant d'un endroit, s'approchant, diminuant de rayon jusqu'à devenir un point, jusqu'à l'asphyxie.

Je passai tout le mois d'août ainsi. Le téléphone sonnait, parfois on frappait à la porte, mais je ne répondais pas. Je ne voulais pas me mêler des nouvelles de l'extérieur. La période spéciale était une réalité au-delà de mes murs. Ici, de ce côté, c'était autre chose, un royaume sans lois ni causes ni conséquences, un espace vide.

Papa revint à la maison les premiers jours de septembre. Il ouvrit la porte et me trouva allongée sur le canapé. Il me demanda où j'étais passée, car il était rentré de Pinar del Río la semaine dernière et il avait eu beau appeler, personne ne répondait au téléphone. Je lui dis que j'étais dans une autre dimension et me levai pour aller dans la chambre. Papa me demanda si je me sentais mal, mes cernes ressortaient sur ma peau blanche, j'étais hirsute et très maigre. Je répondis que j'allais parfaitement bien et même mieux que jamais. Alors il s'assit pour me raconter qu'il avait troqué ses vieux uniformes contre des denrées alimentaires et gagné un peu d'argent en réparant des appareils électriques. J'étais heureuse de le voir, mais contrariée en même temps, car son retour signifiait la fin de mon parfait empire et chaque mot ébréchait ma folie d'un lointain vierge. Après m'avoir raconté ses histoires, il me demanda ce que je pensais de cette affaire du dollar.

– Le dollar ? Mais c'est la monnaie américaine, jusqu'à preuve du contraire, non ?

Il me regarda étonné que je ne sache pas que le dollar avait été libéré, ou plutôt qu'on avait légalisé la possession de dollars, car le billet vert circulait librement dans les rues depuis belle lurette. La nouvelle me parut intéressante, d'autant que maman, prévoyant les difficultés, avait laissé un peu d'argent. Papa répliqua que je ferais mieux de m'intéresser aux changements du pays et se leva pour ouvrir les fenêtres. Éblouie par la lumière, je fermai les yeux et courus m'enfermer dans la chambre de ma mère.

Le lendemain matin, il partit travailler. Il frappa à ma porte et dit que quelqu'un passerait lui apporter des cigarettes. Il m'appellerait plus tard, et puis, que j'arrête enfin de roupiller et que je réponde à ce putain de téléphone. Et cela dit, il partit. Je dormis jusqu'à midi. Je partageai avec Frida les haricots que mon père avait préparés, fermai les fenêtres qu'il avait ouvertes ce matin et retournai lire dans la chambre. Vers trois heures j'entendis ce putain de téléphone.

– Ma chatte, c'est moi, où étais-tu ?

Je répondis à contrecœur car je n'avais envie de parler ni avec le Coke ni avec personne. Je lui dis que j'étais dans une autre dimension, rien de plus.

– Je n'ai pas arrêté de t'appeler, et je suis allé chez toi ces deux derniers jours, mais il n'y avait personne.

Il parlait d'un ton grave, mais je n'avais pas envie de m'expliquer. Je ne voulais pas non plus l'entendre gémir parce que c'était dur de trouver de la came ou ce genre de truc.

– J'ai quelque chose de très sérieux à te dire, ma petite chatte, quelque chose de très triste... Il y a deux jours...

Quand Coke prononça : "Il est mort", quand il me dit d'une voix fêlée que Dieu était mort, qu'il m'avait appelée, cherchée, parce que Dieu était mort d'un infarctus il y a deux jours, quand il continua de bredouiller en reniflant, j'eus soudain l'impression que le monde me tombait sur le dos, je me courbai, glissai le long du mur, m'assis par terre et ne voulus pas en entendre plus.

– Ciao, Coke, je ne veux pas continuer à parler.

Je raccrochai, le monde m'écrasait. Faisait de moi un tas de merde dans un coin. Je me mis à trembler et serrai très fort les mâchoires. Un coup contre le mur, deux, lentement... quand tu te cognes la tête, la douleur fait disparaître le bruit. Frida s'approcha, je lui criai de partir, de se tirer loin d'ici, à mille lieues de moi, et vite. Elle s'assit pour m'observer, je me levai, chancelante. La tête me faisait mal. Je marchai, égarée. J'allai dans la chambre et m'arrêtai devant le miroir. Je vis deux yeux bleus me regardant avec haine. Le miroir reflétait une affiche derrière moi. Je souris. Dans mon dos, en grandes lettres, il y avait les mots de Paul que Dieu m'avait offerts il y a longtemps :

Tes yeux qui nous révèlent notre infinie solitude ne sont plus ceux qu'ils croyaient être.

Je détestai mon regard dans le miroir et sentis la rage monter en moi. Je me frappai la tête contre le verre. Je ne parvins pas à me calmer. Je me frappai plus fort et quelque chose de tiède commença à sourdre. Je titubai, trébuchai sur mes chaussures. Frida m'avait suivie et m'observait, accroupie dans un coin. Je lui demandai ce qu'elle contemplait mais elle ne voulut pas répondre. J'eus une bouffée de haine pour son regard bleu. Je lui dis que Dieu était mort, mais elle ne comprit pas. Je m'approchai et lui criai qu'elle aussi serait bouffée par les vers, comme la grand-mère, comme Dieu, comme tout le monde. Elle prit peur et fila se cacher sous le lit. J'enrageais mais je ne pouvais pas pleurer. Je me passai la main sur le visage pour m'essuyer le sang et m'habillai en sentant que quelque chose en moi se transformait. Je pris mon walkman, mis une cassette de Pink Floyd avec le volume à dix et sortis. Il y avait un soleil terrible et beaucoup de cyclistes. Je marchais mais me sentais engourdie. Entourée de visages étrangers qui se hâtaient vers quelque endroit. Où allaient-ils? Qu'espéraient-ils trouver? Je pressai le pas et les autres me semblèrent ridicules, tous ces gens aux arrêts de bus, tous ces vendeurs de cacahuètes. J'eus l'impression que tout bougeait lentement et je me mis à courir. Je traversai la rue en courant de plus en plus vite. Je dégoulinais de sueur mais je devais courir, il fallait arriver quelque part, comme tout le monde, il fallait arriver, je devais continuer de courir. Je m'arrêtai, épuisée, devant le couloir où vivait le Coke et j'éteignis la musique. Un type me regarda et me demanda d'où je sortais la bouffe pour faire autant d'exercice. Je ne répondis pas et lui tournai le dos. Le Coke ouvrit la porte, il observa un instant mon corps en nage et les traces de sang sur ma tête. Il s'écarta pour me laisser passer. Je m'assis par terre sans un mot. Il me tendit un verre d'eau et en remplit un autre d'un alcool frelaté qu'il était en train de boire. Il s'assit en face de moi et prépara deux lignes de poudre blanche sur un petit miroir. Il avait le visage émacié.

– Tu te rappelles quand je l'ai accompagné à l'hôpital ?... Il avait un problème au cœur, mais on a préféré garder le secret, on ne voulait pas t'inquiéter.

Personne ne voulait jamais m'inquiéter, ça c'était la meilleure. Tout le monde préférait me cacher les problèmes pour ne pas m'inquiéter. Il renifla sa ligne et me tendit le miroir. Je sniffai lentement pendant qu'il me racontait qu'en arrivant chez Dieu, personne n'avait ouvert et ça l'avait alarmé. Il avait alors décidé d'enfoncer la porte et l'avait trouvé assis devant la table de la petite pièce, une cigarette consumée dans le cendrier et un verre à moitié plein. Il s'était chargé de tout jusqu'à l'arrivée des neveux qui l'avaient remercié et pris le relais. Le Coke but un verre et s'approcha pour me prendre dans ses bras.

– Je l'aimais beaucoup, c'était mon ami, putain. Dans ce pays de merde, il n'y a que des malheurs.

Que venait faire le pays dans la mort de Dieu ? Rien, j'imagine, mais le Coke était très triste. Il me serra contre lui en disant qu'il avait besoin de moi, que je lui manquais, qu'il ne voulait pas rester seul comme Dieu, ni passer sa vie à tourner en rond pour finir tout seul. Je pressai sa tête sur ma poitrine et lui caressai les cheveux. Je me sentais absente, dans une autre dimension non désirée et je ne pouvais pas fermer les yeux car je voyais alors le visage de Dieu qui parlait. Je repoussai le verre, je ne voulais pas boire.

– Tout ce que je t'ai dit le premier jour, c'étaient des bobards, tu sais, il n'y a jamais eu d'égyptologue anglais, ni d'exilé chilien ni d'intellectuel suicidaire, j'ai tout inventé. Le seul qui existait, c'était un Dieu dont je n'étais pas amoureuse, et maintenant il est mort, c'est drôle, non ?

Il me prit par la main et nous allâmes au lit. Nous y passâmes la nuit mais nous ne fîmes pas l'amour, nous ne fîmes rien, ni parler ni dormir. Nous restâmes allongés en silence jusqu'aux premières lueurs du jour.

Que fait-on quand meurt un grand ami ? Rien. On ne peut rien faire. Quelque chose s'arrête à l'intérieur. Un creux s'ouvre à la recherche d'un fond qui n'existe pas. Ce qui reste, c'est l'angoisse de l'inconscience du dernier instant. Ne pas savoir que faire des mots. A qui adresser nos paroles ? A personne. Il faudrait inventer de nouvelles cérémonies, de nouveaux visages, une consolation efficace, car l'éternel n'existe pas. Quand meurt un grand ami, on a envie d'insulter Dieu et le mort qui nous laisse seul, tout le reste est littérature de bazar. Une photo au mur. Une amulette au cou. Une épitaphe de Paul :

Ni une plainte ni un rire, le dernier chant s'est abattu...

Quatre commença à travailler en septembre. L'ingénieur cinq étoiles qu'il était fut nommé au CENIC, un centre du pôle scientifique. Bons repas, bonnes conditions de travail, mais il devait rester sur place du matin de très bonne heure jusque tard dans la soirée, pourtant il était content. Et tout excité car le travail était passionnant et il y avait même un bus pour le ramener chez lui. Le Poète, lui, était arrivé à Miami après avoir rebondi à Porto Rico. Il vivait avec sa mère et cherchait un bon job avant de reprendre ses études.

Quand il apprit la mort de son voisin, Quatre m'appela. Il me demanda comment je me sentais et où j'étais allée en août. Dans une autre dimension, me contentai-je de lui répondre. Sachant que Dieu était très important pour moi, il n'osa pas me questionner davantage. Il avait toujours su respecter mes silences. Quand je lui appris que j'étais retournée avec le Coke il n'en fut pas très étonné. Il me souhaita bonne chance et une saine intoxication. Je souris.

Maman téléphonait toutes les semaines pour me raconter sa nouvelle vie et m'inciter à venir à Buenos Aires. Elle continuait à travailler pour la revue et avait de nombreux projets. J'étais contente de parler avec elle, mais je ne lui parlai pas de Dieu. Pourquoi ? Je ne sais pas. Partager la douleur ne la réduit pas. La douleur est une fine plaie à vif qui ne guérit jamais. Que doit-on faire quand meurt un grand ami ? Rien. C'est bien là le pire, le soleil a beau se lever et l'averse cesser, la plaie ne guérit jamais.

– Je ne sais pas jusqu'où ça va aller, putain. S'il y a quelque chose que je n'avais pas imaginé c'était bien de devoir un jour accepter de ma propre fille les dollars que lui envoie sa mère, mon ex-femme, putain !

Papa fourra les vingt dollars dans sa poche et alluma une cigarette.

– Si je les accepte, c'est parce que tu as insisté, bordel, et puis parce que je ne sais vraiment plus comment m'en sortir. Ma femme est à l'hôpital toute la journée, le soir elle fait des biscuits pour les vendre dans le quartier et moi j'ai dû m'associer avec son frère pour ce débit de bière, sinon qu'est-ce que je vais devenir, hein ? Dis-moi.

Mon père parlait derrière la fumée de sa cigarette et je feignais de l'écouter. Cela me faisait de la peine de le voir dans la pénombre de la lanterne expliquer qu'il était déçu, que sa vie n'avait été qu'un néant à la poursuite du néant. C'était aussi grisâtre que les murs de la grande maison, mais papa continuait à parler et à se plaindre tant et plus. Je me demandais si se plaindre conduisait quelque part. Seule la mort est inévitable, le reste est circonstanciel. Mais tout le monde était ainsi.

Papa parlait et je fumais. En vérité, je pensais au livre sur la culture française que j'étais en train de lire. C'était le dernier cadeau de Dieu. L'avantage des livres, c'est que tout y est plus rapide, ce qui les rend captivants. Mais il n'y avait pas de lumière et mon père continuait à parler, puis à murmurer jusqu'à ce qu'il s'endorme dans son fauteuil.

Le 8 décembre eut lieu le concert à la mémoire de John Lennon. Le parc était noir de monde. Je retrouvai le Coke qui avait passé toute la journée à l'organisation du concert. Je bus une ou deux gorgées derrière la scène, remplis une petite bouteille et allai faire un tour. Après la mort de Dieu, nous avions résolu de ne plus parler de lui, mais il me manquait. Il y avait tant de choses que je ne pouvais plus dire à personne, car le Coke je l'aimais, ce n'était pas pareil. Il ne cessait de me demander de venir vivre avec lui dans son petit logement. Il trouvait absurde que je reste seule dans cet appartement où papa ne faisait que passer, alors que c'était là tout l'intérêt. M'installer chez le Coke, c'était changer de royaume et je n'en avais pas envie. Vivre avec lui signifiait indiscutablement la présence de deux personnes : un plus un égale deux. Chacun devait continuer de son côté. Tracer des frontières m'avait toujours plu. Là où finit mon territoire, commence le vôtre, ce que le Coke trouvait idiot et moi prudent.

Quatre arriva au début du concert. Je fus étonnée de le voir ici, mais il avait besoin de changer d'air, dit-il, travailler autant toute la journée le tenait trop à l'écart de la ville. Nous nous assîmes sur un mur d'où l'on voyait le Coke derrière la scène, qui riait avec d'autres en brandissant une bouteille de rhum de sept ans d'âge. Je tendis ma bouteille à Quatre qui accepta. J'étais contente d'être avec lui, qui se sentait un peu étranger à l'ambiance ; en réalité il avait toujours été plus près des chiffres que de tout autre chose, mais c'était mon plus vieil ami. Il se mit à évoquer des souvenirs et à rire. Quand le présent n'offre rien d'intéressant, les gens ont souvent recours au passé. Je riais avec lui. Il parlait de ce qui pourrait arriver et rêvait. Quand le présent n'offre rien d'intéressant, les gens ont souvent recours au futur. Cela me parut symptomatique. Je l'observais en riant.

– Mais, putain, quand vas-tu te décider à partir à Buenos Aires ? (Il regarda le Coke qui continuait de boire derrière la scène.) C'est à cause de lui ? Ne sois pas conne, à la première occasion il foutra le camp sans y regarder à deux fois.

Pour Quatre je n'avais aucune raison de rester ici. Dans la ville de ma mère je pouvais commencer une nouvelle vie, faire des études, donner un sens à mes vingt-quatre ans. Mais je ne voulais pas partir et je ne savais pas pourquoi. Et il était clair que ce n'était pas à cause du Coke ni de personne. Tout ce qu'on fait, c'est pour soi. Je ne comprends pas le goût du sacrifice. Chacun décide de ses actes selon son tempérament. Si on a une âme de guerrier, on fait la guerre pour une cause que l'on juge bonne. La naissance d'un bébé, c'est ce que veulent les parents. Si on a une âme de pute, on vend son corps. Si on aime boire, on devient alcoolique. Et si toutes les conditions ne sont pas réunies, on les invente, on les arrange. On crée un discours de justifications logiques où les autres sont impliqués. S'il n'y a pas de guerre, on part à la montagne pour devenir le héros de l'expédition. S'il n'y a rien à manger pour l'enfant, on lui donne sa part. S'il n'y a pas de bordel, on va au Malecón sous un prétexte quelconque. Si on est alcoolique, c'est la faute des traumatismes familiaux. De toute façon, on fait ce que notre nature exige, mais il est difficile de porter seul la responsabilité de notre propre vie. Parfois cela fait trop peur. Je ne voulais pas partir parce que tout simplement je n'en avais pas envie, mais Quatre ne pouvait pas comprendre ça. Pour lui, j'étais très égoïste, asociale, absolue, mais c'était ma façon de penser.

Le premier appel téléphonique de janvier fut celui de maman. Elle était toute contente et finit toute larmoyante parce que je lui manquais beaucoup. A moi aussi elle me manquait, mais je m'efforçais de lui remonter le moral en lui racontant que j'avais passé une agréable fin d'année avec la tante à la maison et Frida. Ma tante s'était montrée en grande forme, buvant du vin argentin que maman avait envoyé et chantant des airs d'opéra la bouche pleine. En réalité, la fin d'année n'avait pas été exactement ainsi. Le 30, je m'étais soûlée avec le Coke et j'étais partie de chez lui pendant qu'il dormait complètement défoncé. Je voulais passer le 31 avec la tante, aussi je lui laissai un mot et me tirai. Papa partit retrouver sa femme vers huit heures du soir. Frida, ma tante et moi mangeâmes et bûmes, mais vers minuit la tante se mit à pleurer et à réclamer son père. Qu'est-ce que j'allais bien pouvoir lui dire ? Je mis de la musique et tentai de parler d'autre chose. Alors elle se fâcha, dit que je la traitais comme une folle et qu'elle ne voulait plus me parler. Elle me vira de sa chambre en me demandant de ne plus la déranger tant que son papa ne serait pas là. J'obéis et sortis de la pièce. Les douze coups de minuit me trouvèrent allongée dans le salon à moitié soûle avec Frida dormant près de moi. Je souhaitai la bonne année à tout le monde et continuai à boire. La tante s'était endormie depuis un bon moment.

Nous reçûmes des nouvelles du Poète en février, il travaillait dans une cafétéria où il avait retrouvé de vieux copains de lycée. Ses études, il devait les repousser tant qu'il n'aurait pas une situation stable, mais à part la nostalgie qu'il ressentait pour nous et pour sa ville, tout allait bien.

Pour Quatre, les premiers mois s'étaient bien passés. Il avait été intégré dans un projet de conception de je ne sais quels appareils. Il travaillait en équipe avec des Espagnols et pour lui c'était formidable car ils lui faisaient parfois de petits cadeaux. La famille de Quatre n'avait pas de dollars et comme la monnaie américaine avait beaucoup monté, mon ami se sentait très frustré. Seul le travail le sauvait, il y consacrait le plus clair de son temps et il était fier d'être respecté et considéré comme un excellent ingénieur.

Après avoir discuté avec son nouveau beau-frère de Pinar del Río, papa décida d'abandonner le débit clandestin de bière pour faire le chauffeur de taxi, clandestin également, mais moins risqué selon lui.

Le Coke, lui, était devenu très ami avec de jeunes écrivains que nous retrouvions dans sa turne. Tout allait bien, ils lisaient, fumaient de la marijuana, critiquaient le gouvernement : normal, mais pour moi rien d'extraordinaire. Je ne sais pourquoi j'ai toujours eu l'impression d'être de nulle part. Il me semblait que la littérature à Cuba, c'étaient les hommes politiques qui l'écrivaient, les autres étaient des rédacteurs, ils mettaient des signes de ponctuation, un titre et *voilà, la littérature**. Je ne sais si cela tenait à l'absence d'un véritable journalisme, mais j'avais l'impression que les écrivains faisaient du journalisme. Personne ne racontait des histoires. Tous parlaient de ce que je pouvais voir en mettant le nez dehors. De gens qui fuyaient l'île en radeau, des prostituées occasionnelles la nuit à La Havane, du dollar qui ne cessait de monter, de l'espoir qui ne cessait de descendre. C'était ennuyeux. Bien sûr, je préférais ne rien leur dire car je n'étais pas capable d'écrire ce que j'avais envie de lire. Je me contentais de passer de bons moments grâce à la marijuana et à ces jeunes écrivains plutôt marrants.

Puis il y eut ce mois d'août avec la ville en ébullition. Protestations populaires, vols de bateaux et enfin le "festival des radeaux". On décida d'ouvrir les portes et quiconque le voudrait pourrait prendre la mer. Les gardes-côtes ne feraient rien pour s'y opposer. Chacun était libre de son destin. Quand j'arrivai un jour chez le Coke, celui-ci me dit que nous devions parler très sérieusement.

– Écoute, ma chatte, personne ne pourra foutre en l'air tout ça et personne ne l'arrangera, moi j'en ai marre, maintenant que les portes sont ouvertes on va faire un radeau et que le dernier à partir éteigne le Morro**.

Le Coke et ses copains avaient décidé de construire une embarcation. Il avait toujours eu une âme de marin, mais pour

* En français dans le texte.

** Phare de la forteresse Los Tres Reyes del Morro.

moi la mer n'avait pas grand-chose à voir avec la rivière Toa. Il voulait qu'on parte à Miami pour commencer une nouvelle vie avec l'aide de ses potes qui y étaient déjà. Je m'assis pour écouter ses arguments en silence. Quand il eut fini, je me contentai de lui souhaiter bonne chance. Le Coke me regarda avec gravité, s'accroupit devant moi et dit que lui n'avait pas de famille en Argentine et que c'était là sa seule issue. Je répétai: "Bonne chance." Alors il se mit en colère, j'étais folle, j'avais toujours été un peu dérangée, il m'aimait comme il n'avait jamais aimé une autre fille, mais je me foutais de tout, et il continua ainsi à parler mais je ne voulais plus écouter. Je me levai, lui lançai de nouveau: "Bonne chance", et partis.

Le lendemain il vint à la maison. Nous parlâmes longuement. Le Coke m'aimait, je le savais. Il ne voulait pas m'abandonner, mais il ne supportait plus ce pays. Je l'écoutais en silence et j'eus un moment l'impression que ce n'était pas à moi qu'il parlait. C'était comme s'il se parlait à lui-même et je trouvais ça bien. Chacun a le droit de choisir sa vie et le Coke aimait l'aventure.

Ils travaillèrent quinze jours à la construction du radeau. Je participai aux préparatifs et passai les nuits chez Coke, accompagnant ses rêves et ses cuites des derniers jours, ses peurs, ses espoirs et ses accès de tristesse parce que je ne voulais pas le suivre. Le dernier jour il était très nerveux et moi sereine, comme toujours. Faire des adieux était un boulot que je connaissais bien. Cette nuit-là nous ne fîmes pas l'amour. Il ne pouvait pas. Il se fit plusieurs lignes de poudre mais ne voulut pas boire. Il blaguait tout le temps, allant d'un endroit à l'autre, me donnant ses livres et ses souvenirs. Je lui passai autour du cou une amulette de voyage.

Le lendemain matin ses copains vinrent le chercher et nous allâmes au Malecón en portant le radeau. La ville était un carnaval sans masques. Un été de régates. Le cirque de la chance. Le Coke me prit dans ses bras et me redemanda si je ne voulais pas venir. Je l'embrassai sur le front et souris.

– Moi aussi, ma chatte, j'ai menti le premier jour... Cette amie qui s'est suicidée, je l'ai inventée parce que je ne croyais pas ton histoire et je voulais que tu te sentes plus confiante.

Je souris et le serrai de nouveau dans mes bras. Puis le Coke se retourna et ils mirent le radeau à l'eau. Je m'en allai. Je n'avais pas envie de les voir s'éloigner, à quoi bon? La distance amenuise les choses et je ne voulais pas garder de lui une image réduite. Je marchai parmi les gens qui faisaient leurs adieux à leurs amis et les nouveaux *balseros** qui gagnaient le Malecón. Tout me semblait tellement kafkaïen que c'en était presque risible. Je repensai au jeu de cartes et je ne pus m'empêcher de rire. Qui les distribuait, ces cartes? Je ne sais pas.

Quatre ne fut pas très étonné de la nouvelle. Il demanda comment je me sentais. Normale. Il voulut savoir si j'aimais vraiment le Coke et je ne sus que répondre. En réalité, je n'en savais rien. Je parlai d'autre chose et détournai la conversation. Je procédais toujours ainsi et à vrai dire peu m'importait de définir ce que j'éprouvais pour quelqu'un qui n'était plus là.

– Tu es trop insensible.

Cela m'amusa et je souris en ajoutant que pour lui prouver ma sensibilité, je l'invitais à manger dimanche à la maison. Quatre accepta.

En octobre commencèrent les marchés libres de produits agricoles, si bien que mon père arrêta son activité de chauffeur de taxi, qu'il trouvait un peu dangereuse, et s'associa à son beau-frère pour vendre du porc provenant de Pinar del Río. Débordé de travail, il venait de moins en moins à la maison. Moi je restais avec Frida et Quatre venait tous les samedis pour regarder des films et m'expliquer son projet électronique bien que je n'y comprenne rien.

La dernière lettre du Poète reçue cette année-là était très drôle. Il avait changé plusieurs fois de travail et avait une petite amie cubaine possédant la collection complète des

* Ceux qui s'enfuyaient de Cuba à bord de radeaux.

disques de Silvio. Si la lettre remplit Quatre de joie, je ne voulus pas lui dire qu'elle me rendait triste. Je ne sais pourquoi, j'espérais inconsciemment que les premières nouvelles de Coke viendraient du Poète. A Miami tout le monde se connaît, c'est du moins ce que je pensais. Alors je préférais penser qu'il était arrivé ailleurs. Qui sait ? Le monde est mystérieusement vaste si on y réfléchit. Le fait est que je n'eus jamais de nouvelles du Coke. Le Poète ne le rencontra jamais. Je ne sus jamais si la mer c'était mieux que la rivière. Ni si mes amulettes portaient chance. Je décidai de ne plus rien attendre. Où qu'il aille, le Coke se fourrerait toute la poudre du monde dans le nez, et moi ça me donnait du coryza.

... Comment en finir avec cette existence anonyme? Il n'y a que deux personnes, mon père et lui. Le premier est parti et l'autre s'est ouvert les veines... Plus rien n'a de sens... Comment en finir avec cette existence vide... ?

Le texte ne portait pas de date. En prenant un livre sur les étagères de la tante j'avais fait tomber les autres par terre. Dans l'un d'eux je trouvai une enveloppe jaune contenant plusieurs pages écrites sur la vieille machine. Il y avait aussi une photo de toute la famille, avant ma naissance et bien avant l'arrivée de ma mère. On y voyait le grand-père et la grand-mère avec les quatre enfants, petits, mais la tante avait tenu à y laisser sa trace. A la place des têtes restaient des trous minutieusement découpés, on ne voyait que le visage de la tante et celui du grand-père, qui n'était pas le mien, mais j'étais contente de le voir pour la première fois. Ce découpage m'amusa. Sur la photo suivante, ce devait être maman, papa et la tante, quand maman était venue vivre à la maison. Seul restait le visage de la tante. Les autres avaient aussi perdu leur tête. La dernière photo, c'était moi. J'en fus étonnée car je n'imaginais pas qu'elle conserve une photo de moi enfant. Je devais avoir dix ou onze ans, maigrichonne comme toujours, assise dans un coin de la chambre de la tante, avec un dessin entre les jambes. J'avais une expression de surprise. Dans les mains, le papier et le crayon. Tête levée, yeux ouverts. Je pris la photo et allai devant le miroir. Je n'avais pas changé : grands yeux bleus, lèvres épaisses, visage pâle. La fillette de la photo, c'était moi et j'étais la femme du miroir. Quand je regarde des photos, j'aime à imaginer ce que pensaient les gens à l'instant du flash. Qu'est-ce que je pouvais bien penser ? Qu'est-ce que je dessinais ? J'étais intriguée que la tante ait respecté ma tête. Peut-être parce que j'étais une enfant et qu'on prête aux enfants la vertu de l'innocence. Dans le pire des cas je n'étais pour elle qu'un visage anonyme qu'elle avait décidé de respecter. Comment savoir ?

Je rangeai le tout et sortis. Moi aussi j'avais mon autel, comme la tante, comme tout le monde. Dans la chambre de ma mère je m'étais réservé un pan de mur. Il y avait le poème de Paul et à sa droite les photos disposées en croix. Maman et papa séparés par une distance prudente. Du centre vers le bas, venaient le Poète, Dieu et enfin le Coke. La position de mes amis indiquaient leur chute comme des cartes dans le jeu de ma vie. J'ai toujours aimé que les choses soient en bon ordre, en équilibre.

Ces jours-ci, je ne voyais pas souvent Quatre. Le travail l'absorbait totalement, surtout depuis la grande nouvelle, et cette nouvelle c'était la possibilité que mon ami aille suivre en Espagne un stage portant sur les appareils qu'il était en train de concevoir. C'était fantastique.

Je passais mes journées comme toujours. Enfermée avec les livres, fuyant le monde extérieur en compagnie de Frida. Elle non plus ne s'intéressait pas aux changements en cours. J'allais de temps en temps avec papa rendre visite à la tante. Mais ces derniers temps il était très déprimé. Il se plaignait de passer son temps à travailler au marché. Et de vivre entre le domicile de sa femme et la maison. A quoi s'ajoutaient les voyages à Pinar del Río. Il lui restait peu de temps pour aller voir la tante qui nous accueillait parfois en souriant, ou bien ne desserrait pas les lèvres, ce qui déprimait encore plus mon père.

La dernière fois où nous allâmes ensemble à l'hôpital, j'apportai des chocolats et des livres que ma mère avait envoyés. La tante fut très contente. Nous parlions pendant que papa faisait les cent pas et refusait les chocolats que lui offrait sa sœur. Quand nous fûmes seules, j'eus envie de lui demander pourquoi elle avait découpé la tête de maman, mais je préférai me taire. Le silence d'autrui est inviolable. Quand les chocolats furent finis, elle se mit à lire et ne dit plus un mot. Papa était un peu anxieux, jusqu'à ce qu'il annonce qu'il était temps de partir.

Sur le chemin du retour il conduisait en silence. Avant d'arriver à la maison, il fit un détour et s'arrêta au Cupet del Riviera. Apparemment la vente de viande marchait bien car il acheta quatre bières et revint s'asseoir près de moi.

– J'ai quelque chose à te dire.

L'homme est un animal qui a des habitudes. Chaque fois qu'il devait me dire quelque chose, il achetait de quoi boire et nous nous installions dans la voiture. Comme si la voiture était un territoire sûr. J'ouvris ma bière et me laissai aller en arrière. J'aimais bien la bière en boîte. Après la dépénalisation du dollar et le début des Cupet, on pouvait se sentir comme dans les films, avec des bières qui font pschitt quand on les ouvre. C'était un son que j'aimais bien. Le beau-frère de papa était un négociant et il avait peur d'avoir des ennuis. Sa femme était désespérée car avec le gosse, la maison, l'hôpital et papa par monts et par vaux, les difficultés s'accumulaient. Ils avaient donc décidé de changer certaines choses.

– On a fait de petits aménagements dans la maison, elle va abandonner la médecine et on va ouvrir un *paladar**. Mais cela signifie que je dois aller vivre là-bas.

C'était donc ça la nouvelle. Papa déménageait à Santo Suárez chez sa nouvelle famille. Je bus une gorgée de bière,

* Petits restaurants privés, autorisés par le gouvernement et baptisés *paladares* ou palais.

qui n'était plus très froide, et je l'approuvai. Cela me paraissait logique, et je trouvais même étrange qu'il ne l'ait pas fait plus tôt. Le bonheur des autres est toujours bien accueilli. Comme d'habitude, papa me passa la main dans mes cheveux embroussaillés et insista pour que je n'en parle pas à maman ; il ne voulait pas qu'elle se fasse une fausse idée. Je souris en acquiesçant et il se mit à m'expliquer son projet de restaurant.

Une semaine plus tard je m'octroyai le luxe d'acheter une bouteille de rhum de sept ans d'âge et invitai Quatre à dîner. Ce fut agréable, bien que mon ami n'aimât pas beaucoup l'idée que je reste totalement seule.

– Mais je ne suis pas seule, il y a Frida, et puis tu viendras me voir.

De toute façon, l'idée ne lui plaisait pas. Il pensait que j'allais m'enfermer de plus en plus. Dehors, passeraient les saisons, les changements sociaux et je resterais dedans indifférente à tout. Rien ne m'intéressait. Quatre avait raison. Je voulais que le monde sorte de moi-même, qu'il se construise de l'intérieur vers l'extérieur. Il me semblait que c'était mieux. D'abord se connaître soi-même et le reste peut ainsi se comprendre. Quand on est au milieu de tant de désarroi, il vaut mieux s'isoler. Comme devant un miroir, l'image bifurque, nous sépare un peu, un peu plus et *voilà**: c'est notre visage.

Après le départ de papa, je décidai de fermer les pièces. Mon espace se réduirait aux couloirs et aux parties communes de l'appartement. Au-delà des portes, le monde des autres se conserverait intact : celui de la grand-mère, de la tante, de papa et maman. Le poème de Paul et ma croix de photos se retrouvèrent à côté du canapé. C'était là que nous dormions le matin, Frida et moi, les fenêtres fermées. Mes nuits étaient consacrées à étudier, lire et écrire mes contes bizarres.

Papa ouvrit son restaurant *Delicias de Santo Suárez*. Maman commença à travailler comme animatrice d'un

* En français dans le texte.

groupe de théâtre dans une école huppée, grâce à une relation de son père, car elle n'avait pas de curriculum. Sa sœur tomba amoureuse d'un chanteur cubain qu'elle rencontra titubant par une nuit froide. Elle loua un appartement et ils se mirent en ménage. La tante avait toujours des hauts et des bas. Une fois par mois, papa la ramenait à la maison, comme nous étions convenus avant son déménagement.

Le Poète se disputa avec son amie cubaine, s'amouracha d'une artiste peintre américaine et décida que sa vie c'était la poésie, il racontait dans sa dernière lettre à Quatre que l'université ne l'intéressait plus. Il abandonna la cafétéria où il travaillait et partit en voyage avec son amie à la découverte des villes.

Le stage de Quatre en Espagne était prévu en octobre. Tous les samedis soir il venait dîner à la maison et nous regardions des films. J'étais contente pour lui, mais savoir que pendant trois mois mon ami serait loin suscitait en moi un certain malaise. Il voulait que je lui écrive des contes comme pendant son séjour en Tchécoslovaquie. Il y tenait beaucoup mais j'étais sûre qu'il serait de retour avant même d'avoir reçu mes lettres. Le courrier entre ici et là-bas n'était pas fiable, de sorte qu'il me faudrait compter sur des voyageurs. Mais Quatre insistait tellement que j'acceptai en lui disant que j'avais déjà un tas de lettres à lui envoyer. Le dernier samedi, il arriva avec une bouteille de rhum. A la fin du film, il se leva et mit une vieille cassette de Silvio, datant de l'époque où nous étions au lycée. Il revint s'asseoir près de moi et sourit.

– Alors, tu ne veux toujours pas être ma petite amie?

J'éclatai de rire et blaguai en lui expliquant que la dernière chose que je pourrais faire serait de coucher avec un type qui au lieu de “mon amour” me dirait “mon circuit”. Je me levai, me servis du rhum et continuai à plaisanter.

– Je vais rester là-bas, tu sais, dit-il.

Je bus une longue gorgée et me retournai pour observer Quatre qui me regardait, assis sur le canapé.

– Quand les Espagnols sont venus j'ai envoyé des lettres à des amis de mon père qui travaillent à l'université, des scientifiques éminents qui vont m'aider. Je veux devenir un vrai professionnel, tu sais que c'est la seule chose qui m'intéresse, et ici je ne peux pas. Mon boulot, ça va, oui, les conditions sont bonnes, on mange bien, mais quand je sors, qu'est-ce que je vois ? J'ai l'impression d'avoir été mené en bateau. On m'a dit : "Va à l'université et tu seras le maître du monde", j'ai passé mon diplôme et maintenant on me dit : "Tout ça, c'était du flan, maintenant tu n'es rien", et moi j'ai envie de mener une vie normale, putain ! J'ai fait ce qu'il fallait pour ça. Mais avec un salaire d'ingénieur, où est-ce que je vais aller ? Ça me fout en l'air, tu comprends ? Si je ne me décide pas maintenant, je vais finir comme mes parents : bourré de connaissance, mais baisé jusqu'au trognon, pourrissant sur pied entre les coupures de courant et les déceptions, car chez moi il n'y a pas de dollars, tu comprends, alors comment on va vivre, bordel ?

Je sentis ma gorge se nouer et bus un verre. Quatre se leva et s'approcha en poursuivant ses explications. Il voulait que je le comprenne et je le comprenais. Je le comprenais trop bien, mais je ne pouvais pas lui dire que si j'avais la gorge nouée ce n'était pas à cause de lui. C'était à cause de moi.

– Tu te rappelles quand le Poète… ? Tu sais bien que je ne veux pas partir, tout ce que je veux c'est être quelqu'un, pas un pion. Alors, si je ne pars pas maintenant, quand est-ce que je vais le faire ? Quand ?

Je respirai profondément, me resservis un verre et m'assis. Mon ami me regardait, attendant que je parle, mais il connaissait mes silences. Il se servit et but d'un trait. Puis il fouilla dans son sac à dos et me tendit une enveloppe contenant des photos. Sur l'une d'elles nous étions tous les deux chez lui, au salon ; c'était son père qui l'avait prise : Quatre était tout maigre avec ses horribles lunettes de myope et moi tout aussi maigre, et hirsute, comme toujours. Je souris. Il y avait une autre photo de lui, plus récente, pas aussi maigre et portant des lentilles. Et puis enfin, un papier jauni. Je le dépliai avec la quasi-certitude de trouver les réponses à l'examen de physique au collège, le seul où j'avais eu la note la plus élevée. Je souris.

– Le Russe l'avait jeté par terre avant de se lever, mais je l'ai ramassé. Je voulais le détruire parce que c'était mon écriture et donc une preuve contre moi, mais je l'ai gardé en souvenir. J'ai une copie de ces trois souvenirs, je voudrais que tu gardes les originaux pour le jour où on se reverra.

Je soupirai et me levai en disant que nous devrions trinquer. Je pariai que Quatre allait révolutionner l'électronique moderne. Je servis deux verres et lui en tendis un. Il eut un sourire triste et se leva. Nous trinquâmes. Alors il me regarda avec gravité et me dit que si je ne voulais pas partir en Argentine, l'affaire était entendue, mais alors nous pourrions nous marier, attendre qu'il soit installé à Madrid et nous y retrouver. Je souris.

– Nous marier, toi et moi ? Quatre... c'est dingue ! Ma mère veut que je vienne à Buenos Aires, le Poète veut me faire sortir d'ici, et toi me faire venir à Madrid, c'est dingue. Encore heureux que Dieu ne m'invite pas dans sa nouvelle résidence...

Il baissa la tête et je bus une gorgée. Je tentai une autre plaisanterie mais il resta imperturbable, assis sur le canapé, la tête contre la main. A vrai dire j'étais aussi triste que lui, mais plaisanter est encore le meilleur antidote que je connaisse contre la tristesse. Je m'assis et posai une main sur sa jambe. Quatre me regarda avec une expression très étrange. Il avait les yeux humides et dans sa voix se mêlaient rage et patience.

– Je sais que ça va te paraître stupide, mais toute ma vie j'ai été amoureux de toi.

Je le serrai dans mes bras et je sais qu'il pleura en silence. Ce soir-là, je lui demandai de rester. Ce fut la seule et unique nuit que nous passâmes ensemble et nous ne dormîmes pas. Nous parlâmes beaucoup et fîmes des projets pour sa future vie.

Quatre partit un jour de chaleur, comme presque tous les jours à La Havane. Je l'accompagnai à l'aéroport avec ses parents, nous étions les seuls à savoir que notre scientifique ne reviendrait pas d'ici longtemps. Il me vint à l'esprit que j'allais finir par détester les aéroports, mais à quoi bon ? Les aéroports ne sont que des ouvertures pour entrer et sortir. Tantôt ils sont l'enfer, tantôt le paradis, comme presque tout. Dès cet instant, il ne restait que l'option du paradis, car je ne pensais pas que Frida veuille aussi s'en aller. Quatre sourit, me demanda une fois de plus de lui envoyer des contes et me serra contre lui en me disant qu'il m'aimait beaucoup.

– Moi aussi je t'aime beaucoup, Quatre, mais les amis sont à usage interne.

De retour à la maison, je mis au propre la première lettre que j'enverrais à mon ami. J'avais continué à écrire ces contes pour lui, mais de le savoir tout près m'empêchait de les lui donner. Quand j'eus terminé, je glissai les feuillets dans une enveloppe et la rangeai. Alors je pris sa photo et la plaçai sous celle de Coke. Quatre était la dernière carte de ma croix. Frida s'approcha en ronronnant et je la serrai contre moi. Curieusement je n'avait jamais fait une photo de ma chatte. C'était de bon augure.

DERNIER ACTE

Il y a vingt ans, mon père avait décidé un soir d'aller dormir au salon. Nous sommes en décembre et la grande maison est vide. C'est l'aube. Le meilleur de l'aube, c'est le silence. Je déambule comme toujours, lumières éteintes, sans craindre de trébucher car je connais les ombres de mon royaume.

Parfois je sors dans la rue avec les écouteurs sur les oreilles et je marche. Dehors se dressent deux villes, l'une qui se délabre comme la grande maison, l'autre peinte en blanc et couverte d'enseignes lumineuses. Tout est très étrange. Les gens marchent et parlent. Ils font la queue ou boivent de la bière autour de kiosques bariolés. Ils attendent le bus ou montent dans des taxis. Ils transpirent en pédalant et les filles s'attroupent aux feux pour se faire prendre à bord d'un véhicule. Tout est trop étrange. Les gens ne cessent de parler et de marcher. Ils parlent à l'infini. Heureusement, je n'entends pas ce qu'ils disent car j'ai la musique à mes oreilles. Un jour maman a dit que la musique à plein volume provoque l'isolement. C'est le contraire. Monter le volume est la solution du désir. Je voudrais être loin. Je ne veux pas être ici où les gens marchent et bavardent, marchent sans cesse et ont tant à faire, sont occupés toute la journée, ou ne font rien et restent tranquillement assis. Je préfère la musique à plein volume. C'est pareil.

Je me demande où veulent arriver tous ces gens. Combien de silences derrière chaque visage? Devant, ils sourient et remuent les lèvres. Ils se déplacent comme un grand troupeau abandonné au sommet d'une colline, ne sachant plus où aller. Le problème des moutons est qu'ils s'habituent à se laisser guider. Tous sont des pièces dans cet ensemble qu'on appelle *masse*: la famille, le peuple, la co-llec-ti-vi-té. Il faut adopter trop de masques pour s'intégrer dans l'ensemble, et quand manque un élément, s'installe le chaos. Comme dans la grande maison. Les modes et le temps détériorent les murs. Ou alors as-tu toujours été ainsi? Une vieille maison aux murs peints. Je ne sais pas. Je pense parfois qu'une simple échelle permet de tout mesurer. Une famille dans un appartement. L'appartement dans l'immeuble. L'immeuble dans le quartier. Le quartier dans la ville. La ville dans le pays. Oui, il me suffit vraiment d'une échelle, dès lors qu'il s'agit d'ensembles, bien sûr.

Devenir quelqu'un, disait Quatre. Changer la vie, disait le Coke. Compter sur ce qu'on invente en chemin, disait le Poète. Heureusement, Dieu n'avait jamais rien dit; il buvait et parlait de choses agréables. Je ne comprends pas pourquoi les gens intelligents meurent si tôt, tandis que le monde se peuple d'abrutis qui marchent et parlent tout le temps. Ces gens ne changeront jamais. En réalité, rien ne compte pour eux, ni pour moi, il faut juste jouer des personnages, car sinon, quel sens cela aurait-il? Le néant est une raison plus que suffisante, seulement les autres ne le comprennent pas et il faut donc continuer le jeu. Quel sera mon rôle? Je ne sais pas, mais je trouverai une bonne excuse pour ne pas le jouer.

Depuis des jours je ne parle à personne. Je suis un être bizarre, je le sais. Mes voisins doivent penser que je dois être complètement abrutie pour passer ainsi mes nuits à écrire sur la vieille machine de la tante. Maintenant je me suis mise à écrire mes contes bizarres à la machine. Ce que je n'aime pas dans la machine, c'est qu'elle rompt le silence. Un jour ma tante a dit que le merveilleux dans la musique c'était de savoir écouter les silences. C'est vrai. Dommage que tout le monde ne le sache pas. Aussi les maisons et les villes sont-elles des harmonies dissonantes, chargées de gammes qui montent et descendent, de triades achromatiques et d'accords étouffés.

Je pense qu'en réalité j'ai toujours recherché le silence. C'est un état indescriptible. On se sent maître de soi-même, responsable de soi-même. Individu. Que les autres fassent ce qu'ils veulent et "Bon vent!". Si ça nous chante, on se met d'accord mais en sachant que toi c'est toi et moi c'est moi. N'essaie pas de m'impliquer dans cette comédie que je ne veux pas jouer. Ne cherche pas à faire de moi ta complice pour ne pas te sentir seul. Les gens ont si peur de la solitude qu'ils inventent des contrats, des organisations et des filiations de toutes sortes pour ne pas être responsables de leur propre sort. Je suis responsable du mien. Après le silence, je vais devoir m'inventer une nouvelle quête.

Je m'allonge sur le sol du salon et laisse la lumière de la rue dessiner des figures sur les murs. Je ne veux plus écrire. Derrière les portes, je sais que personne n'a besoin de mes oreilles. Il n'y a qu'une vieille chatte qui déambule avec mon ombre. Mon image et Frida qui a comme les morts le don du silence. Frida me regarde, je lui fais des grimaces avec mon nez. Nous sommes face à face, elle est en position d'attaque. Je sais qu'elle va bondir dans quelques secondes. Je connais parfaitement ses habitudes et elle, les miennes. On dit que les animaux ressemblent à leurs maîtres, mais n'est-ce pas plutôt le contraire? Frida me regarde de ses yeux bleus et moi des miens. Entre nous flottent des centaines d'horizons qui n'ont pas besoin de mots. Elle sait que je remue mon nez pour attirer son attention, mais elle s'allonge sur le dos et se lèche dans une totale indifférence. Ce que j'aime le plus chez les chats, c'est leur indépendance. S'ils veulent de l'affection, ils vous grimpent dessus en ronronnant ou se frottent contre vos jambes. S'ils ont faim, ils cherchent à obtenir de quoi manger même si ce n'est pas l'heure. S'ils veulent être seuls, ils vous ignorent. Et si vous les embêtez, ils vous griffent. Les chats sont intelligents. Ils sont libres. Les gens ont beaucoup à apprendre des animaux, mais comme ils n'en ont pas le temps ils ouvrent des zoos. Cette maudite manie de tout organiser. De poser des clôtures et des feux pour dire que tout marche bien. Moi j'aime les chats parce qu'ils sont libres. Un jour j'ai demandé à Frida ce qu'était la liberté, mais elle est restée muette. Elle a fait demi-tour et s'est éloignée en redressant la queue. Alors j'ai compris.

J'ai passé ma vie à observer comment les autres se meuvent pour décrire leurs mouvements. Maintenant, dans la grande maison, il n'y plus que Frida et moi. Je ne veux plus écrire. Je me couche sur le dos et la laisse venir sur moi pour s'endormir. La grande qualité que nous avons en commun c'est le silence. Je souris. Je m'amuse à créer des petits personnages avec l'ombre de mes doigts au plafond tout en fredonnant un vieux tango, une de mes chansons d'enfance que j'aimais tant :

... car vingt ans ce n'est rien,
et le regard fiévreux
errant dans l'ombre
te cherche et t'appelle,
vivre...

SUITE ESPAGNOLE

José Manuel FAJARDO
Les Imposteurs

José Angel MAÑAS
Je suis un écrivain frustré

Rosa MONTERO
Le Territoire des Barbares

MONTERO GLEZ
Soif de champagne

Maria Mercè ROCA
Un temps pour perdre

José Luis SAMPEDRO
Le Fleuve qui nous emporte
Le Sourire étrusque

Maruja TORRES
Une chaleur si proche

Achevé d'imprimer sur les presses de

BUSSIÈRE

GROUPE CPI

à Saint-Amand-Montrond (Cher)
en juin 2005

Cet ouvrage a été composé
par I.G.S. - Charente Photogravure à L'Isle d'Espagnac (16)

N° d'édition : 24108001. N° d'impression : 052592/1.
Dépôt légal : septembre 2005.

Imprimé en France